AF378019

ET UN JOUR...

*Lyly ♥*

Mentions légales

# Et un jour...

Lyly

**ISBN format papier :** 978-2-901089-01-8

**ISBN format numérique :** 978-2-901089-00-1

**Photographie, conception graphique :** ©

Lucie Mahé

**Dépôt légal :** juin 2018

ET UN JOUR...

# Et un jour…

## Romance


Lyly

*(Choupachups)*

ET UN JOUR...

*À toutes les femmes célibataires : croyez en vous !*

*Puissiez-vous un jour rencontrer votre Ethan…*

*Votre évidence…*

*Lyly*

ET UN JOUR...

## Lilou

Face à la lumière du clair de lune, une cigarette à la main, nous nous retrouvons seuls tous les deux sur cette pelouse humide et froide. Une musique en bruit de fond rythme cette fête à laquelle on s'est éclipsé. Ne sachant quoi dire en sa présence, je me tais et regarde le sol. Dans un murmure, il effleure de ses lèvres mon prénom. Je le sonde surprise de ce chuchotement. Ses magnifiques yeux me fixent d'une douceur que j'ai rarement vue chez lui. Je reste tétanisée, ne comprenant pas ce revirement de situation. Se rapprochant tout doucement de moi, il jette sa cigarette à peine entamée et d'un geste lent, il pose ses mains sur mes hanches et réunit au ralenti nos deux corps déjà impatients de ce contact. Un rapprochement tellement près que j'ai l'impression que mon cœur va exploser en mille morceaux. Cela fait longtemps que j'attendais ce moment de sincérité de sa part, ce retour de flamme. Toujours avec ses yeux pétillants d'admiration et de passion, il avance sa bouche contre la mienne… Mon souffle se coupe et… DRIIIIINGGGG !

Dans un sursaut, je me réveille complètement perdue. J'observe les murs autour de moi et comprends d'emblée que je suis dans ma chambre. Seule. Sans lui. *Et merde, ce n'était qu'un rêve !* Au bout de quelques secondes, secouant ma tête encore endormie, je prends conscience que ce bruit déplaisant qui irrite mes oreilles provient de ma sonnette. Je me lève précipitamment de mon lit, me prends les pieds dans les draps et me cogne l'épaule contre l'armoire située en face. *Aïe.* J'arrive devant la porte, titubante, essoufflée, grognon. La journée commence bien ! J'actionne la poignée, ouvre la porte et trouve le facteur sur le palier, surpris par la brutalité de mon geste.

> — Madame… ? J'ai un recommandé pour vous ! confirme-t-il en me fixant bizarrement à mon goût.
>
> — Ah… ! répondis-je froidement en attrapant le courrier.

Rien qu'à sa tête, je devine que je dois avoir la tête de *Cruella*, mais sans les dalmatiens autour, les yeux d'un panda et certainement les marques de l'oreiller d'un côté. Baissant le regard de honte, je découvre mon accoutrement. Dans toute sa splendeur, trône sur mon corps, mon beau vieux pyjama pilou rose bonbon agrémenté de petits lapins blancs, tout délavé et sans forme. D'une vitesse surprenante, je sens mes joues rougir me souvenant de ma soirée d'hier. Ayant froid et désespérément seule, je m'étais installée confortablement dans mon canapé, tenant d'une main un verre de vin blanc et de l'autre la télécommande, parée pour une soirée à pleurer et rêver devant un film romantique. Voyant ma gêne, le facteur ne s'attarde pas, me fait signer le reçu et s'éclipse en me souhaitant une belle journée. Je lui souris bêtement refermant la porte tout en m'appuyant le dos contre celle-ci. Je ferme les yeux, déçue, la tête qui tourne, les pensées en boucle de ce fameux rêve, rien qu'un rêve…

Et, si c'était prémonitoire ? Et, si cela se passait réellement ? Non, impossible ! Il faut que j'arrête avec cet homme. Depuis des mois, il profite de moi et joue avec mes sentiments à son égard. Une colère monte en moi. Comment puis-je être aussi stupide ? Des larmes commencent à couler, une nostalgie s'installe… *Merde !*

Secouée par tout cela, lassée, je m'assois sur le canapé fixant la télévision même pas allumée, me demandant ce que j'allais faire de ma journée de congé.

Pour m'échapper un minimum de ma solitude, je décide d'aller acheter la dernière saga de livres à la mode. Je me force à m'habiller, me coiffer et me maquiller pour être un peu plus présentable, quoique cela ne me dérange pas d'aller en pyjama pilou, au point où j'en suis… Enfin, prête, je descends les étages par les escaliers, ce qui me donne l'impression de faire un peu de sport. Je manque de peu de me prendre la porte en pleine face, quand le voisin arrive à l'opposé. Étonné et affolé, il bafouille des dizaines de mots d'excuse. Au bout de cinq minutes, il me laisse enfin continuer mon chemin, après lui avoir répété un nombre incalculable de fois que ce n'était pas grave. La journée risque d'être compliquée à cette allure ! J'arrive finalement à ma voiture sans encombre. Malgré la fraîcheur extérieure, le ciel est bleu et le soleil réchauffe un peu malgré tout. Installé au volant, je respire profondément et me répète comme un mantra que ça ira, que j'ai juste à prendre mon livre et rentrer.

***

Arrivée à destination, j'entre dans la Fnac à la recherche de ce fameux roman. Regardant les allées et mon téléphone en même temps, je ne m'aperçois pas tout de suite que je zigzague et que si je continue comme cela, je vais me prendre la première étagère venue. Heureusement, je trouve sans tarder ce que je voulais. J'empoigne l'ouvrage sans me poser de questions, le retourne et observe instinctivement le prix, quoique je m'étais renseigné auparavant. Je lis vaguement le résumé pour me mettre dans l'ambiance. Tellement hâte de le lire. Étant célibataire depuis plusieurs mois, je me nourris de livres romantiques ces derniers temps, rêvasse en parcourant les pages, renfermée dans ma bulle d'amour, de simplicité et de rêves. Les soirées étant longues, souvent seule, ces bouquins me font passer le temps, mais surtout je les adore. Me mettant à tour de rôle dans la peau de mes protagonistes préférés, je vis à travers eux par procuration et j'aime ça. En espérant qu'un jour, je trouverai celui qui deviendra *mon évidence*.

Tout en étant dans mes pensées, je ne calcule toujours pas mon chemin et l'impensable se produisit. Je percute quelqu'un, enfin, je crois... *Une étagère ?* Surprise, la tête baissée, je me sens confuse et perds l'équilibre. Une main prend la mienne pour me retenir. Dès ce contact, je ressens une sorte de chaleur parcourir mon corps tout entier. Cette sensation est indescriptible, inconnue, mais pourtant si familière.

— Vous allez bien ?

Comment peut-on avoir une voix aussi ferme et douce à la fois ? Encore un peu secouée, je lève doucement la tête et mes yeux croisent le regard de mon sauveur ou la victime de ma maladresse. *Au choix...* À cet instant se tient devant moi un homme irrésistiblement plein de charme, sexy, qui me jauge du regard, déstabilisé, lui aussi. Je ne sais pas si c'est mon imagination, le choc ou lui, mais j'ai l'impression que l'on est plus que deux dans le magasin. Plus aucun bruit autour de nous, aucun mouvement, mise à part le battement de ses cils. *Le battement de mon cœur... ?* Impossible, on l'a piétiné, il y a quelques mois. Subitement, mes jambes sont en mousse et je reperds l'équilibre. Je dois encore rêver, car il a cet effet sur moi. Un charme inhumain. Cette fois-ci j'espère que ce n'est pas le facteur sinon je lui fais bouffer son courrier !

— Vous êtes sûr que ça va ? me demande-t-il inquiet.

— … Oui, merci…

Ne sachant que dire, je rajoute spontanément :

— Pincez-moi s'il vous plaît…

*Hein ? Mais, pourquoi j'ai dit ça ?* Me regardant surpris, son sourire s'élargit.

*Ouf !*

Je me rends compte qu'il ne me lâche pas la main et cela ne me dérange pas bien au contraire. Nous restons plongés les yeux dans les yeux sans dire un mot, sentant mon visage rougir, ne sachant plus où me mettre. Je baisse ma tête par timidité et le monde se remet à tourner autour de nous. Avec une voix suave et sensuelle, il me demande :

— Que puis-je vous offrir pour me faire pardonner ?

Je reste muette, mais mon imagination par contre déborde ! *Écoute, chéri, embrasse-moi, montons sur ton cheval blanc et allons-nous marier sur-le-champ !* D'accord, c'est un peu rapide, mais pourquoi pas… Tentant de sortir de ma bouche des mots cohérents qui malheureusement échoue lamentablement, je bafouille et deviens de plus en plus rouge. Retirant ma main de la sienne, je commence à triturer mes doigts. Ayant vu certainement mon malaise, il pose sa main sur mon épaule d'une délicatesse assurée.

— Ne bougez pas s'il vous plaît, promis ? me demande-t-il avec un sourire à en couper le souffle. Je reviens…

— D'accord… répondis-je surprise et obéissante.

Puis, il me laisse là, seule, pantelante, tout en s'éloignant de moi d'un pas décidé. D'une démarche et d'un charisme qui ne laisserait personne indifférent, je ressens comme un effet étrange. *Bordel, même de dos, il est sexy !* La preuve, deux femmes le croisent et font aussitôt demi-tour, se recoiffant et le regardant de haut en bas, prêtent à bondir sur leur proie. Cette scène me met en rogne, j'ai envie d'arriver derrière elles et les assommer une par une à coups de pelle ! *Calme-toi Lilou, il t'a dit qu'il reviendrait…* Reposant mes yeux sur lui, je m'aperçois qu'il s'est arrêté au premier stand vendeur et qu'il n'a visiblement pas remarqué les deux pétasses à côté de lui. Je distingue le vendeur lui tendre un morceau de papier et un crayon. Étant trop loin et n'entendant rien, je remarque quand même qu'il lui dit quelque chose et lui sourit. Mon téléphone sonne. Un SMS d'une de mes meilleures amies qui me réclame ce soir un apéro/potins en extrême urgence. Missy a le don de me faire sourire en toutes circonstances. Cela fait cinq ans que je la connais, comme moi une trentenaire célibataire, exubérante, complètement folle et je l'adore pour cela. Elle me fait rappeler dans un second message qu'elle apporte une bouteille de vin blanc et me supplie de lui faire ma recette de cupcake banane/chocolat, qu'il en est pour sa survie. Quand je me mets à éclater de rire, la femme à côté de moi sursaute, me regarde interloquée et se met à rire également. C'est contagieux, à croire ! Tout en répondant à Missy, la tête baissée sur mon téléphone, je ressens une présence tout près de moi. Il est là, devant moi. Les yeux brillants et sourieurs. Je replace illico mon portable dans mon sac sans me donner la peine de finir mon message. Tan pis, elle comprendra quand je lui expliquerai. Toujours en me fixant et sondant ma réaction, il me tend le fameux morceau de papier et y découvre une fleur dessinée avec un mot en dessous :

*« Le pardon permet de créer une atmosphère propice à un nouveau départ, à une nouvelle chance. »*

*{Martin Luther-King}*

*Mille excuses pour ce hasard un peu brusque… Vous me pardonnez ?*

*Ethan*

J'en reste bouche bée ! Ne sachant que répondre, mon cerveau bouillonne, puis me vient une idée. À mon tour de lui demander de ne pas bouger. Il me sourit, joueur. Je m'écarte un peu plus loin, fouille dans mon sac et en sort un carnet et un crayon. Je m'installe dans un coin et commence à écrire.

*« Qui du hasard ou du destin est le maître du jeu ? »*

*{Guillaume Musso}*

*« À tout instant, le hasard vous envoie promener. En profitez-vous ? »*
*Paul Morand*

*Lilou*

Par euphorie, je conclus mon mot en lui adressant mon numéro de portable. Qui ne tente rien, n'a rien… Toute fière de mes citations, bien sûr, trouvée dans mes innombrables livres, je me dirige vers lui. Une panique m'envahit soudain ne sachant plus si j'ai été trop directe ou pas. Mon regard croise le sien et je me vois à nouveau marcher au ralenti. Tout est lent autour de nous et nous sommes encore une fois seule au monde. Arrivée à sa hauteur, je lui tends mon papier, toute tremblante. Il l'intercepte avec plaisir. Prenant mon courage à deux mains, je m'exclame tout en m'éloignant :

— Bonne journée...

Son regard s'assombrit et il me crie presque d'une voix attristée :

— Attendez... Je...

Me retournant, je lui montre des yeux le papier qu'il a entre ses mains. Immédiatement, il se met à le lire. Je continue mon chemin jusqu'à la caisse, m'apercevant que les deux pétasses de tout à l'heure sont à côté me fixant comme si j'avais la peste. Sûrement vexées qu'Ethan ne les ait même pas regardées, sauf moi. J'en jubile ! *Ethan*... Cela lui va bien, je trouve. Mon téléphone qui sonne m'indique que c'est Missy qui s'impatiente.

***Avec ou sans ton accord, je débarque chez toi, m'en fous si tu n'es pas là, j'irai boire ma bouteille chez le voisin ! Il est beau au moins ?***

J'éclate de rire. Les gens me regardent surpris. Décidément... Pourtant, je n'ai plus mon pyjama pilou. Je vérifie quand même !

*Tu sais qu'à cause de toi, je viens d'éclater de rire à la Fnac et que les gens me regardent bizarrement depuis ? Mais tu vas l'avoir ton verre, tu débarques à quelle heure ? J'ai du potin, j'ai rencontré quelqu'un…*

Un autre « *Ping* » retentit. C'est lui.

*Si vous vouliez m'échapper, c'est raté… Enchanté Lilou*

En effet, vu le monde et la rapidité de la caissière, je n'ai bougé que de trois petits pas depuis tout à l'heure. Missy revient en force.

*Quoi ? Et, ce n'est que maintenant que tu m'en parles ? C'est qui ? Prénom, âge, taille ? Décidé je prends un cubi ! Vingt heures chez toi ma belle*

*Je viens de le rencontrer, je t'expliquerai tout ce soir…*

Il faut que je me prépare mentalement à l'arrivée de la tornade Missy ! Je décide de répondre à Ethan.

*Je n'ai pas choisi le bon timing… Enchanté Ethan…*

Je me retrouve enfin au niveau de la caissière. Elle prend mon livre, m'indique le prix et rajoute que cela lui change de voir des personnes avec un tel sourire. Je ne comprends pas son allusion… Juste avant de sortir du magasin, je me retourne tout en marchant voir si je l'aperçois et vu le monde, ce serait un miracle, mais à peine avais-je décidé de lâcher l'affaire que je le vois, appuyé contre une table attendant son tour. Ses yeux s'illuminent, ses lèvres s'étirent, je lui souris en retour. En fait, je n'ai pas perdu mon sourire depuis *lui*... Je comprends mieux désormais les paroles de la caissière.

*« Ping »*

***Attention, regardez devant vous, on peut par mégarde se prendre quelqu'un en plein fouet ! Et j'avouerai que j'aimerai être le seul...***

Surprise, je relis le message plusieurs fois. Un petit pincement au cœur se fait sentir. Cet homme me trouble. Comment est-ce possible en si peu de temps ?

***Promis, je lèverai la tête dorénavant***

M'avançant vers ma voiture, je manque de peu de me faire rouler dessus. *Bordel !* La femme descend, choquée, en pleurs. Elle s'excuse comme elle peut. Je décèle qu'elle va mal et que ce n'est pas totalement à cause de cela. Je la rassure aussitôt que tout va bien, qu'il y a eu plus de peur que de mal. Elle a l'air à présent soulagée, mais son regard est triste, elle me fait de la peine. Remontant dans sa voiture, confuse, elle articule pour l'énième fois un désolé. Je lui souris tout en me dirigeant vers la mienne. Installée sur le siège conducteur, je souffle et respire un bon coup pour vider la pression. Je vérifie qu'Ethan n'a pas vu la scène et visiblement non. *Ouf...* Je démarre, direction mon appartement.

Mon cœur bat à deux cents à l'heure. C'est quoi cette journée de dingue ?

***Lilou, vous allez bien ? J'ai vu la scène depuis le magasin, j'ai eu peur pour vous. Quand je suis arrivé,**

vous étiez déjà partie. Faites attention s'il vous plaît… **Je m'en voudrais s'il vous arrivait quelque chose.***

Il s'inquiète pour moi ? Cela arrive ce genre d'incident, enfin chez moi, oui ! Devrais-je lui annoncer que je suis miss catastrophe, un vrai boulet à mes heures perdues ? Peut-être pas, il prendrait la fuite, ce qui ne me rassure pas du tout ! Depuis toute petite, je suis maladroite par moments, il m'arrive beaucoup de péripéties dans ma vie. Une sorte de Bridget Jones à la française…

Arrivée sur ma place de parking, je prends le temps de lui répondre. Je regarde autour de moi, plus de danger à l'horizon.

***Ne vous inquiétez pas, tout va bien. Je viens d'arriver chez moi, je suis entière.***

***Je suis rassuré…***

Dix-neuf heures, je m'active aux dernières préparations avant que Missy débarque. Tout est prêt, juste les cupcakes à passer au four. Je passe dans la salle de bains me rafraîchir et m'installe sur le canapé devant une série débile, mais marrante. Cela fait maintenant trois heures qu'Ethan et moi discutons par message de tout et de rien, il me fait rire et rit à mes blagues. Le contact est tellement naturel avec lui que l'on a l'impression de se connaître depuis des années. Il a trente-cinq ans comme moi, célibataire, une sœur de vingt-huit ans, orphelin, il travaille dans une entreprise internationale et me précise qu'il habite Miami et qu'il est en France que pour quelques jours. Et voilà… C'était trop beau pour être vrai ! En fait, il ne doit rechercher qu'une relation éphémère. Mon sourire s'efface instantanément. *Il fallait t'en douter Lilou !* Je vois trouble, les larmes montent, une boule se forme dans ma gorge. Pourquoi cela me prend au cœur comme ça ? Je le connais à peine... Mes pensées sont interrompues par la sonnette. Quoi ? Déjà vingt heures ? Missy insiste et sonne au moins dix fois. Qu'est-ce qu'elle peut être chiante et surtout impatiente parfois !

— J'arrive !

À peine la porte ouverte qu'elle me saute dessus et me prend dans ses bras.

— Alors ? Dis-moi tout. C'est qui cet inconnu ? Tiens, au fait, j'ai croisé ton voisin, il n'est pas mal du tout, je l'aurai bien invité à nous rejoindre. Le cubi est frais, plus qu'à ouvrir. Hum, ça sent bon ici.

Tornade Missy en action ! Jamais le temps d'en placer une quand elle est dans cet état, mais j'adore son côté exubérant, qui émane toute sa joie de vivre. Lui prenant le cubi des mains, je lui dis de s'installer sur le canapé. Après avoir servi les verres, nous trinquons.

— Au trentenaire célibataire ! s'exclamons-nous en même temps.
— Bon, alors, raconte-moi... dit-elle toujours impatiente.

Entre deux gorgées de vin blanc, je lui énumère toutes mes aventures, de mon rêve à cette rencontre, lui avouant qu'Ethan m'a envoûtée dès qu'il a posé sa main sur la mienne. Elle en reste bouche bée – étonnamment - et boit mes paroles sans jamais m'interrompre, jusqu'à :

— Tu le kiffes ma belle ! dit-elle enfin.

— C'est vrai qu'il est beau à tomber, on s'entend bien, mais c'est tout…

— Arrête, quand tu parles de lui, tes yeux s'illuminent comme un feu d'artifice du 14 juillet !

Tentant vainement de changer de sujet, elle se jette sur moi et me chatouille sans scrupules, me traitant de menteuse et de lui cracher le morceau sur-le-champ.

— Stop ! Arrête la torture, j'avoue tout… J'ai complètement craqué pour lui !

— Et, bien, voilà ! s'empresse-t-elle de dire, fière d'elle et de sa technique déloyale. Vous allez vous revoir quand ?

— Je n'en sais rien, on n'en a pas parlé, mais j'espère… Tu te rends compte, il habite Miami, c'est mort !

— Arrête tes conneries Lilou, tu vas le revoir et tu verras bien. Tu vas le regretter, je le sais, alors fonce et qui sait ? Qui sait ce que l'avenir nous réserve parfois ?

— Tu as raison… Et toi ? Raconte !

« *Ping* »

Ce doit être lui. Un sourire s'affiche sur mon visage et Missy me le fait remarquer. Je prends mon téléphone, le déverrouille et…

— Et merde !

— Quoi ?

— C'est Noa…

— Qu'est-ce qu'il veut ce con ?

— Arrête de l'appeler comme ça !

— Connard, si tu veux ? Il t'a assez prise pour une conne, tu ne crois pas ? Ne réponds pas, boit un autre verre avec moi. Dégage ce Noa, place à Ethan et son joli petit cul !

— Tu n'es pas possible toi !

Nous explosons de rire toutes les deux. En réfléchissant bien, elle n'a pas tort. Je la laisse remplir mon verre sans rien dire. D'ailleurs, combien de verres a-t-on bu ? Deux ? Trois ? Peut-être quatre… Après avoir essayé de calculer le volume de liquide ingurgité muni d'une calculatrice, nous avons laissé tomber prétextant que vu que le cubi est largement entamé, monsieur modération s'était fait la malle sans nous dire un mot.

Un peu plus tard, Missy me raconte en détail que l'homme qu'elle draguait depuis quelques semaines est en fait homosexuel. Un fou rire sans maîtrise s'empare de moi, sachant qu'elle me répète sans cesse qu'elle peut lire dans le regard des gens. Pour le coup, elle s'est complètement plantée. Elle m'explique qu'elle a tout tenté. Les yeux doux, les robes sexy et même les mots coquins… Mais il restait insensible à ses avances. Pas étonnant en connaissant ses préférences. Elle a dû passer pour une folle. Jamais elle n'aurait cru qu'il était gay, jusqu'à hier où elle a voulu faire une dernière tentative de séduction et qu'elle l'a surpris dans les bras d'un homme.

Cette bulle de discussion avec mon amie s'éclate dès que je pose les yeux sur mon téléphone qui n'annonce aucune nouvelle d'Ethan. Missy remarque ma déception et s'écrie :

— Cupcake !

— Oui, je vais les chercher… dis-je sans grande conviction.

— Ne t'inquiète pas, il reviendra, j'en suis certaine !

Après avoir englouti la moitié des gâteaux, Missy décide qu'il est temps pour elle de rentrer avant qu'elle ne loupe le dernier passage du bus. Je la raccompagne jusqu'à la porte, la prends dans mes bras et la remercie pour cette soirée.

Plongé dans mon lit et quelques grammes dans chaque poche, je tombe littéralement de sommeil, mais quand je ferme les yeux, je vois les prunelles d'Ethan et son magnifique sourire. Un bruit pourtant familier me fait sursauter.

***Merci pour cette soirée, on remet ça jeudi prochain comme d'habitude. J'espère que cette fois-ci Marion sera dispo. Il y a des mecs pas mal à cette heure-ci dans le bus, la vache !***

***Pas de soucis ! Et arrête de sauter sur tout ce qui bouge ! Bonne nuit ma folle***

Fermant les paupières, je repense à cette journée… Et, si je ne le revoyais jamais ? Et, si ce n'était qu'un rêve ?

ET UN JOUR...

## Ethan

Une fois de plus, j'ai fait ce rêve. Toujours ce même visage. Toujours ce même regard qui me hante presque chaque nuit. Tournant la tête sur le côté, je distingue le réveil indiqué l'heure. Cinq heures du matin en France, il devrait être vingt-trois heures à Miami. Je décide d'appeler ma sœur en espérant qu'elle n'est pas déjà endormie. Au bout de deux sonneries, elle décroche.

— Comment va mon frère adoré ? Mais attend, il est super tôt en France. Tu as encore fait ce cauchemar, n'est-ce pas ?

— On ne peut rien te cacher !

— Je sais ! Comment c'est là-bas ? Il faut vraiment que tu m'y emmènes un jour ! Allez, dit oui !

— On verra Cloé, tu sais que c'est compliqué et puis je ne suis pas ici en vacances et tu le sais !

— Oui, chef !

— Ne le prend pas mal… C'est pour nous que je fais tout ça. Tout se passe bien à la maison ? Louisa va bien ?

Elle m'assure que oui et je raccroche une fois rassuré, mais au bout d'une heure tout de même, le temps qu'elle me raconte sa journée et m'énumère ses achats de vêtements dans la dernière boutique qui vient d'ouvrir dans *Lincoln Road*, la rue la plus célèbre et animée de Miami Beach. Je lui indique au passage qu'elle ne devrait pas dépenser autant, mais je ne peux rien lui refuser.

Après un check-up de mes mails, un jogging au bord de la mer et une bonne douche, je m'aperçois qu'il me reste encore quelques heures avant ma prochaine réunion. Je décide d'aller à la Fnac prendre un livre pour Cloé et par la même occasion pour moi. L'ouverture monocorde des portes automatique du magasin me dévoile un monde fou à l'intérieur qui me donne envie de faire demi-tour, mais je me ravise, n'ayant sûrement plus le temps plus tard. Je déambule dans les allées sans trop savoir quoi prendre. Je distingue au loin une femme sublime marcher la tête baissée en slalomant les présentoirs tout en ne regardant pas devant elle. Comment peut-elle être aussi distraite et amusante en même temps ? Je continue de la regarder faire en m'inquiétant qu'elle puisse se prendre quelque chose et surtout se faire mal, mais elle s'arrête et s'empare d'un livre. Rassuré, je continue mon chemin et tombe sur un tas de romans qui pourraient plaire à Cloé. J'examine chaque écrit, lis avec attention les résumés, m'attardant sur l'un d'entre eux tout en marchant, m'imaginant la réaction de ma petite sœur. Quand brutalement, je percute quelqu'un. Désorienté au début, j'aperçois juste une silhouette, mais après quelques secondes, je reconnais cette femme qui vacillait tout à l'heure. Elle a l'air perdue, désemparée. Sans délai, je lui prends la main pour éviter qu'elle ne tombe.

La douceur de sa peau me fait frémir, mais elle ne me regarde toujours pas et cela m'inquiète. Levant finalement les yeux sur moi, elle m'examine de ses pupilles dilatées. Ce regard... Des images viennent percuter mon cerveau. Impossible, le choc a été plus brutal que je ne le pensais. Elle m'acquiesce que tout va bien quand je lui pose la question et j'essaye de ne pas éclater de rire quand elle me demande de la pincer. L'atmosphère autour de nous se rétrécit, je ne vois plus qu'elle et je n'ai absolument pas envie de lui lâcher la main. Malgré l'aisance surprenante de notre contact épidermique, elle se met à rougir et à bafouiller. Il faut vraiment qu'elle me pardonne, mais que puis-je faire pour cela ? On est dans un magasin de livres et non de fleurs. À part du papier et autres bricolés… Du papier ! Voici, l'idée ! Quand elle retire sa main trop brusquement à mon goût, cela me procure une sensation surprenante. Il faut que je réagisse et vite. Je lui demande de ne pas bouger et j'espère qu'elle le fera. D'un coup d'œil, je trouve un stand vendeur. Ma prochaine destination. D'un pas rapide, je m'y rends, apercevant au passage deux femmes me dévisager et faire les belles devant moi. *Dommage pour vous les filles, vous n'êtes pas du tout mon style.* Mais, alors pas du tout, trop vulgaire, trop sûr d'elle. Je les ignore. Arrivé devant le vendeur, je lui demande du papier et un crayon. Ayant certainement l'habitude, il me les tend sans broncher. Avant de commencer, je pose les yeux sur cette femme vérifié si elle n'avait pas disparu. Elle m'attend sagement, son téléphone à la main, le sourire aux lèvres. Quel con ! Belle comme elle est, elle doit sûrement avoir quelqu'un. Une hésitation me submerge quelques secondes avant de décider de le faire, mais une occasion comme celle-ci ne se représentera pas de sitôt !

Vu qu'il n'y a pas de fleurs, je décide d'en dessiner une. J'aimais beaucoup griffonner étant jeune, mais j'ai stoppé dans l'année de mes seize ans. Ma sœur, quant à elle, a toujours adoré lire. Dès qu'elle en termine un, j'ai le droit à un résumé détaillé. Je lui pique donc une citation appropriée pour les circonstances. Une fois le mot terminé, je me dirige vers elle pour le lui remettre. Dès qu'elle remarque ma présence, elle place son téléphone dans son sac et de sa petite main l'ouvre et commence à lire. Ses yeux s'ouvrent d'étonnement et son air stoïque me raidit de peur qu'elle n'apprécie pas. C'est avec un magnifique sourire qu'elle s'éclipse à son tour, s'installant sur le rebord d'une étagère, réfléchissant et commençant à écrire. Quelques minutes plus tard, elle revient d'un pas hésitant et tout se remet au ralenti. Il n'y a plus qu'elle. Encore une fois. Quand elle me tend le papier, elle se retourne et me souhaite une bonne journée. Quoi ? Non ! Le mot ne lui a pas plu ? Je ne lui plais pas… Non, elle a quelqu'un… Elle me montre du regard son bout de feuille et je comprends que je dois l'ouvrir et à ma plus grande joie, son numéro de téléphone y est noté. Un sourire idiot s'affiche immédiatement sur mon visage. Vu la foule, elle n'a pas pu aller bien loin et je la visualise dans la file d'attente. Je décide de lui envoyer un message pour vérifier si c'est le bon numéro. Toujours avec son sourire radieux, elle manipule son téléphone, mais aucune réponse de sa part. Je reste planté là, la regardant s'éloigner…

La vibration de mon téléphone me ramène de mes pensées lointaines. C'est elle ! C'est vraiment elle ! Attendant mon tour également à la caisse, je l'observe inlassablement. Une chose est sûre, c'est qu'elle ne regarde toujours pas où elle va ! Je tente de la prévenir par message, ne résistant pas de lui dire au passage que j'aimerais être le seul qu'elle bouscule. Elle ne relève pas cette dernière hypothèse, mais me promet de faire attention. Quand soudain, elle manque de peu de se faire rouler dessus ! Paniqué, j'essaye d'avancer pour la rejoindre, mais je suis bloqué par cet amas de personnes. Regardant toujours dans sa direction, je la vois discuter avec une femme et ça a l'air d'aller. Je ne sais pas si c'est mon état de panique ou un coup de chance qui fait ça, mais j'entends une caissière me demander de prendre place à sa caisse. Je me retrouve donc en tête de file. Réglant mes achats le plus rapidement possible, je sors du magasin en trombe ne l'apercevant plus. Où est Lilou ?

Dans un message, elle me rassure qu'elle est rentrée chez elle. Nous restons plusieurs heures à discuter et cela me plaît, j'attends toujours avec impatience ses réponses. On apprend à se connaître tout simplement. Avec regret, je lui avoue par la suite que j'habite Miami. Je n'ai pas envie de lui mentir. Si mon projet se concrétise, je serai en France bien plus souvent qu'avant. Peut-être y vivre ? Je n'y avais jamais pensé jusqu'à présent.

Heureusement, mon collaborateur n'a pas forcément remarqué toutes mes petites pauses passées sur mon téléphone, mais à son regard, il se questionne tout de même.

— Un problème Ethan ? Je te vois scotcher à ton téléphone !
— Non, Arthur, c'est juste… Euh… Désolé, c'est ma sœur !
— Je comprends mieux, vous êtes tellement soudés tous les deux et l'avoir laissé à Miami t'inquiète, n'est-ce pas ?
— Tout à fait ! Je n'aime pas la laisser seule. Elle est encore si immature parfois !

— Je m'inquiète aussi pour ma femme et mes enfants. Que dirais-tu de stopper cette réunion ? Je pense que l'on a bien avancé, on reprendra demain avec monsieur MacDowell. De toute manière, il nous manque des renseignements pour continuer. Profitons de cette fin de journée pour nous détendre. Qu'en dis-tu ?

— Tout à fait d'accord avec toi. Reposons-nous pour la longue réunion de demain !

J'avoue, j'ai menti, mais qu'à moitié. J'ai également eu des messages de ma sœur durant la journée. J'ai ma soirée de libre, peut-être que je pourrais inviter Lilou au restaurant ? C'est peut-être trop tôt ? Allez, je me lance ! Mon cœur bat la chamade quand je débute le message, mais je reçois entre-temps un de sa part qui me dit que ce soir une amie vient chez elle. Je ravale mon invitation…

Nous continuons à discuter malgré tout jusqu'à l'arrivée de son amie. Je décide de la laisser tranquille ce soir. Ce qui va être dur, car je prends un véritable plaisir à lui parler. Une femme intelligente, drôle et belle.

N'ayant pas envie de bouger ce soir, je décide de commander mon repas au room service de l'hôtel. En attendant, je peaufine mon dossier pour demain. J'y passe même toute la soirée. Minuit et toujours pas de nouvelles de Lilou, je me demande ce qu'elle peut faire, ce qu'elle peut dire, si elle a parlé de moi, si elle pense à moi. Je déraille et me surprends de penser cela, je n'ai jamais été amoureux de ma vie. Enfin si, une fois… J'ai l'impression d'être littéralement tombé sous son charme dès la première seconde. Je sais que je plais à la gent féminine, mais je me suis toujours concentré sur mon travail pour obtenir une vie décente pour ma sœur. La priorité, c'était elle.

Je pars me coucher tardivement, ne cessant de penser à Lilou. À peine les yeux fermés que je reçois un message. À l'affichage de son prénom, je souris comme un crétin.

***Jpense à toooii… Tu ve 1 cupcake ???***

La soirée entre filles a dû être bien arrosée. Je trouve malgré tout son message adorable. Un brin d'inquiétude m'envahit quand même, car elle a l'air d'avoir pas mal absorbé d'alcool. J'ai envie de lui répondre, mais il est tard, j'attendrai plutôt demain matin quand elle aura les idées claires. Je ne vais pas profiter de son état pour qu'elle me dise certaines choses qu'elle regretterait par la suite.

Je me rallonge serein et heureux. Quelle bonne idée que j'ai eu d'aller ce matin à la Fnac ! Repensant à cette journée riche en émotions, je m'endors en priant de la revoir…

ET UN JOUR...

## Lilou

En entendant le réveil sonner à dix heures, j'ouvre les yeux la bouche pâteuse. Je me tourne et des brides de mon rêve me reviennent. *Oh, my god !* J'ai dû boire plus que je ne l'imaginais…

Ethan vêtu d'un drap blanc façon Rome antique, monté sur un cheval blanc tient un cupcake dans une main et de l'autre un verre de blanc. La personne qui le sert n'est autre que mon facteur vêtu d'un pyjama pilou et monté sur des livres pour être à la hauteur d'Ethan. Missy débarque en bus et me crie qu'Ethan est gay. Une fumée de cigarette me couvre le visage et Noa me chuchote à l'oreille *vient avec moi…*

Merde ! J'arrête de boire ! Je secoue vivement la tête et décide de me lever. Une petite lumière clignotante m'indique que j'ai reçu un nouveau message.

***J'espère que tu n'as pas oublié notre RDV de ce midi ?***

Re merde ! J'avais complètement zappé Yanis !

***12h30 comme prévu. Hâte de te revoir !***

Yanis est un ami d'enfance. Un homme de trente-trois ans formidable, gentil et éperdument amoureux de Missy. Je l'ai su dès le début, ça a été le coup de foudre pour lui. Depuis six mois maintenant, il est parti travailler à Londres, du coup on ne le voit pas souvent ces derniers temps. Un mal pour un bien. C'est mieux pour lui, cela lui permet de changer d'air et de l'oublier. Je devrais peut-être l'oublier aussi. Pas de nouvelles depuis que je lui ai dit que Missy arrivait. Pour me changer les idées, je recherche une chaîne musicale sur ma télévision, augmente le volume et me prépare tout en dansant sur le dernier tube à la mode. Après deux mois d'absence, je vais enfin revoir mon meilleur ami. Quelques pas de danse plus tard et ma brosse à dents dans la bouche, me servant pour l'occasion de micro, mon téléphone émet un son indiquant un message. Ethan... Mon cœur bat... Étrangement...

***Bonjour Lilou, pas trop mal à la tête ce matin ? Je pense que vous avez mangé tous les cupcakes. Mais, merci pour ta proposition de cette nuit***

Quelle proposition ? Je manque de m'étouffer avec le dentifrice plein la bouche. À une vitesse grand V, je fais défiler les messages envoyés... *Mais, non !* Les portables devraient s'enfuir en courant dès que le taux d'alcoolémie augmente ! Aucun souvenir de cet envoi...

***Excuse-moi pour ce message... C'était du n'importe quoi...***

***J'ai trouvé cela plutôt marrant. J'ai pensé à toi aussi... Veux-tu dîner avec moi ce soir ?***

Une multitude de papillons multicolores se forment dans mon ventre. Vivement ce soir...

*** 

Arrivée au point de rendez-vous, je ne repère pas Yanis. Pourtant, je suis à l'heure et lui jamais en retard. Je commence à m'inquiéter et sors mon portable pour le joindre. Subitement, des mains se placent devant mes yeux. *C'est qui ?* Bien évidemment, je sais que c'est lui. Heureuse, je lui saute dans les bras. Sachant que j'adore ça, il me tend un énorme bouquet de fleurs. Je discerne dans ces yeux une certaine fierté de son geste. Je suis enchantée de revoir mon meilleur ami. On s'installe sur une table à l'extérieur et commandons notre repas, sans apéro pour moi, j'ai assez donné hier soir. Yanis commence à me parler de son travail qui lui plaît énormément et ses nouveaux amis qu'il aimerait me présenter. Je le sens épanoui et cela fait plaisir à voir. Ce sera de courte durée quand j'évoque ma soirée d'hier avec Missy. Un voile de tristesse se dessine dans ses yeux. Il ne l'a pas oublié… Je me décerne la médaille de l'amie la plus nulle au monde !

> — Tu sais Yanis, je l'ai toujours su que tu l'aimais. Pour une raison étrange, je n'en ai jamais parlé avec toi. Arrête de te faire du mal…
> — C'est plus fort que moi Lilou, je l'ai dans la peau et pourtant, j'ai essayé des millions de fois de passer à autre chose, mais sans succès. Je l'aime… déclare-t-il les larmes aux yeux.

Je lui prends la main, les larmes coulant à mon tour.

> — Je n'aime pas te voir dans cet état. Tu mérites tellement d'être heureux. Tu peux compter sur moi, tu le sais ?
> — Bien sûr que oui. Allez, changeons de sujet ! Avant que je n'oublie… Tadam !

Il me sort une petite boîte. Un écrin entouré d'un ruban. Étonnée, je l'ouvre et j'éclate en sanglots en découvrant mon pendentif. Celui appartenant à ma grand-mère. Elle me l'a légué juste avant de décéder. C'est un trèfle à quatre-feuilles entouré d'un cœur en argent et d'une clé. Un porte-bonheur. Je ne l'ai presque jamais quitté depuis mes dix-huit ans.

Dans l'année de mes dix-neuf ans, j'ai eu un grave accident de voiture alors que j'étais parti en Road Trip avec Yanis. Il s'en est toujours voulu, car c'était lui qui était au volant. Pourtant, rien n'était de sa faute, on nous avait coupé la route. Malgré tout, on s'en est tiré presque indemne grâce à l'aide de personnes autour de nous. Cet événement est flou. Je vois des flammes, des gens affolés, criés dans tous les sens, un jeune homme accroupi au-dessus de moi enlevant son tee-shirt pour éponger ma plaie et s'en servir pour me le placer sous ma tête. Je vois une forme confuse, un homme me caresser le front et me dire que les secours vont arriver. Je vois Yanis allongé plus loin, criant mon nom, mais je m'étais évanouie. C'est ce jour-là que j'ai perdu une partie de mon pendentif. La clé.

Yanis me l'avait pris la dernière fois qu'il était venu en France pour le rapporter à Londres, car il connaît un type là-bas qui répare les bijoux de valeur, un homme de confiance et professionnel. En perdant la clé, un trou s'était formé sur le côté et j'ai toujours eu peur de le perdre ou qu'il se casse encore plus. Je m'étais renseigné pour le faire réparer, mais on me demandait à chaque fois une somme hors de prix. Yanis me prétend qu'il n'a pratiquement rien payé, mais j'ai des doutes. On en reparlera plus tard, pour le moment je me lève de ma chaise et l'embrasse tendrement sur le front, un sourire jusqu'aux oreilles.

Le repas se déroule avec quelques fous rires. Il me raconte ses soirées londoniennes et moi des miennes en évitant à tout prix de parler de Missy. Je lui révèle également ma rencontre avec Ethan. Cette incroyable collision qui m'a tant bouleversé, évoquant mon dîner avec lui le soir même. Bienveillant, il me met quand même en garde faisant ressurgir son côté protecteur. Yanis est bien plus qu'un ami, c'est un frère, mon confident. Pour avoir un avis masculin, je lui demande ce que je pourrai bien porter comme tenue ce soir, tout en sachant que ça reste un homme. Il me propose une combinaison de ski. J'esclaffe de rire. Le mieux serait que je demande l'avis à Marion, la plus sage d'entre nous, car Missy, la connaissant me dira : *ma belle sort le grand jeu, robe sexy et talons hauts.* Hors de question pour un premier rendez-vous.

Le repas terminé, nous repartons chacun de notre côté se promettant de se revoir dans le week-end. Arrivée chez moi, je consulte ma boîte mail et aperçois la présence d'un de mon patron.

*« Je sais qu'à 35 ans, on commence à se faire vieille, mais pourrais-tu accélérer le pas sur la traduction de l'essai ? Il me le faut pour lundi sans faute ! Signé, ton patron pas très content, qui ne va pas tarder à venir te botter le derrière si je n'ai pas de nouvelles ! »*

Je vous présente Stan alias monsieur grincheux. Toujours à ronchonner, mais adorable quand on le connaît bien. Son humour décalé est à prendre au second degré. Je me souviendrai toujours de la première fois que je l'ai rencontré. J'étais tellement angoissée ce jour-là, car je voulais absolument ce travail. J'avais déjà entendu parler de sa réputation, un excellent professionnel, mais avec un sale caractère, difficile d'être embauché dans sa boîte. Arrivée dans son bureau, il était d'une humeur de chien. Ça commençait bien ! Je lui avais exposé mes motivations pour le poste, le voyant toujours à bougonner devant moi et ne m'écoutant même pas. Je commençais, moi aussi, à bouillir de ce manque d'intérêt et de respect, mais je me contrôlais. Jusqu'au moment où, décrochant son téléphone, il m'avait laissé seule en plein monologue. Quand il avait raccroché, il m'avait dit d'un air détaché : *Vous avez fini ?* D'un bond, je m'étais levé de ma chaise : *Oui, monsieur grincheux, j'ai fini et vous ? Vous trouverez peut-être quelqu'un quand vous serez moins con !* Furieuse, j'étais sortie du bureau en claquant la porte sous les yeux ébahis de la secrétaire. Arrivée dehors, j'avais allumé une cigarette et commençais à me détendre, assise sur une marche en attendant de reprendre mes esprits. Une voix derrière moi m'avait interpellée : *Le con s'excuse. Vous commencez lundi à neuf heures, ne soyez pas en retard !* Mon honnêteté et mon franc-parler sont sortis du lot pour le poste. Aujourd'hui, cela va faire dix ans que je travaille pour lui. J'ai su plus tard que le jour de mon embauche, il avait perdu la garde de sa fille par des manipulations de son ex-femme et qu'elle quittait la France pour s'installer au Canada.

*« Cher patron adoré ! Merci, je vais bien, c'est tellement gentil de le demander ! On parle de ton âge avancé maintenant ou on attend ? Ne t'inquiète pas, la traduction est bien avancée, je te promets que lundi, ce sera prêt. Signée, ta plus dévouée employée et si tu passes dans le coin passe plutôt boire une bière au lieu de grogner ! »*

***

Quinze heures tapantes et j'ai une folle envie d'envoyer un message à Ethan, mais je sais qu'il est actuellement en réunion. Avant de me remettre au travail et m'attaquer à la suite de la traduction de l'essai en cours, je profite d'appeler Marion.

— Coucou Lilou. Comment vas-tu ? Tu as survécu à madame tornade hier soir ?

— Tout va bien, un peu fatiguée malgré tout. Missy est restée plutôt calme pour une fois, déclarais-je moqueuse. C'est quand que l'on se voit ?

— Ce week-end, si vous êtes dispo ?

— Parfait ! Au fait, j'ai besoin de ton avis. Pour un premier rendez-vous, tu t'habillerais comment ?

— Crache tout de suite le morceau, cachottière !

— Pour faire court, j'ai rencontré quelqu'un hier et il m'a proposé de dîner avec lui ce soir…

— Sérieux ? Mais, c'est super ! De mon point de vue, je la jouerai sobre. Ni trop sexy, ni trop soft, entre les deux quoi !

— Ça m'aide vachement !

— Évite les jeans/baskets et les robes trop sexy. Au deuxième rencard, tu pourras te lâcher ! rigole-t-elle. Je te verrai bien avec ta robe bleu foncé, elle te va à ravir et serait parfaite pour l'occasion !

— Merci Marion. On se rappelle plus tard, car j'ai mon essai à terminer au plus vite, sinon Stan va me faire une syncope !

— Monsieur grincheux le retour ! Bon courage, à plus tard et bonne soirée !

Après une bonne partie de l'après-midi passé sur mon essai, je décide d'aller me préparer pour ce soir. Je sors ma robe de l'armoire, vérifie qu'elle est bien repassée, la pose sur mon lit et sautille sur place comme une gamine en chantonnant à tue-tête. Mon portable clignote.

***On pense à toi ! Chope-le et le laisse plus partir ! Missy et Yanis***

Ils sont ensemble, pauvre Yanis... J'espère qu'il ne souffre pas trop de l'indifférence de Missy.

Un son retentit.

***Je me suis trompé, j'ai cru que... Je prends l'avion pour Miami dans dix minutes. Adieu Lilou... Ethan***

Je perds l'équilibre m'appuyant sur mon évier pour éviter de tomber, tentant de reprendre mes esprits, en relisant pour la dixième fois son message.

***Je ne comprends pas ! Que se passe-t-il ? Ethan, explique-moi...***

J'ai beau fixer mon téléphone, mais je n'ai aucune réponse de sa part. Mon esprit tourne dans tous les sens. J'appelle immédiatement Missy en pleurs. Me soutenant le temps du trajet, ils arrivent dix minutes plus tard. Depuis le message d'Ethan, je n'ai pas bougé de ma salle de bains, assise parterre sur le carrelage. J'ai si froid. Yanis m'enveloppe de mon peignoir et me porte jusqu'au canapé. Je me faisais une telle joie de le revoir.

*Lilou, tu n'es pas faite pour le bonheur...* Cette phrase tourne en boucle dans ma tête. Mes deux amis essayent tant bien que mal de me remonter le moral en me câlinant et me parlant. J'entends leurs voix, mais mon esprit est ailleurs. Je me suis finalement endormie d'épuisement.

Même pas commencé, déjà fini...

# Ethan

Sept heures du matin.

J'ai rêvé d'elle toute la nuit. J'espère qu'elle a bien dormi. Je me lève de bonne humeur avec une seule idée en tête, lui répondre, mais il est trop tôt. Pendant mon petit déjeuner, je continue d'avancer sur mon dossier, le réexamine pour être au top lors de ma présentation.

Dix heures.

Je ne tiens plus et prends mon téléphone. Supposant qu'elle ne se souvienne plus du message qu'elle m'a envoyé cette nuit, je souris à cette hypothèse. J'aurais voulu être là pour voir ça. J'ose enfin lui demander de dîner avec moi ce soir et elle accepte volontiers. J'ai tellement hâte de la revoir. Aura-t-on toujours cette sorte d'attraction entre nous ? Du plus loin que je me souvienne, je n'ai jamais été attiré comme ça par une femme avant elle, pas autant, ce qui me fait peur et me pousse à la revoir. M'ayant donné son numéro de téléphone, je présume qu'elle est célibataire… J'ai un grand nombre de principes et de valeurs dans ma vie, je suis une personne entière dans mes relations, détestant le mensonge et les trahisons.

Douze heures.

Je décide d'emmener Arthur au restaurant avant la réunion. Nous décidons d'aller dans une petite brasserie située pas très loin du bureau de monsieur MacDowell, ce qui nous permettra d'y aller à pied après le déjeuner. Le temps clément et doux nous permet de nous installer en terrasse pour prendre l'apéritif et éviter à Arthur de sortir pour fumer sa cigarette. Ce dernier reçoit un appel de sa femme. S'excusant, il s'éloigne de quelques pas. Pendant ce temps, je scrute les immeubles et commerces autour de moi. C'est une très jolie rue, bien aménagée, avec beaucoup de charme. Brusquement mon cœur s'arrête en distinguant Lilou, les bras autour du cou d'un homme qui lui offre des fleurs. *Non…* Ce n'est peut-être qu'un ami ? Je suis tellement concentré sur eux que je n'ai même pas fait attention que la serveuse avait apporté nos verres. Arthur revient juste à ce moment-là. Les yeux toujours fixés sur eux, j'assiste à la scène, impuissant. Elle explose de joie. Moi, j'explose tout court. J'ai du mal à respirer, ma gorge se serre. Pourquoi m'a-t-elle menti ?

— Ça va Ethan ? Tu es tout pâle !
— Oui, un coup de froid, je pense…

Me sentant trahi, malgré notre récente rencontre, je me sens mal, perdant l'appétit. Pendant tout le repas, je n'ai de cesse de les observer, triturant ma fourchette contre la nappe.

— Tu ne vas vraiment pas bien Ethan. Va te reposer à l'hôtel si tu le souhaites, je m'arrangerai avec monsieur MacDowell.
— Hors de question ! Cette réunion est très importante, il faut que j'y assiste. J'ai juste besoin de marcher et de changer d'air.

Je demande expressément l'addition en jetant un dernier coup d'œil dans *sa* direction et ma décision est prise.

Malgré mon état de stress, la réunion a été un succès. Monsieur MacDowell a grandement apprécié notre travail et nous félicite. Pour finaliser le projet, nous prenons un prochain rendez-vous d'ici quelques semaines. Après des mois de travail acharné, nous avons réussi. Fier de mon équipe, nous décidons d'aller fêter ça au bar du coin.

— Deux coupes de champagne, s'il vous plaît !

— Ça a l'air d'aller mieux ?

— Oui, je t'ai dit un coup de froid. Le climat est différent ici comparé à Miami.

— C'est sûr, mais quand même, ça t'a pris d'un coup…

— Ça ne prévient pas ce genre de choses !

— Pas faux ! Bon, j'ai hâte de retrouver ma femme et mes enfants demain, tu rentres lundi toi, c'est ça ?

— Finalement, je rentre en même temps que toi. Je n'ai plus rien à faire ici à présent !

— Je croyais que…

— Je finaliserais à distance ! le coupais-je.

Ne voulant rien divulguer pour le moment, je reste muet et prends un moment pour envoyer un message à Lilou et lui annoncer mes adieux. Je n'aurais jamais rien tenté si j'avais su qu'elle n'était pas libre.

Deux heures plus tard, nous voici à l'aéroport prêt à embarquer. Avec un pincement au cœur, j'admire une dernière fois le sol français et détourne la tête du hublot.

Je dois l'oublier…

ET UN JOUR...

## Lilou

*Mon ouïe s'effrite et des bourdonnements dans mes oreilles surviennent. Enregistrant des cris étouffés, je* **"** *perçois du sang, des flammes. J'entends mon prénom… C'est Yanis, mais je ne le vois pas. Tout est flou. Un homme s'installe près de moi, me parle, mais je ne comprends rien. Soudain, une explosion. Il se jette sur moi, me protégeant. Visualisant une masse, néanmoins pas son visage. L'épaisse fumée trouble ma vision, mais j'aperçois l'homme enlevé son tee-shirt. Épongeant ma blessure, il me tient la main. Elle est chaude et apaisante. Il me dit que tout ira bien, qu'il est là. Dès que les pompiers arrivent, il me lâche et disparaît. Je le cherche du regard, mais ne le trouve pas. Où est-il ? J'entends les secours affirmer que cet inconnu m'a sauvé la vie. J'ai envie de dormir, mes paupières sont lourdes. Quand j'ouvre ces dernières, je vois Ethan, un livre à la main me souriant au loin. Son regard s'assombrit et il me crie « Adieu Lilou », jetant dans les flammes mon pendentif qu'il tenait à la main et s'éloigne pour disparaître complètement. »*

Je me réveille en hurlant. Ne sachant pas qu'ils étaient restés dormir ici, Missy et Yanis débarquent illico.

— Que se passe-t-il ? me demande Yanis très inquiet.
— Juste le même cauchemar, à part la fin… Ne t'inquiète pas !

Je vois discrètement Missy ranger le balai qu'elle avait dans les mains en cas d'attaque. Mon amie a réussi, malgré elle, à me faire décrocher un sourire. L'inspectant de plus près, je remarque qu'elle a les cheveux à la *Jackson Five*, le tee-shirt de travers et sur les épaules le gilet de Yanis. Je leur explique brièvement mon cauchemar. Quand je suis angoissée, je fais toujours le même, celui de l'accident et comme à chaque fois, je mélange tous mes ressentis dans mes rêves.

Après une bonne douche, on décide d'aller manger un morceau dans notre restaurant préféré *Le Olly's*. Un endroit cosy et simple. Les patrons sont un couple, Andy et Maria. Ce restaurant est leur vie, d'où le nom de ce dernier, qui n'est autre que le prénom de leur fille unique. Très sympathiques et accueillant, leurs plats sont délicieux. On s'y sent bien et on s'y rend au moins une fois par semaine depuis au moins deux ans, ayant pour le coup notre table attitrée. Nous dialoguons autour de nos pâtes carbonara, mais je n'ai pas d'appétit. Je devrai écouter mes amis et l'oublier…

***

Ayant terminé l'essai à temps, même en avance, Stan est aux anges et cette fois-ci pas grognon. Cela ne dure pas quand je lui annonce que je décide de prendre une semaine de congé. Yanis ayant entendu mon appel téléphonique, me propose de l'accompagner à Londres pour me changer les idées. Ce que j'accepte volontiers. Prête pour l'aventure londonienne. Toute excitée par ce voyage, je décide de commencer à préparer quelques affaires. Demain, j'aurai peu de temps, car je réserve ma soirée pour Marion. Il ne me restera que dimanche matin avant le départ dans l'après-midi.

Avant de tout fourrer dans mon sac et pour éviter tout oubli, je dresse un début de liste :

- Brosse à dents (indispensable)
- Trousse de toilette (obligatoire)

- Trousse de maquillage (inévitable, sinon les Londoniens vont fuir)
- Robe de soirée (je compte bien sortir, je suis en vacances après tout)
- ~~Pyjama pilou~~ (on va éviter…)
- Mon dernier livre acheté

Touchant sa couverture, des souvenirs me reviennent. Il doit être rentré à Miami à l'heure qu'il est et m'a déjà certainement effacé de sa mémoire.

***

Le lendemain midi, Marion passe me prendre pour aller faire les courses. La fête se déroulera chez moi, comme souvent. Marion vit en colocation avec son frère, ce qui est difficile et Missy a un dressing tellement gigantesque, qu'il prend la moitié de son appartement, donc peu de place pour circuler à son aise. Pendant le trajet pour se rendre au supermarché, je lui explique tout en détail. Ma rencontre avec Ethan et les derniers jours passés. Cela fait mal d'en parler, mais c'est nécessaire pour extérioriser.

Marion, du même âge que moi, est tellement calme comparé à Missy. On se fréquente depuis la Fac, une dizaine d'années environ. On s'est toujours bien entendu, c'est devenu ma confidente. Depuis quelques mois, elle est en couple et heureuse, mais on ne l'a voit plus beaucoup, car son homme est musicien et elle le suit pour ses concerts et tournées. La chance qu'elle a de pouvoir être auprès de lui, pouvoir voyager, apprécier d'autres paysages, embrasser d'autres cultures. C'est aussi une personne super organisée, les courses se font rapidement. À la caisse, on évoque l'absence de Missy, qui nous a arrangés. Pas que sa présence nous gêne, mais on aurait mis trois fois plus de temps, car elle aurait dragué tous les hommes qu'elle aurait trouvé charmants, passé des heures à s'acheter du maquillage et si par malheur on était passé par le coin kiosque, elle aurait épluché tous les magazines people pour dénicher le moindre potin. Nous rions à cœur joie toutes les deux imaginant la scène. Étant en avance, nous déposons les courses à l'appartement et décidons d'aller faire du shopping. J'ai vu une petite robe sympathique dans un magasin pas très loin de chez moi en passant tout à l'heure, elle sera parfaite pour ce soir. Sortant de la cabine, la robe enfilée, Marion me précise qu'elle me va à merveille. C'est décidé, je l'achète ! Retournant me changer, ravie, j'entends soudainement : *Ethan, Ethan ! Viens ici, ne cours pas comme ça !* Mon cœur fait un bond, mais je comprends rapidement que c'est une maman qui appelle son petit garçon, mais rien que le fait d'entendre ce prénom, c'est comme un poids qui tombait sur mes épaules.

— Ma puce, tu comptes faire la fête ici ? Ce n'est pas que ce ne soit pas original, mais j'en connais une avec qui ce serait le bordel ! me dit Marion passant sa tête par le rideau de la cabine.

Je ne m'étais pas rendu compte que j'étais resté scotcher un long moment face au miroir pensant à Ethan. Il faut que j'arrête de penser à lui. Je souris à Marion et tente de me reprendre.

— M'en parle pas, j'imagine que trop bien ! Allez, allons préparer notre repas ! rétorquai-je en essayant de dissimuler ma peine.

Nous sortons du magasin en tentant de ne pas oublier de passer chez le caviste prendre le vin. Soudain, une voix m'interpelle…

— Lilou ! Quelle coïncidence !

— Noa… ?

Il ne manquait plus que lui !

— Mais, bien sûr, une coïncidence ! dit froidement Marion.

Noa l'ignore comme toujours. Il reste me fixer, rictus aux lèvres.

— Salut Noa…

— Je t'ai envoyé un message l'autre jour. Je n'ai pas eu de réponse, je me suis inquiété. Tu vas bien ?

— Oui, c'est juste que… Que j'étais pas mal débordée avec le travail. Tu connais Stan !

— Oh oui ! Tu fais quoi ce soir ?

Je repère du coin de l'œil Marion soufflée et trépignée d'impatience. Elle répond à ma place.

— Elle n'est pas là, on a quelque chose de prévu ! Tu n'es pas invité ! D'ailleurs, on est en retard ! Salut NO-A !

Je savais qu'elle ne l'aimait pas beaucoup, mais elle me surprend avec sa réponse si directe. Elle, d'ordinaire si calme et contrôlée…

Noa lui lance un regard furieux.

— Ce n'est pas à toi que je parle !

— Stop tous les deux ! m'écriai-je. Je ne suis pas disponible en effet.

— Dommage… J'ai dû laisser ma montre chez toi l'autre fois à la fête et je pensais venir la récupérer. J'aurai rapporté une bouteille par la même occasion.

— Pff ! siffla entre ses dents Marion qui n'arrive plus à se contrôler.

Voyant son agacement et son agressivité, je décide de clore la discussion.

— Une prochaine fois Noa, on se rappelle ! Bonne soirée !

Tirant Marion par le bras, j'ai cru pendant un instant que des crocs sortaient de sa bouche. Elle ne l'aime vraiment pas !

— Comment ça une prochaine fois ? Mais ce mec ne te mérite pas ! Qu'il se démerde avec sa montre ! J'aurai eu plus de muscles, je lui pétais la gueule sur place ! Non, mais, monsieur débarque la bouche en cœur, comme si rien n'était, tu parles !

— Oublions ça s'il te plaît, allons chercher le vin et puis la préparation des lasagnes nous attend ! expliquai-je, tentant désespérément de passer à autre chose.

— Il ne perd rien pour attendre !

Le choix des vins faits, nous rentrons à l'appartement. Marion s'occupe de la décoration de la table et moi de la préparation des lasagnes. Nous recevons un message de Missy qui s'ennuie au travail et qui a hâte de nous rejoindre. Je reçois également un message de Noa.

***J'étais content de te voir tout à l'heure. J'espère que l'on se verra très vite… Bonne soirée***

Mes vieux travers reviennent. Cet homme a un pouvoir sur moi que je n'aime absolument pas. Depuis que je l'ai rencontrée, il y a quelques mois, je ne cesse de penser à lui. Nous ne sommes restés ensemble que peu de temps, mais cela a suffi pour que je plonge dans une sorte d'assuétude destructive. Un coup, il vient. Un coup, il part. Je sais pertinemment qu'il n'est pas fait pour moi et qu'il me fait du mal, mais je n'ai pas encore réussi à m'échapper de son emprise, certainement due au fait que je me sente désespérément seule.

***Cela m'a fait plaisir de te revoir aussi. Je pars une semaine à Londres avec Yanis, on se voit à mon retour ? Bonne soirée à toi aussi***

Surpris et déçu que je parte, il me souhaite quand même un bon voyage.

Deux petites heures après, tout est prêt. Missy et Yanis ne sont pas encore arrivés, Marion en profite pour me raconter les moments passés avec son homme et de combien cela l'énerve de voir ses groupies s'agglutiner après les concerts.

La sonnette d'entrée retentit et la porte s'ouvre.

— Mes copines ! s'écrit Missy en nous sautant dans les bras comme si elle ne nous avait pas vus depuis des mois.

— Elle a été intenable dans la voiture ! Servez-lui vite un verre ! se marre Yanis.

— Mais, avant ça... dit Missy. Regardez-moi ce magnifique relooking !

Fière d'elle, elle nous montre son chef d'œuvre et j'admets qu'elle a fait un fabuleux travail. Yanis, vêtu d'un smoking italien noir, d'une chemise blanche serti d'une cravate fine et même d'une nouvelle coupe de cheveux. Impressionnant, il est canon. Le pauvre se met à rougir, à force que trois femmes le regardent en détail. Dans un regard complice, Missy et lui s'avancent dans le salon. J'ai dû manquer un épisode...

La soirée bat son plein. On en pleure même de rire. Les bouteilles défilent et les lasagnes sont englouties. Missy nous raconte les frasques de sa collègue de bureau et remet sur le tapis sa folle attitude avec son collègue homosexuel. Yanis, quant à lui nous raconte des blagues plus drôles les unes que les autres. Pour ma part, je me prends les pieds dans le tapis et m'étale de tout mon long, provoquant un fou rire général. Marion, toujours aussi calme, essaye de contrôler le tout. J'aime mes amis, avec eux j'ai toujours le sourire.

Étant fatigués, on décide d'aller dormir. Demain, je pars pour Londres et ma valise n'est pas terminée.

***

Je passe la nuit rêvant d'Ethan. Un doux rêve stoppé net lorsque dans celui-ci apparaît Noa. Pour m'éclaircir les idées, je décide de prendre une douche, mais aucun effet, ce rêve m'a complètement déstabilisée.

J'essaie tant bien que mal de faire mon sac en essayant de ne rien oublier.

— Alors, prête ? s'exclame Yanis.

— Presque ! Par contre, impossible de retrouver le chargeur de mon téléphone. Tu peux m'aider à le chercher s'il te plaît ?

— À vos ordres, capitaine ! sourit-il.

Ayant Missy au téléphone, je lui rappelle qu'elle n'oublie pas de passer à mon appartement pour nourrir Albert, mon poisson rouge. Son prénom a été déniché lors d'une soirée quelque peu arrosée avec Missy. Ce soir-là, on s'était loué un film, dont un des personnages, s'appelant Albert, ressemblait étrangement à un poisson avec ses gros yeux globuleux, d'où le pseudonyme. Un compagnon bien résistant, car il a quelques péripéties à son actif. Une fois, voulant changer son eau, le bocal m'avait échappé des mains et le pauvre avait glissé sous mon réfrigérateur, mission commando pour le récupérer. Un autre jour, gardant le chat de Marion, il se fut de peu qu'il l'avale. Sans compter la fois où Missy avait décidé de lui servir du vin blanc : *Allez Albert, trinque avec nous pour une fois !* Heureusement qu'un poisson ne parle pas, car il pourrait en raconter des anecdotes ! Je lui remémore également de prendre mon courrier, car j'attends des papiers importants pour une nouvelle traduction qui devrait arriver dans la semaine. J'ai pourtant demandé à Stan de les prendre le temps que je revienne de Londres, mais grincheux a refait surface.

*« Et, puis, quoi encore ? Madame veut une prime avec ceci ? Je te signale qu'il y en a qui bossent, contrairement à certaines personnes qui partent en VACANCES ! Je n'aurais pas le temps ! Tu sais bien que j'ai des réunions importantes cette semaine-là ! Va faire ta folle à Londres avant que je change d'avis, mais je veux te voir lundi prochain*

*à 9h00 avec les papiers ! Signé, ton patron qui espère que son employée folledingue ne se cassera pas une jambe là-bas ! »*

*« Prime, ce mot m'intéresse... On en reparlera ! Excusez-moi, MO-sieur le président des grincheux de vous déranger ! Je te promets de t'envoyer des photos des différents cocktails que je boirais ! Signé, ta folledingue qui promet de ne pas danser un rock acrobatique avec des talons de 12 cm ! »*

Chose surprenante, Missy veut parler à Yanis, je m'éclipse donc continuer mon sac, tout en gardant une oreille traînée...

— Oui... Ce n'est pas grave... Non, ne t'inquiète pas... Garde-le en attendant... Oui, dans une semaine... Ok... Ah... Toi aussi, bye.

À vrai dire, je n'ai pas tout compris à la conversation ! Subitement, Yanis me rejoint brandissant quelque chose, le bras en l'air.

— Ce n'est pas ça que tu cherches ?
— Mon chargeur ! Où était-il ?
— Bizarrement, dans le frigo...
— Sérieux ? Alors, là...
— Tu n'en manques pas une toi ! explose-t-il de rire.

***

Je ne tiens plus en place sur le trajet qui nous mène à l'aéroport, chahutant et chantant dans la voiture. Yanis était à deux doigts de me jeter par la fenêtre. Prenant place dans l'avion, j'ai fait en sorte d'avoir un siège près de lui, n'étant pas rassuré dans ses oiseaux de métal.

54

*Lyly* ♥

Je me détends et commence à rêvasser en regardant les nuages…

ET UN JOUR...

# Ethan

La chaleur est intenable sortant de l'avion. Traînant ma valise dans l'aéroport, je vérifie mes messages sur mon téléphone. Aucune nouvelle d'elle. Pourquoi en aurai-je d'ailleurs ? Elle a quelqu'un, je l'ai vue de mes propres yeux.

Je n'ai même pas le temps de lever la tête que ma sœur me saute dessus.

— Tu m'as manqué !

— Toi aussi, ma puce, mais doucement tu vas nous faire tomber ! dis-je en l'enlaçant.

— C'est quoi cette tête ? Tu as l'air triste ?

— Juste fatigué du voyage…

Je m'efforce de faire bonne figure et de ne pas montrer ma déception. Arrivés à la maison, elle me bombarde de questions en tous genres. Bien que je ne sois pas trop d'humeur, je lui réponds le plus brièvement possible. Elle me raconte ces journées et me montre ces nouvelles créations. J'ai l'impression que ça dure une éternité et je n'ai qu'une envie, aller dormir…

Cloé à vingt-huit ans, styliste indépendante, elle vit avec moi. Orphelins, je reste très protecteur avec elle et je préfère la garder à l'œil. Malgré son âge, elle reste encore immature et irréfléchie parfois. La preuve, quand je lui offre le livre que j'avais pris à la Fnac, elle fait des bonds de trois mètres de haut en criant *merci, merci, merci,* tout en tournant autour de moi comme une fillette de cinq ans. Apparemment, cela lui plaît.

# ET UN JOUR...

***

Je passe plusieurs journées d'affiler la tête plongée dans le travail, évitant de penser à autre chose, m'avançant considérablement, ce qui n'est pas négligeable. Par contre, pour le sommeil, on repassera ! Mes soirées sont remplies entre vernissages, gala de charité, repas d'affaires, mais le pire ce sont ces cauchemars récurrents ! N'ayant rien de prévu ce soir, ce sera repos total ! Enfin, je le pensais...

— J'espère que tu n'as rien de prévu ce soir ? Car, j'ai une surprise pour toi ! s'exclame Cloé.

— Non, rien ! Je pensais juste faire une sieste... Ensuite, je suis libre.

Je n'ai pas voulu refuser, vu son enthousiasme et puis on ne s'est pas vu beaucoup ces derniers jours, je lui dois bien ça !

— Parfait ! Je viens te chercher quand c'est prêt ! dit-elle en sautillant.

Je me demande ce qu'elle mijote... La connaissant ça peut être tout et n'importe quoi.

***

— Allez debout ! C'est l'heure !

— Pardon ? Quoi ? Il est quelle heure ?

— Presque dix-neuf heures !

— Déjà ? Mais j'ai dormi toute l'après-midi...

— Je n'ai pas voulu te réveiller avant, tu étais si mignon... se moque-t-elle. Descend vite, je t'attends au salon.

58

Une bonne odeur de cuisine, m'ouvrant l'appétit, me parvient dans les narines. Arrivant au salon, je m'interroge quand je vois Cloé munie de deux coupes de champagne et portant un tablier.

— Tadam ! Tu as devant toi la master chef de la soirée !

— J'espère que tu as prévu des pizzas au cas où ?

— Tu es méchant…

— Je plaisante, tu le sais bien. Mais qui t'a initié à cuisiner ?

— C'est Louisa. Elle m'a appris quelques recettes et je m'épate moi-même.

— Et, bien, trinquons et allons goûter cela !

*****

Son repas est vraiment délicieux. Impressionné, je la félicite et lui demande de faire plus souvent à manger dorénavant.

— Dans tes rêves ! me dit-elle. Mais c'est vrai que j'y ai pris goût. Au fait, qui est Lilou ?

J'avale de travers. Mais comment connaît-elle son existence ?

— Tu parlais d'elle dans ton sommeil… me devance-t-elle.

— C'est… Personne ! Laisse tomber !

— Arrête, je te connais par cœur. Depuis ton retour, tu es absent, le regard vide. Cela ne te ressemble pas. Tu peux tout me dire, tu sais…

Avec hésitation, je finis par tout lui avouer, énumérant avec minutie ma rencontre avec elle jusqu'à la dernière fois où je l'ai vu avec cet homme. Elle fulmine.

— Et toi, comme un idiot, tu t'enfuis ? C'est une magnifique rencontre grand frère... Franchement, parce qu'elle dînait avec un homme, tout de suite c'est son mec ? Tu lui as demandé au moins ?

— Non, ça paraissait si évident !

— Les apparences sont souvent trompeuses. Qu'attends-tu ? Fonce ! Ne laisse pas passer cette chance ! Retourne en France et parle-lui !

— Mais, si elle ne veut pas me parler ? Et, si elle avait réellement quelqu'un ?

— Ethan, je t'adore, mais là tu m'énerves ! Quand vas-tu penser un peu à toi ? Au moins, tu seras fixé ! Mais il est hors de question que je te laisse une journée de plus à te morfondre comme ça ! On dirait un zombie ! Vas-y et c'est un ordre !

Je lui souris plein de tendresse. Pour une fois, les rôles s'inversent.

Avec un élan d'espoir, je fais ma valise...

## Lilou

—**C**'est magnifique ! dis-je les yeux émerveillés devant ce quartier.

— Et tu n'as encore rien vu ! dit Yanis joyeusement.

Il habite proche du centre de Londres, *Covent Garden*, le quartier commercial et touristique le plus populaire de la ville. Ce quartier est surprenant, on y trouve des échoppes qui regorgent de souvenirs typiques, des boutiques de mode et des petits cafés sympas au décor unique et coloré. Yanis me promet une ballade ce soir au rythme de nombreux spectacles de rues. J'ai hâte ! Nous déballons nos bagages arrivés dans son appartement, aussi original que le quartier. Je l'adore ! Yanis me précise qu'il n'aurait jamais pu s'offrir un tel logement sans avoir de colocataires. Ces derniers étant partis en vacances, nous avons l'appartement pour nous tout seul.

Pour notre première soirée, il décide de m'inviter au restaurant. D'une humeur joyeuse, je trépigne d'impatience. Je sors immédiatement une petite robe de soirée et me pomponne. Cette semaine est ma semaine et je suis bien décidée, à ce que rien n'entrave mes vacances. Tellement surexcitée que je prends mon sac à main et sors précipitamment sur le palier.

— Attends Lilou ! dit nerveusement Yanis.

— Dépêche-toi ! Je ne peux plus attendre ! le coupais-je.

Il me rejoint d'un pas rapide dans le couloir. Au même moment, un voisin présent sur le palier reste bouche bée en me voyant. C'est vrai que je mets rarement de telles robes avec de hauts talons, cela a l'air de faire son effet au voisinage et ça m'enchante.

> — Tu as vu Yanis, je fais des ravages ! lui dis-je avec un clin d'œil.
> — Mouais ! Comment dire… Tu as surtout ta robe coincée dans ta culotte !

Je suis rouge de honte ! Yanis éclate de rire quand je tente de cacher mes fesses. Je finis par faire de même.

Comme promis sur le chemin, nous rencontrons des musiciens qui cadencent nos pas. Nous nous arrêtons pour certains. Quelle ambiance ! Nous arrivons au restaurant, le *21 Covent-Garden*, un restaurant bien situé et non loin des chants des artistes et des spectacles de rue. Terrasse chauffée, le service est sympathique, convivial et les plats très bons. Nous passons un excellent moment. Dans la soirée, j'ai dû demander à Yanis trois cent cinquante sept fois minimum si ma robe était bien mise…

***

Les jours passent d'une allure foudroyante. J'ai reçu quelques appels de Missy et Marion pour savoir comment se passait mon séjour. Missy est forcément intéressée par mes achats vestimentaires et Marion plus par l'architecture. Mes deux opposés s'arrachent le téléphone à tour de rôle, ce qui se termine par un brouhaha inexplicable ! J'ai également des nouvelles de Noa. Cet homme est un mystère, il peut passer des semaines sans m'adresser la parole et revenir d'un seul coup, mais ce n'est pas pour autant qu'il veuille de moi. Il m'a toujours attiré, malheureusement… En ce qui concerne

Ethan, je n'ai toujours pas de nouvelles, ni explications, ce qui me plonge dans une incompréhension totale et me renvoie une fois de plus à ma solitude. Pas la solitude humaine, car ma vie sociale est au top, mais la solitude du cœur.

***

Quand Yanis est au travail la journée, je m'occupe comme je peux et je n'ai pas de quoi m'ennuyer. J'ai donc pu visiter tout le quartier et je m'y sens plutôt à l'aise. Certains jours, il a fini plus tôt et il a pu m'emmener voir *Southwark* et son fameux musée *La Tate Modern*, la célèbre place *Piccadilly Circus* où se situe la symbolique statue Eros.

J'aurais dû prendre une plus grosse valise, car pour une accro du shopping comme moi, j'ai adoré la rue *Oxford Street* et ces centaines de magasins qui vont des marques de tous les jours aux enseignes de luxes. J'ai même déniché une échoppe où l'on pouvait créer des tee-shirts personnalisés, ce qui m'a donné l'idée pour Stan ! Écrit en gros caractères *monsieur grincheux*. Je sais qu'il va gueuler et que j'ai intérêt à prévoir des boules-quies pour lundi, mais je sais aussi qu'au fond de lui ça le fera rire et lui fera plaisir. J'ai également pu apercevoir *Buckingham palace*, le symbole mondial de la monarchie et de la puissance britannique, le *London Eye*, *Big Ben* et le *Tower Bridge*.

Nous finissons la semaine par un pique-nique dans le plus grand parc de Londres, le *Hyde Park* où se côtoient paysages urbain et végétal. Un moment de tranquillité avant le départ. Un vrai marathon ces derniers jours, mais me voici requinquée et prête à affronter mon quotidien.

Nous rentrons à l'appartement faire nos valises…

# Ethan

Le voyage en avion a été interminable ! Un mélange d'angoisse, d'impatience, de peur et d'espoir. Je fonce à l'hôtel et prends une douche.

Depuis mon départ de Miami, je me suis imaginé cinquante mille scénarios possibles, la façon dont j'allais voir Lilou, ce qu'elle pourrait me dire. Elle m'avait laissé son adresse la dernière fois que l'on devait dîner ensemble. Je n'ai jamais pu effacer ses messages et j'avouerais qu'il m'arrive de les relire, encore et encore, cherchant un indice, un détail quelconque. Je décide de m'y rendre immédiatement.

***

Arrivé au pas de la porte, je reste immobile, tétanisé, des frissons me parcourant tout le corps. Je respire à pleins poumons et avec courage je frappe à la porte. J'attends quelques instants, mais aucun bruit. Personne. Je me pose la question si je dois rester, attendre ou bien revenir plus tard. Soudain…

— Vous cherchez quelqu'un ? me dit-elle.

— Oui ! Bonjour… Je cherche Lilou…

— Et vous êtes qui ? me répond-elle d'un ton menaçant.

— Je suis Ethan…

— Ok ! Et, bien, elle est partie ! Cela ne sert à rien de rester planté là !

— Partie… ?

Accablé, je baisse la tête. C'est le coup de grâce, pire que je ne l'avais imaginé. Tremblant, je commence à descendre l'escalier ne sachant plus quoi faire.

— Attends, Ethan !

Me retournant à son appel, elle me demande :

— Tu tiens vraiment à elle, n'est-ce pas ?
— Oui, énormément...

Elle m'invite à entrer pour discuter, me demandant pourquoi j'étais parti, pourquoi j'avais annulé le rendez-vous, pourquoi... Pourquoi... Un vrai interrogatoire style FBI. Je lui explique le plus sincèrement possible que j'ai eu un vrai coup de cœur pour Lilou, mais que je l'avais vu avec un homme, certainement son petit ami et que je voulais à présent en être sûr, qu'elle m'en parle de vive voix. Je lui expose mon ressenti, mes craintes, mon idiotie, mon... Espoir !

Missy éclate de rire.

— Alors, vous les mecs, vous ne voyez vraiment pas plus loin que le bout de votre nez ! Ce jour-là, elle était bien avec un homme, mais c'était Yanis, son meilleur ami, son ami d'enfance, rien de plus !
— Ils avaient l'air tellement complice tellement tendre entre eux que j'ai cru...
— Et, au lieu de lui demander directement, tu t'es barré comme un voleur ! Tu sais, Lilou est partie oui, mais en vacances, elle revient demain soir. Je pense qu'il va vraiment falloir vous voir pour dissiper les malentendus !

Tellement soulagé d'apprendre qu'elle soit célibataire et que je vais la revoir. Mais va-t-elle accepter au moins ?

M'accordera-t-elle une chance de m'expliquer ? Me pardonnera-t-elle d'avoir réagi comme le pire des abrutis ?

Missy me fait remarquer la sincérité surprenante de mes propos et de mon attachement envers son amie. Ainsi, elle me dévoile plus tard que Lilou était très mal ce soir-là. Je lui avoue que moi aussi. Nous parlons ensemble pendant au moins deux heures. De Lilou, de notre rencontre et de l'incompréhension de la suite des événements.

Et, c'est là que lui vient une idée…

ET UN JOUR...

## Lilou

Comment ne pas louper Missy malgré cette foule impressionnante à l'aéroport ? C'est la seule qui bondit en l'air en criant : *Hey, je suis là ! Je suis trop contente !* Comme si on ne l'avait pas vu avec ses chaussures qui s'illuminent dès qu'elle bouge. Pour la discrétion, c'est raté ! Mais elle m'a terriblement manqué.

La regardant d'un peu plus près, je m'aperçois qu'elle porte le pull de Yanis et quand je lui fais la réflexion, elle s'emmêle à moitié les pinceaux sans trop savoir quoi répondre. Elle finit par rétorquer qu'elle était partie rapidement de chez elle, qu'elle avait froid et vu que Yanis l'avait oublié l'autre jour, elle l'avait pris pour le lui rendre. En finissant son discours, elle se met à rougir. Missy rougit ? Rarissime…

***

Arrivé devant mon appartement, Missy ne prend même pas la peine de descendre prétextant un rendez-vous. Dommage, car j'aurais bien voulu que l'on papote ce soir de notre semaine, mais on aura tout le temps pour cela demain.

— Profite bien de ta soirée ! me dit-elle avec un clin d'œil.

Je la trouve bizarre depuis tout à l'heure. Il a dû se passer quelque chose. Missy démarre en trombe et je vois Yanis s'agripper comme il peut au siège. Prenant mes bagages, je me dirige vers mon palier et des bonnes odeurs de cuisine inondent le couloir. Ça me donne faim ! N'ayant plus rien au frigo et la flemme de faire des courses, je commanderai une pizza. Arrivée au pas de ma porte, je suis complètement essoufflée. Il faut vraiment que je me mette au sport ! Je tourne la clé et entre. Je constate des bougies allumées, deux verres posés sur ma table basse et l'odeur que je sentais un peu plus tôt vient de mon propre logement. Satisfaite, je pense à une surprise de Missy, mais je prends peur d'un coup quand j'aperçois, appuyé contre le mur, Ethan… *Ethan ?*

Je comprends mieux le rendez-vous inopiné de Missy et son clin d'œil !

— Missy m'a aidé… me dit-il voyant ma stupeur. Il faut que l'on parle s'il te plaît…

Je reste sans voix, planté devant l'entrée ne comprenant plus rien. Pourquoi est-il là ? Pourquoi revient-il ? Parler de quoi ? Il m'a laissé comme ça, sans aucune explication. J'ai envie de lui dire d'aller se faire voir, mais je croise son regard qui me supplie en toute sincérité et ma curiosité l'emporte.

— Je t'écoute… dis-je le cœur battant.

Le voyant s'avancer vers moi timidement, hésitant, les yeux braqués sur moi, je fonds sur place.

— Lilou, excuse-moi… J'ai été idiot, vraiment idiot, j'ai cru que tu avais quelqu'un, que tu m'avais menti…

Il baisse les yeux cherchant ses mots.

— Que j'avais quelqu'un ?
— Oui, je t'ai vu avec Yanis, un midi. J'ai vraiment cru que…

— Mais, non ! C'est mon meilleur ami ! Pourquoi tu ne m'en as pas parlé ? Pourquoi es-tu parti ? dis-je la voix brisée.

— J'ai… Eu peur. Peur de la vérité, peur de t'avoir perdu. Lilou, depuis que j'ai croisé ton regard, je…

Il ne finit pas sa phrase et je ne lui en veux pas, car je ressens la même chose pour lui. Difficilement explicable en si peu de temps, mais c'est un fait et il est là devant moi me suppliant de lui pardonner cette erreur.

— Je m'excuse aussi Ethan, j'aurais dû t'en parler aussi, j'aurais dû insister, j'aurais dû…

S'approchant de moi, il me prend la main et la magie opère aussitôt. Une onde de chaleur nous transporte, nous laissant le souffle coupé, comme si plus rien n'existait à part nous.

— Ne bouge pas… Je reviens ! émet-il en souriant et se dirigeant vers la cuisine.

Cette phrase me replonge instantanément à notre première rencontre. Attendant son retour, je panique m'apercevant de la façon dont je suis habillée. Missy aurait pu me dire ! Saloperie !

Voulant être à l'aise pendant le trajet dans l'avion et la flemme également, j'avais enfilé un jean et un vieux pull tout déformé, mais chaud et vu que j'avais froid, j'avais rajouté mes bottes molletonnées poilues et mon bonnet péruvien orné d'oreilles de chat. *ZE* dégaine que je vais directement rajouter sur ma liste juste en dessous du pyjama pilou : *si tu veux rester célibataire, mets ça !*

— La première fois, je les avais dessinées, me dit-il en
me tendant un bouquet de fleurs.

— Merci… répondis-je en respirant leurs parfums.

Nous nous installons sur le canapé, expliquant à tour de
rôle nos points de vue. Comment avons-nous pu en arriver
là ? Pour une chose stupide en plus ! Heureusement, tout
finit bien et nous nous retrouvons à quelques centimètres
l'un de l'autre. Une tension naît entre nous, comme si on
était connecté comme un aimant.

Dégustant notre repas, bien meilleur que mon idée de
pizza de tout à l'heure, je confirme que c'est un excellent
cuisinier, je me régale. Nous discutons encore et encore et
rions toujours plus fort. C'est tellement naturel avec lui que
je constate que nous avons de nombreux points communs.
Une sensation bizarre de me dire qu'il est là, dans mon
appartement, sur mon canapé, à rire de mes blagues.
J'aimerais le toucher, mais je n'ose pas. Notre conversation
se tisse sans aucun blanc. Les heures sont vite passées, elles
ont filé même, non, elles ont couru beaucoup trop vite à
mon goût quand il m'annonce :

— Il est déjà très tard ! Tu dois être fatiguée de ton
voyage, je vais te laisser dormir…

— Non ! protestais-je d'un cri, tellement déçue de le
voir déjà debout.

Je n'ai pas envie qu'il parte, vraiment pas et il n'a pas l'air
d'en avoir envie non plus. Arrivé devant la porte d'entrée, il
se retourne une lueur dans les yeux.

— J'ai vraiment passé une excellente soirée en ta compagnie et je suis heureux que l'on se soit enfin revu et parlé…

— Moi aussi…

La soirée ne va pas se terminer comme ça ? M'adossant contre le mur, j'appuie au passage sur l'interrupteur de la lumière qui nous plonge dans le noir total. *Bravo Lilou !* Cherchant désespérément le bouton à tâtons, je sens la chaleur de sa main toucher la mienne.

Lumière rallumée, il s'avance doucement vers moi caressant ma joue en douceur et effleurant mes lèvres avec son pouce. Mon cœur bat à deux mille à l'heure et je me liquéfie sur place ! S'approchant de plus en plus de moi, il me demande du regard l'autorisation. J'ai envie de lui crier un énorme oui, mais mes yeux doivent me trahir, car sa bouche se pose comme une caresse sur les miennes. Un contact remplit d'affection, d'envie et d'espoir. Ses lèvres douces réclament encore ce rapprochement. M'enlaçant, j'enfouis ma tête dans son cou. Il sent bon. Il tient chaud. Je me sens bien. En sécurité et heureuse…

Le voilà, enfin, notre premier baiser en espérant secrètement que ce ne soit pas le dernier.

J'aurai dû apprendre à Albert, le maniement d'un caméscope, il aurait pu filmer cette scène mémorable ! Je sais, ce n'est qu'un poisson, mais il aurait pu faire autre chose que de buller pour une fois !

Prenant ma tête entre ses mains, il me chuchote :

— Depuis notre rencontre, je ne cesse de penser à toi…

# ET UN JOUR...

— Ethan, moi aussi. Je ne sais pas où l'on va, mais je suis tellement bien quand ta main est dans la mienne. Ne me laisse pas…
— Plus jamais…

# Ethan

Reboosté à bloc, je décide de préparer la soirée. Missy m'a du coup un peu briffé sur les goûts culinaires de Lilou. Une petite aide ne fait pas de mal ! Missy est un peu spéciale. Je dirais originale, mais je l'aime bien, elle me fait penser à ma sœur sur certains aspects. Très loyale envers son amie, elle a su trouver les bons mots pour moi et son aide est précieuse. J'espère que notre idée va marcher.

Ce matin, je suis allé voir monsieur MacDowell pour l'informer de mon retour en France. Pensant que cela aurait été rapide, ça s'est finalement éternisé et je n'ai pas pu refuser son invitation à déjeuner avec son associé.

***

Partant au supermarché, j'avouerais que je suis un peu perdu. En général, c'est Louisa qui fait les courses. Mon emploi du temps surchargé dernièrement ne me laisse que peu de temps libre pour le faire. J'arrive finalement à trouver ce qu'il me faut sans trop de problèmes. Avant d'arriver à l'appartement de Lilou, je m'arrête chez un fleuriste. La première fois que je l'ai rencontré, je ne lui avais fait qu'un simple dessin, mais cette fois-ci elles seront réelles.

Quinze heures. Missy m'a précisé que Lilou arriverait à son appartement entre dix-huit trente et dix-neuf heures, ce qui me laisse peu de temps pour tout préparer. Montant l'escalier avec mes courses, je distingue un homme adossé contre le mur du palier avec son téléphone à la main. Poliment je le salue, mais aucune réponse. Tournant la clé dans la serrure, je me retourne pour fermer la porte et m'aperçois que ce même individu me regarde méchamment. Lilou a des voisins étranges !

Pas de temps à perdre, je m'attèle à ma tâche, direction la cuisine. J'étale sur la table tous les ingrédients nécessaires à mon repas, mets la bouteille de vin blanc aux frais et commence à m'activer. En pleine préparation, je reçois un appel de Cloé.

— Alors frangin, raconte-moi tout ! Que lui prépares-tu ? Elle arrive à quelle heure ?

— Doucement avec tes questions, on dirait Missy ! dis-je en rigolant. Toutes les deux ensembles, ce serait le carnage !

— Il faudra me la présenter alors !

— Ça, on verra, car je ne sais pas ce qu'il en est avec Lilou, verdict ce soir. J'ai peur de sa réaction…

— Eh bien, moi, je suis persuadée que ça va très bien se passer, alors sourit et profite !

Nous restons une bonne demi-heure encore au téléphone et heureusement que le haut-parleur existe, car j'ai pu continuer de cuisiner en même temps.

Deux heures plus tard, tout est prêt. Plus qu'à attendre. Le stress monte, une boule d'angoisse s'installe. Comment va-t-elle réagir ? Va-t-elle vouloir me parler ? Comment va-t-elle prendre le fait que je sois chez elle ? Missy m'a pourtant rassuré sur ce sujet, mais l'anxiété monte tout de même. Tournant en rond, je fais les cent pas, quand soudain j'entends le bruit de la serrure. M'arrêtant de respirer subitement, mon corps se met à trembler et je décide de m'appuyer contre le mur pour ne pas tomber. Soudainement, elle fait son apparition au pas de la porte. Elle est toujours aussi belle et j'ai envie de sourire en voyant son accoutrement. Cela lui va bien et son bonnet avec des oreilles de chat lui fait une jolie frimousse que l'on a envie de bizouiller. Voyant sa tête déconfite quand elle me découvre, je me justifie directement en évoquant l'aide de Missy et la supplie du regard de me laisser une chance de m'expliquer. Elle accepte. Soulagement total ! Je marche calmement vers elle et cette même attraction entre nous se met en route. Quand je parle, elle passe de la colère aux larmes, de la stupeur à la timidité. Cette proximité entre nous me déstabilise, mais je ne suis pas assez près. Comme une boussole, je m'approche vers elle et lui prends la main. Des frissons me parcourent tout le corps repensant à notre premier contact. Il faut que je lui offre les fleurs, je m'éclipse rapidement avant d'oublier.

Quelques minutes plus tard quand je reviens vers elle, je la sens mal à l'aise. Merde, ce n'est pas ce que je veux. Au contraire… Après lui avoir offert le bouquet, je décide de sortir la bouteille et de trinquer, peut-être qu'elle ira mieux après ça. Effectivement, elle se détend petit à petit. Nous parlons, nous nous expliquons, mangeons, rions sans voir l'heure tourner. Un vrai plaisir d'être avec elle. En bon gentleman, je dois la laisser se reposer. Elle doit être épuisée de son voyage et il est tard, je ne dois pas abuser, mais j'aimerais tant rester tout près d'elle. Je me sens bien, euphorique, léger, mais il faut que je parte. En me levant, elle me crie un non et j'en ai le cœur blessé, mais il le faut. Une envie féroce de la prendre dans mes bras, mais j'ai peur d'aller trop vite, ayant déjà assez fait d'erreur, je n'ai pas envie qu'elle fuit cette fois-ci.

Au seuil de la porte, nous sommes tous les deux. Tout près, ne sachant que faire, quand soudain elle s'appuie maladroitement sur l'interrupteur et nous nous retrouvons dans le noir. Me retenant de ne pas ricaner, je la sens galérer à rallumer, alors je me mets à chercher avec elle, quand ma main vient à toucher la sienne. Une sensation subtile et gourmande. Lumière allumée, nos regards sont figés et nos corps respectifs se rapprochent comme si on ne les retenait plus. Ne contrôlant plus mon attirance pour elle, ma main caresse sa joue. Sa peau est douce, veloutée. Survolant ses lèvres de mon pouce, je n'ai qu'une envie : l'embrasser.

En a-t-elle autant envie que moi ?

Son regard s'illumine, plus je la frôle et sans maîtrise ma bouche se pose sur la sienne. Ce baiser est magique, comme si nos lèvres s'accordaient parfaitement, comme si elles étaient faites l'une pour l'autre. J'ai besoin de la prendre dans mes bras, tellement besoin. Ses petits membres m'agrippent et j'aime ce moment de tendresse. Je pourrai y rester des heures. M'écartant en lui prenant tendrement la tête entre mes deux mains, je lui avoue mes pensées. Touché par sa réponse, mon cœur vacille et quand elle me supplie de ne pas la laisser, je ne peux que lui confirmer que non. Plus jamais.

Elle est devenue trop précieuse à mes yeux…

## Lilou

J'aurais vraiment voulu qu'il reste…

Heureuse, je me sens sur un petit nuage. Cette soirée était formidable. Cela fait dix minutes que je suis appuyée le dos contre la porte d'entrée, souriante. Scrutant la pièce, j'aperçois au loin son bouquet de fleurs et m'approche de celui-ci pour humer son odeur. Débarrassant nos verres, je sautille et chantonne. Enfin, j'ai surtout l'air débile. Une fois terminé, je m'assois sur le canapé et vérifie mes messages.

***J'ai du mal à rester loin de toi… On se voit demain ?***

Touchée par son message, je souris. Bien sûr que oui je veux le revoir et très vite.

***Moi aussi… Évidemment***

Me laissant tomber sur le canapé, euphorique, ma main vient à toucher quelque chose. Du bout des doigts, j'en sors son foulard qui sent son parfum. Qui sent *lui*. Ravi de cet oubli, car ce sera désormais mon nouveau doudou. N'arrêtant pas de bailler, il est temps pour moi d'aller dormir. J'éteins tout, passe dans la salle de bain me démaquiller et file dans ma chambre ravie de retrouver mon lit et ma couette. Un papier m'attend sagement sur mon oreiller…

*Passe une agréable nuit…*

*Ethan*

À ce moment, plus que jamais. La meilleure nuit aurait été dans ses bras, mais chaque chose en son temps. J'adore cette petite attention, un petit rien qui fait tout. Je m'endors paisiblement le papier dans une main et son foulard serré très fort dans l'autre.

***

Le lendemain matin, enfin plutôt midi, j'ouvre un œil et constate que le fameux papier est collé sur ma joue. *Super !* Heureusement que je n'ai pas bavé dessus. N'étant pas abîmé, je le range précieusement dans le tiroir de ma table de chevet. Avant de me lever, j'attrape le foulard et le positionne autour du cou me demandant si je vais réussir à m'en séparer un jour. J'ai très bien dormi, rêvant d'Ethan. Toujours sur son cheval blanc, un bouquet de fleurs à la main, nous avons fait une balade à cheval, couru dans une prairie et des papillons volaient au-dessus de nous. Je suis soulagé de ne pas y avoir vu mon facteur. J'avouerais que ce rêve est très absurde, mais cela change de mes cauchemars habituels.

Je file sous la douche me séparant à contrecœur du foulard. Cette eau chaude qui ruisselle sur ma peau détend mes muscles instantanément, mais ma relaxation est enrayée rapidement par l'arrivée d'un message sur mon cellulaire. Enfilant mon peignoir, je me jette sur mon téléphone apercevant un message d'Ethan.

***J'espère que je ne te réveille pas ? J'ai un rendez-vous d'affaire cette après-midi, je passe te prendre juste après vers dix-huit heures ?***

***Parfait. De toute manière, j'ai un dossier à préparer pour demain. À ce soir.***

À peine ai-je appuyé sur la touche envoyer que Missy m'appelle.

— Alors ? Alors ? Alors ? Raconte-moi tout. J'espère que tu ne m'en veux pas de ma petite surprise… ?

— Si, je t'en veux !

— Ça s'est mal passé ? Désolée ma puce… Pourtant…

— Je t'en veux de ne pas m'avoir dit de changer de tenue hier, mais je ne te remercierais jamais assez pour Ethan. Je peux désormais te confier que je suis officiellement… En couple !

— Bordel de merde, je le savais ! crie-t-elle de joie. Ton Ethan est vraiment adorable. Vraiment heureuse pour toi. On se voit ce soir pour en discuter ?

— Je serai avec Ethan ce soir. Dans la semaine ?

— Madame va être débordée maintenant ! s'esclaffe-t-elle. Pas de soucis, on se rappelle.

Je raccroche et décide de préparer mon dossier pour Stan et vu qu'il m'attend de pied ferme demain à neuf heures, j'ai intérêt à ce que ce soit prêt.

Les heures passent et j'ai du mal à me concentrer ne pensant sans cesse qu'à lui. J'ai tellement hâte de le revoir. Dix-sept heures, il est grand temps que je me prépare. Plus qu'une petite heure avant qu'il n'arrive. Je me maquille, jusque-là pas de soucis, mais pour savoir ce que je vais mettre, c'est autre chose. J'hésite. Pantalon ? Robe ? Courte ? Longue ? Talons ou pas ? En même temps, vu la dégaine d'hier soir, ça va être difficile de faire pire. Finalement, j'opte pour une robe simple, mais élégante. Il ne me reste plus qu'à me coiffer et forcément mes cheveux en ont décidé autrement. Un épi à gauche, un autre à droite et quand je les attache tout retombe au bout de deux minutes. Mon agacement pour ces derniers est stoppé par la sonnette de la porte. Il est un peu plus de dix-sept heures et trente minutes, impossible que ce soit Ethan, il m'a dit dix-huit heures, à moins qu'il ne soit en avance. Je vérifie mon téléphone. Rien. J'abandonne ma pseudo-coiffure, prends une pince, les attache à la va-vite et me dirige vers l'entrée.

J'ouvre la porte et constate que ce n'est pas Ethan...

## Ethan

J e pars à contrecœur de son appartement, n'ayant plus envie de la quitter, mais c'est plus raisonnable. Je n'ai pas envie de descendre cet escalier, du coup, je reste planté là, appuyé contre la porte pendant un moment à rêvasser d'elle. Elle est tout près de moi. Si près. J'hésite à frapper. Non. Je dois la laisser se reposer, je sais mieux que quiconque que les trajets en avion puissent être fatiguant. Des bruits dans l'appartement éveillent mes sens, je tends l'oreille et entends Lilou chanter. Je suis à deux doigts d'exploser de rire. Aussi ensorcelante qu'amusante. Au moins, je sais qu'elle est heureuse autant que moi. Je lui envoie un message juste avant de partir.

***

Je me sens d'un seul coup seul arrivé à l'hôtel, j'étais mieux là où j'étais tout à l'heure, c'est-à-dire dans ses bras. J'espère qu'elle appréciera mon petit mot laissé sur son oreiller. Je m'endors le cœur léger.

Quand j'ouvre les yeux, je m'aperçois que le jour est déjà levé. Je me suis endormi tout habillé, ma veste dans les bras et je comprends mieux pourquoi j'ai tant rêvé d'elle cette nuit, son odeur est restée imprégnée sur mes vêtements.

Neuf heures. Je suppose qu'elle dort encore. Je vais attendre ce midi pour lui proposer de dîner avec moi ce soir. Il fait beau ce matin, je décide d'aller faire un jogging le long de la plage. En revenant, je meurs de faim et je commande à déjeuner au room service tout en peaufinant mon dossier pour ma réunion de cette après-midi. D'ailleurs, j'aurais préféré que cette dernière soit un autre jour qu'un dimanche, mais pas le choix pour le moment. Tant que tout n'est pas officiel, je n'ai pas les commandes.

Douze heures et trente minutes. Je ne tiens plus et décide de lui envoyer un message. Plus que cinq heures avant de la revoir. Une éternité. J'essaye avec difficulté de me concentrer sur mon dossier regardant mon téléphone et l'heure toutes les dix minutes, le temps passant trop lentement. Mon téléphone sonne.

— Comment ça va grand frère ? Comment ça s'est passé avec Lilou ? me demande-t-elle hésitante.
— Merveilleusement bien…
— Traduction s'il te plaît ?
— Nous sommes ensemble ! avouais-je avec le sourire.
— Sérieux ? Super ! Tu vois, je te l'avais dit. Raconte-moi tout en détail.

Lui relatant la soirée, elle me demande de la lui présenter. Elle me parle d'un petit repas sympathique entre elles, qu'elle l'emmènerait faire le tour des boutiques de Miami et je ne me souviens plus du reste, la liste est extrêmement longue. Elle est tellement ravie que je n'ai pas pu la stopper dans son élan, parlant à une allure impressionnante.

— Doucement Cloé ! Ce n'est que le début entre nous.
— Je sais bien, mais je suis tellement contente pour toi. Tu le mérites, tu sais.

Nous restons au téléphone un moment. Cela me fait du bien de parler avec ma petite sœur.

***

Il est temps de partir pour ma réunion, en espérant qu'elle ne s'éternise pas. Arrivé sur place, je suis chaleureusement reçu par monsieur MacDowell. Il est tellement fier de mon projet qu'il me fait totalement confiance. La réunion se passe bien, jusqu'au moment où il m'annonce qu'il veut me faire rencontrer son fils, futur associé de l'entreprise familiale, mais qu'il arriverait d'ici une heure. Je fais un calcul rapide, cela devrait le faire pour arriver à l'heure chez Lilou.

Une heure plus tard, MacDowell Junior n'est toujours pas là et ça m'énerve sérieusement. Je n'ai pas envie d'être en retard, ni de partir comme un sauvage, d'autant plus que monsieur MacDowell y tient vraiment. S'excusant, son fils arrive finalement, bloqué par les embouteillages. Je remarque illico l'admiration que le père a pour son fils et vice versa. J'aurai tellement eu envie de connaître ça…

Nous discutons un moment et je comprends mieux cette admiration. Le fils a de très bonne idée. Je suis persuadé qu'il succédera son père avec succès.

L'heure tourne. Je vais finalement être en retard. Je préviens Lilou par message…

ET UN JOUR...

## Lilou

**N**oa, tout sourire, une bouteille à la main se trouve sur mon palier ! Dans trente minutes environ, Ethan va arriver, ce qui me met dans une position délicate.

— Salut Lilou ! J'ai su que tu étais rentré, alors je me suis dit que j'allais passer te voir !

— Salut Noa ! C'est gentil, mais on vient me chercher dans très peu de temps…

— Tu as le temps de boire un verre quand même ? Promis, je ne reste pas longtemps !

— C'est-à-dire que…

Je n'ai même pas le temps de finir ma phrase qu'il est déjà entré. Je n'en crois pas mes yeux, quel culot celui-ci parfois ! J'ai envie de le virer un coup de pied au cul. Pour qui il se prend ? Mon état me fait comprendre que je n'ai plus du tout cette attirance pour lui, je le vois différemment à présent. En fait, cela ne date pas d'aujourd'hui. Ethan a fait jaillir en moi quelque chose que je n'ai jamais ressenti auparavant, même pas pour Noa. Cette soi-disant addiction pour lui était un leurre au final et je n'ai qu'une envie, c'est de lui cracher mon bonheur à la tronche.

— D'accord, pas longtemps, car Ethan et moi, on va dîner !

— Ethan ?

— Oui, mon petit ami ! dis-je avec délectation.

— Tu as trouvé quelqu'un ? Content pour toi…

Ses mots sonnent faux. Sa carapace de prédateur se brise et je vois qu'il bout à l'intérieur, qu'il est jaloux et cela ne me fait strictement rien, enfin si sourire, car les rôles s'inversent. Je lui fais un bref résumé de notre rencontre, le mettant mal à l'aise. *Eh bien, tu n'avais qu'à savoir ce que tu voulais avant, maintenant c'est trop tard, j'ai rencontré un homme formidable.* Nous buvons notre verre et je n'ai qu'une hâte, c'est qu'il parte, car je n'ai pas envie qu'il croise Ethan.

Je m'excuse et m'éclipse cinq minutes le temps de finir de me coiffer tout en se parlant en même temps. Mon appartement est petit, pas besoin de crier.

— Ce n'est pas mon téléphone qui a sonné ? demandais-je.
— Non, c'est le mien !
— Ok.

.............

## Noa

C'est qui ce con ? Bordel, je ne pensais pas que Lilou aurait trouvé quelqu'un en si peu de temps ! Fais chier, elle est à moi ! Il faut que je trouve un moyen pour qu'elle revienne, car je la trouve distante avec moi et je n'aime pas ça ! Jamais aucune fille ne m'a résisté. Tiens, ma montre que j'avais zappée, ça me donne une idée pour retarder mon départ... Son téléphone sonne affichant le prénom *Ethan*. Rapidement, je positionne un coussin dessus pour étouffer le bruit. Merde, elle a entendu. C'est bon, elle m'a cru. Qu'est qu'il veut ? Sur le message, il explique qu'il sera en retard, tant mieux, mais ce serait encore mieux si tu ne venais pas, connard ! Je réponds me faisant passer pour elle : *Je ne peux pas ce soir, imprévu, ne m'appelle pas, je te rappellerais.* Voilà, je vais enfin pouvoir passer la soirée avec elle et la récupérer et lui retournera dans son pays. Avant qu'elle n'arrive, je bloque le numéro de ce mec et je prends ma montre qu'elle avait mise sur le meuble de la télévision. La proie est pour moi !

............

## Lilou

J'ai enfin réussi à me faire une coiffure à peu près correcte en peu de temps. Contente de moi, je sors de ma salle de bains pour finir mon verre et enfin mettre Noa dehors. Il est dix-huit heures et Ethan devrait arriver d'une minute à l'autre. J'essaie de le presser, mais à croire qu'il en fait exprès de prendre tout son temps, me réclamant sa montre qu'il avait oubliée une fois chez moi. J'étais persuadé de l'avoir laissé là… À moins que Missy ne l'ait mise ailleurs. Elle qui ne l'aime pas, elle aurait été capable de la mettre à la poubelle. Non, elle m'en aurait parlé avec fierté même.

— Elle ne devrait pas être loin, je pense ! dit-il nerveusement. C'est ma grand-mère qui me l'a offerte, c'était celle de mon grand-père, j'y tiens beaucoup et vu que je vais la voir demain, j'aimerais l'avoir à mon poignet…

— Je suis désolée, elle était là pourtant, je ne comprends pas…

— Attends, je vais t'aider à la chercher, elle est peut-être tombée parterre ?

Je me sens coupable. Je sais qu'il y tient énormément.

— On n'est pas à la minute prêt, boit un autre verre avec moi, on cherchera ensuite.

J'accepte, tout en réfléchissant de l'endroit où elle pourrait être. Dix-huit heures et trente minutes et Ethan n'est toujours pas là. Je commence à m'inquiéter. A-t-il changé d'avis sur nous ? Lui est-il arrivé quelque chose ? Je décide de lui envoyer un message.

Prenant une gorgée de vin blanc, je décide de chercher la montre. Il faut que je la retrouve. Je farfouille partout, sous tous les meubles, les tiroirs. Impossible de mettre la main dessus et toujours pas de nouvelles d'Ethan non plus. Je m'inquiète, j'angoisse, mon cœur faisant des bonds inhabituels. Je ne me sens vraiment pas bien et ma tête tourne. Noa me récupère avant que je m'affale parterre, car je perds connaissance…

# Ethan

Le message de Lilou m'intrigue. Un imprévu ? Je m'angoisse quand elle me dit de ne pas la rappeler. Plus fort que moi, je tente, mais aucune sonnerie, ne tombant même pas sur le répondeur ! Quoi ? Je réessaye dix fois et toujours la même chose. Son téléphone aurait-il un souci ?

— As-tu quelque chose de prévu ce soir ? me demande le fils de Monsieur MacDowell.

Max et moi avons le même âge et on s'est tellement bien entendu tout à l'heure, que l'on s'est tutoyé pratiquement aussitôt.

— Je devais dîner avec ma petite amie, mais elle a un imprévu et je n'arrive pas à la joindre !
— Sinon vient avec moi boire un verre, on continuera à parler d'affaires ou pas ! dit-il en riant.
— Pourquoi pas ! déclarais-je quand même inquiet.

Je décide d'y aller bien que le cœur n'y soit pas, m'évitant de ruminer tout seul à l'hôtel. Je réessayerai plus tard de la joindre. Il m'emmène dans un nouveau bar à la mode. Un peu trop bruyant à mon goût et beaucoup trop de monde aussi. Nous trouvons finalement une table dans un coin plus calme. Un carré VIP nous attend sagement réservé par Max.

On commande notre verre tout en discutant vite fait de travail, mais il a plus l'air de vouloir s'amuser. Le voyant discuter avec une femme, je prétexte discrètement une envie pressante, mais c'est surtout pour pouvoir téléphoner pour la vingtième fois à Lilou. Toujours ce fichu silence envahissant…

Revenant à la table, Max est en pleine drague. Les laissant tranquille, je me tourne vers la piste de danse sirotant mon verre. Me perdant dans mes pensées, je vois soudain une femme me faire de grands signes tout en parlant, mais je n'entends rien avec la musique et ne vois rien avec les spots. Je m'avance et distingue Missy. Je me précipite vers elle et lui demande si elle a des nouvelles de Lilou. Elle me répond négativement, persuadée qu'elle était avec moi. Là, je m'inquiète vraiment. J'explique à Missy que je n'arrive pas à la joindre, lui montrant le seul message de Lilou.

Aussi paniquée que moi, elle décide de l'appeler à son tour. Contrairement à mes tentatives, elle réussit à avoir une sonnerie, mais personne ne décroche.

— Elle répond toujours d'habitude ! Ce n'est pas normal, je l'ai eu au téléphone cette après-midi, elle était si heureuse de passer la soirée avec toi ! rétorque Missy devenue pâle.
— J'ai un mauvais pressentiment… Viens, on passe chez elle !

Ayant prévenu Max, je retrouve Missy à l'entrée du bar et nous montons dans ma voiture. La route est longue, beaucoup trop longue ! Je ressens la tension de ma copilote. Elle s'agrippe au siège à deux doigts d'arracher le tissu, tellement elle est tendue. Je serai soulagé seulement quand je verrai Lilou en face de moi et que tout aille bien.

Je prie, pour que rien ne lui soit arrivée…

Sur le chemin, Missy appelle Yanis et Marion, savoir si de leur côté, ils ont eu des nouvelles et, malheureusement non. Arrivés devant l'appartement, nous montons les marches en courant. Missy frappe de grands coups sur la porte. Personne ne répond, mais on entend du bruit à l'intérieur. Les pires choses possibles me viennent en tête, je m'agite et en deux secondes, je fracasse la porte.

L'image que je vois me terrifie. Lilou allongée sur le canapé, inerte, le bras pendant…

ET UN JOUR...

# Lilou

Un bruit fracassant et des hurlements viennent perturber ce silence assommant. Me sentant faible, j'ai du mal à ouvrir les yeux. N'ayant pratiquement rien mangé de la journée, l'alcool, le stress et le fait de ne pas avoir de nouvelles d'Ethan, tout ce mélange m'a fait tourner de l'œil. Une main prend la mienne et je la reconnais instinctivement. J'entrouvre les yeux et distingue Ethan complètement affolé !

— Lilou, ça va ?

— Oui, juste un peu fatiguée…

— Il t'a fait quelque chose ? Dis-moi !

Au début, je ne comprends pas de qui il parle, mais j'entends Missy aboyer sur Noa. *C'est vrai, il est là…*

— Qu'est-ce que tu fous là ? Qu'est-ce que tu lui as fait ? Je vais appeler les flics, mais d'abord c'est mon poing dans la gueule que tu vas avoir ! vocifère Missy de rage.

Choquée de la tournure de la soirée, j'essaye avec difficulté de m'asseoir sur le canapé afin de m'expliquer avant que ça se dégrade.

— Missy, calme-toi ! Noa ne m'a rien fait du tout, il est passé récupérer sa montre que j'ai perdue. D'ailleurs, on l'a cherché partout, on a bu quelques verres en attendant Ethan, mais l'heure tournait, aucune nouvelle et je suis tombée dans les pommes…

— Je t'ai envoyé un message pour te dire que je serais en retard. Quand j'ai reçu le tien où tu avais un imprévu, je me suis inquiété et j'ai essayé de te joindre toute la soirée… lâche Ethan nerveux.

— Un imprévu … ? Mais je n'ai rien reçu… dis-je abasourdie.

J'attrape mon téléphone pour vérifier mes messages et mes appels, mais rien ne venant d'Ethan. Je ne comprends pas, je n'ai jamais parlé d'imprévu. Ethan prend mon cellulaire et fait quelques manipulations.

— Mon numéro a été bloqué ! affirma Ethan perplexe.
— C'est impossible ! clamais-je.

Mon regard se pose directement sur Noa. Vu son air penaud et son regard fuyant, je crois bien que c'est lui le coupable. Je n'ai même pas le temps de dire quoi que ce soit, que j'entrevois Missy lui sauter dessus, agripper sa veste et le secouer de toutes ses forces. Cette scène me paraît tellement irréaliste que je n'arrive même pas à réagir. Dans un élan soudain, Ethan se lève pour les séparer. Les deux hommes, mon passé et mon avenir, se regardent énerver comme jamais. Une bagarre est à deux doigts d'éclater entre eux deux, quand Missy s'écrie :

— La voilà la montre, tombé de la poche de ce connard ! Bordel, Ethan, achève le ou c'est moi qui le fait !

Je reste sans voix, Noa m'a menti depuis le début de la soirée. Retraçant cette dernière, je me souviens de m'être éclipsé quelques minutes dans la salle de bains fignolé ma coiffure et j'avais laissé mon téléphone à charger sur le meuble télévision juste à côté de la montre. Maintenant, j'en suis sûre, elle était là. J'étais persuadée de l'avoir entendu sonner, Noa m'avait certifié que non. Le puzzle se met petit à petit en place dans ma tête. S'en est trop ! Me redressant, je me dirige vers Ethan, posant ma main sur la sienne. Il se radoucit immédiatement tout en m'examinant, lâche Noa et recule d'un pas. Une haine m'anime d'un coup et je gifle violemment Noa.

— Comment as-tu pu oser ? Comment as-tu pu me mentir ? Je ne veux plus jamais te revoir ! Sors de chez moi immédiatement !

Je n'ai même pas envie de l'entendre se justifier ! Noa reste bouche bée ne bougeant pas d'un poil. Ethan impatient, le prend par l'épaule pour le faire sortir, mais Missy arrive à grands pas.

— Laisse-moi faire Ethan ! Laisse-moi ce plaisir de le foutre dehors !

D'une fureur rare, elle le jeta dehors sans aucune pitié, lui balançant sa montre à la figure et refermant la porte. Je ne sais pas si c'est toutes ces émotions en peu de temps ou le calme soudain, mais je me sens à nouveau partir. Les bras d'Ethan me retiennent. Le laissant me porter, il me chuchote :

— Je suis là maintenant, je vais m'occuper de toi…

Je me blottis contre lui rassurée. Souriante.

Mon héros…

ET UN JOUR...

# Ethan

J'ai à peine franchi le pas de la porte, que je cours immédiatement vers Lilou. Missy hurle derrière moi. Que s'est-il passé ? Qui est cet homme ?

Lilou me rassure que tout va bien, mais elle a quand même l'air frêle et fragile. Quand je me retourne vers cet individu, je me souviens l'avoir aperçu hier devant l'appartement, celui qui m'avait menacé du regard. Pourquoi est-il là ? Lilou, le connaît-elle ? Apparemment c'est le cas vu comment Missy lui parle. Elle n'a vraiment pas l'air de l'apprécier et moi non plus d'ailleurs, même si je ne le connais pas.

Lilou, encore faible, tente de s'asseoir. Pour éviter une énième chute, je l'aide et la retiens. Un air de panique se dessine sur son visage quand elle parle à Missy et quand elle énonce que je ne lui ai pas donné de nouvelles, je me crispe soudainement, car je n'ai fait que ça toute la soirée ! Aussi surprise que moi, elle vérifie et me confie son téléphone pour que je constate par moi-même. Bien qu'inutile, car je la crois sur parole, mais je vais quand même contrôler quelque chose. Mon intuition était bonne, quelqu'un a bloqué mon numéro et la seule personne qui aurait pu le faire, c'est lui. Mais, pourquoi ? Est-il jaloux ? Il faut absolument que je sache qui il est par rapport à Lilou, ça répondra à certaines de mes interrogations. Brusquement, Missy se jette sur lui comme une tigresse sur sa proie d'une telle violence que je me précipite pour les séparer. Quand je me retourne vers lui, son regard est le même que celui qu'il m'avait lancé hier sur le palier. Un regard assassin et je n'ai qu'une envie, c'est de lui en coller une. On s'agrippe fermement, prêt à bondir sur l'autre, néanmoins on est stoppé par la voix de Missy qui retrouve la montre parterre près de lui. Je ne sais pas ce que manigançait cet enfoiré, par contre, j'ai encore plus envie de lui donner une bonne leçon. Une adrénaline commence à monter, car il est hors de question que quiconque fasse du mal à Lilou.

Mon premier coup de poing était prêt à partir, quand la main de Lilou me le stoppe, comprenant aussitôt qu'elle a besoin de le faire elle-même. Paraissant détendu au premier abord, elle est tout de même très remontée. Je me décale pour qu'elle puisse lui faire face. Son regard à lui change immédiatement quand elle se positionne devant lui. Maintenant, j'en suis sûr, il tient à elle, mais pourquoi a-t-il fait tout ça ? C'est malsain et absurde. Quelques secondes plus tard, il se reçoit une de ses gifles qui a dû s'entendre dans tout le bâtiment. Remarquable quand on voit les petites mains de Lilou. Je reste admiratif de son calme et de sa fermeté. Un tel contrôle est rare de nos jours. Lui aussi à l'air très surpris, mais pas dans ce sens, pensant certainement qu'elle n'en aurait jamais été capable.

Étant très clair, Lilou ne veut plus le voir, mais vu qu'il n'a pas l'air décidé, je décrète qu'il est grand temps pour lui qu'il parte. Le prenant par l'épaule, je remarque Missy arrivée comme une fusée, me suppliant de la laisser faire elle-même. Souriant, je la laisse volontiers, mais reste près d'elle si cela dégénère.

Une fois la porte fermée, je sens Lilou m'échapper des mains. La voyant vriller de l'œil, je me jette sur elle pour la retenir et la porte jusqu'au canapé. Elle se blottit contre moi avec le sourire comme un petit chaton. Elle n'est pas totalement inconsciente et ça me rassure. Il faut qu'elle mange et se repose.

— Missy ? Peux-tu rester avec elle le temps que je lui prépare quelque chose à manger ?
— Bien sûr ! Au fait, merci...
— De quoi ?
— D'être là pour Lilou. Même si ce n'est que le début, un lien très fort s'est tissé entre vous... C'est une fille formidable, prends soin d'elle !
— Je le sais et je ferais tout ce que je peux pour la rendre heureuse...

C'est tout ce que je veux. C'est bien plus qu'une promesse...

ET UN JOUR...

# Lilou

**J**'aurai dû manger aujourd'hui et surtout ne pas boire ce soir ! Je me sens ridicule devant Ethan. Quand je pense que l'on devrait être au restaurant tous les deux à l'heure qu'il est au lieu d'être vautrée sur mon canapé. Mes dents grincent et mon corps se crispe aussitôt en repensant à Noa et ses mensonges. Comment a-t-il pu me faire ça ? On m'avait déjà mise en garde contre lui, mais je me voilais la face. Enfin, jusqu'à ce soir. Je m'en veux tellement, culpabilisant de lui avoir fait tant confiance et d'avoir surtout été aussi stupide !

— Calme-toi, tout va bien maintenant ! dit Missy décryptant mes pensées.

— Ethan ! Où est Ethan ? dis-je paniquée, ne le voyant plus dans la pièce.

— Dans la cuisine à te préparer un encas, chanceuse ! s'exclame Missy en souriant.

Une vague de soulagement me parvient. Tout est mélangé dans ma tête, un sacré bordel même. En peu de temps, j'ai vécu trop d'émotions, de stress et de fatigue.

*« Je suis là maintenant, je vais m'occuper de toi … »*. Cette toute petite phrase qui fait l'effet d'un relaxant naturel. Il est venu… Mes lèvres s'étirent à cette parenthèse.

— Ça va mieux, on dirait ? demande Ethan me tendant un sandwich.

— Merci, oui, beaucoup mieux, depuis que tu es là… dis-je en rougissant.

Il me répond avec ce sourire qui te ferait tomber par terre et je pense que j'ai eu ma dose aujourd'hui. S'approchant de moi, il me donne un baiser sur le front et nous nous regardons un long moment sans parler.

— Ouais, d'accord. Je sens mauvais moi, c'est ça ? dit d'un coup Missy en faisant la moue.

— Excuse-nous ! dis-je sortant de ma bulle.

— Mais non, je plaisante, ça me fait trop plaisir de vous voir comme ça. D'ailleurs, je vais vous laisser tous les deux.

— Reste, ça ne nous dérange pas ! dis-je en regardant Ethan en parlant pour lui sans m'en rendre compte.

— Oui, reste Missy, je t'assure que tu ne pues pas ! répond Ethan en rigolant.

— C'est gentil les amoureux, mais les plans à trois ne m'intéressent pas ! rétorque Missy fière de sa repartie.

Nous explosons de rire tous les trois. Cela me fait vraiment plaisir qu'Ethan et Missy s'entendent bien et puis c'est vrai qu'elle ne nous dérange pas, mais j'avoue qu'un moment seul avec lui ne me déplairait pas non plus.

— Je vais te ramener Missy, tu n'as pas de voiture et tu ne vas pas prendre le bus toute seule à cette heure-ci, on ne sait jamais ! dit Ethan prévenant.

— Non, resté tous les deux ! C'est bon, Yanis passe me prendre !

— Yanis ? dis-je surprise.

— Oui, pourquoi ?

— Non, rien… Tu lui passeras le bonjour.

Dix minutes plus tard, Yanis attendait effectivement Missy en bas de chez moi. Ces deux-là sont souvent ensemble dernièrement, ce qui m'inquiète un peu, car Missy l'a déjà fait souffrir en batifolant à gauche et à droite, sans même se rendre compte qu'à côté d'elle, il y avait un homme qui était éperdument amoureux d'elle. Yanis m'avait dit pendant notre séjour à Londres qu'il était passé à autre chose, mais ce rapprochement pourrait certainement réveiller en lui cet amoureux transi. Il va falloir que je lui parle.

J'ai englouti mon sandwich en un rien de temps remplissant mon estomac beaucoup trop vide. Quand Ethan revient après avoir accompagné Missy jusqu'à la voiture de Yanis, je suis toujours dans le canapé, le regardant s'avancer vers moi. Il est beau, gentil et il est à moi.

— À quoi tu penses ? dit-il.
— Que j'aie de la chance de t'avoir rencontré…
— C'est moi qui ai de la chance et je remercie ta maladresse de m'être rentré dedans ce jour-là ! dit-il avec un sourire taquin.

Je lui tape sur l'épaule en riant.

— C'est plutôt toi qui ne regardais pas devant toi ! rétorquais-je toujours en le chahutant.

Une bataille de chatouilles et de rire se mettent en place. Les coussins et tout ce qu'il y avait sur le canapé ont valdingué partout dans la pièce. Nous nous arrêtâmes essoufflés tous les deux, dans les bras l'un de l'autre et nous nous embrassons intensément, comme si notre survie en dépendait. Je finis par glisser du canapé et me cogne la tête sur la table basse. *AIE !* Mais quel boulet ! Ethan s'accroupit à côté de moi.

— Ça va ?

— Oui, il faut juste que je pense à mettre de la moquette chez moi en triple épaisseur et des meubles en mousse ! sortais-je en me tenant la tête.

— Je pense surtout que tu as besoin de te reposer ! Au lit mademoiselle, je n'ai pas envie que tu ressembles à *éléphant Man* à force de te cogner ! dit-il amusé.

— Non, tu sors juste avec un boulet… Tu restes avec moi ?

— Seulement, si tu en as envie…

— Alors reste…

— D'accord…

Passant à côté de mon bureau, je distingue le dossier pour Stan que je dois lui apporter demain matin à neuf heures. J'avais complètement zappé et j'ai plutôt intérêt d'être à l'heure ! Il est tard, le réveil va être difficile et je sens que mon rendez-vous avec monsieur grincheux ne va pas être de tout repos.

— Lilou… ? s'interroge Ethan en me voyant réfléchir.

— Oui, excuse-moi, c'est juste que j'avais complètement oublié mon rendez-vous avec mon patron demain matin.

— Je te déposerais si tu veux ? Et si tu n'as pas autre chose de prévu, on déjeunera ensemble demain midi ?

— Ça marche ! dis-je en lui sautant au cou.

Nous partons nous coucher tout timidement, s'allongeant l'un près de l'autre. Ses bras m'entourent chaleureusement et je me sens bien. Très bien. On se fait des papouilles pendant un moment et c'est très agréable. Je n'ai plus envie qu'il parte, je l'accrocherais même au lit s'il le faut !

> — Dors maintenant Lilou, tu en as besoin. Fais de beaux rêves… me chuchote-t-il à l'oreille et m'embrassant dans le cou.
> — Oui… Chef… répondis-je déjà presque inerte.

Blottie contre lui, un bonheur immense conquit mon corps, me sentant en sécurité dans ses bras.

Je m'endors sereine, jusqu'au moment où…

ET UN JOUR...

# Ethan

Fouillant dans le frigo de Lilou, je m'aperçois qu'il n'y a presque rien. Il faut absolument qu'elle mange pour reprendre des forces. Avec les maigres restes, je lui prépare un sandwich. C'est mieux que rien. Sinon, je serais parti chercher à manger en ville, peu importe l'heure, le prix et les kilomètres. Missy au côté de Lilou pendant que je lui prépare à manger me rassure. Elle m'a fait tellement peur tout à l'heure…

Revenant dans le salon, je lui tends son encas et quand elle me dit qu'elle va mieux grâce à moi, je ne sais pas ce qui se passe à l'intérieur de moi. Une drôle de chose indescriptible qui me donne le sourire et réchauffe mon être. Après l'avoir embrassé sur le front, je ne peux m'empêcher de la regarder, ses yeux m'hypnotisant complètement.

L'interlude de Missy me fait mourir de rire. Un petit trio bien sympathique. J'en avais oublié que l'on était arrivé ensemble un peu plus tôt dans la soirée. Il est hors de question qu'elle rentre seule, car si jamais Noa est encore dans les parages, il pourrait très bien s'en prendre à elle et je ne peux pas non plus laisser Lilou seule surtout dans cet état et pas la peine non plus de l'emmener en voiture, pour qu'elle se sente encore plus mal. Finalement, c'est Yanis qui passe prendre Missy. Je vais pouvoir m'occuper de Lilou.

Nous continuons à rire tous les trois, Missy, se ventant de ses prises de judo envers Noa. Je dirai plutôt un mélange de boxe, karaté, salsa et saut de kangourou. La taquinant avec ça, elle me propose un duel que j'accepte volontiers. Elle n'a pas froid aux yeux, je remets donc ce combat pour une autre fois.

Lilou quant à elle, affamée, termine son sandwich en un rien de temps. Me regardant plaisanter avec Missy, elle vient poser sa tête sur mon épaule. Son contact me donne des picotements agréables jusqu'au bout des doigts.

— Il est temps pour moi de vous laisser les amoureux ! Yanis est en bas ! s'exclame Missy.
— Attends, je descends avec toi jusqu'à la voiture ! lui dis-je.

Missy prend Lilou dans ses bras et lui promet de passer la voir au plus vite. Elle prend ses affaires et se dirige vers la porte. Pendant ce temps-là, je vais embrasser Lilou et lui sermonne :

— Et toi, tu ne tombes pas le temps que je descends !
— Promis, je ne bouge pas d'un poil ! me dit-elle avec un clin d'œil.

J'accompagne Missy en bas et salue Yanis. Quand je pense que j'avais cru que Lilou et lui étaient ensemble… Pourquoi je me suis arrêté à cette idée au lieu de creuser ? Il a l'air très sympathique en tout cas.

En remontant dans l'appartement, j'aperçois Lilou en pleine réflexion. Je n'avais pas encore remarqué cette petite cicatrice quand elle fronce les sourcils. Elle est si belle, si douce…

*Et dire que j'allais tout gâcher comme un idiot !*

En prime, elle est marrante. Elle peut avoir une bonne repartie et notre échange se termine en fou rire. Une chose que je ne savais pas, c'est qu'elle est chatouilleuse et ça peut toujours servir. À force de se chamailler, on finit par se retrouver très proche. Nos peaux s'effleurent, se touchent et l'évidence ne se fait plus attendre, nous nous embrassons avec passion. Un peu trop même, car elle glisse et se cogne la tête. *Putain !* Elle me dit que ça va et que ce n'est pas de la moquette dont elle a besoin, mais de se reposer. Mon boulet doit aller dormir.

*Tu restes avec moi ?* Cette toute petite phrase qui fait l'effet d'une bombe dans ma poitrine.

Avant d'aller se coucher, je commence à ranger l'appartement. La bataille de chatouilles a dégénéré et tout a volé autour de nous. Levant la tête, je la vois un dossier à la main. Quand elle m'explique son planning de demain, je lui propose de l'accompagner en voiture et déjeuner avec elle par la même occasion. Après un passage rapide dans la salle de bains, elle vient me rejoindre dans le lit, ce qui me procure une sensation curieuse. Il y a bien longtemps que je n'ai pas partagé de lit avec une femme, mais là ce n'est pas n'importe qui. C'est Lilou…

Partageant un moment plein de tendresse, je respire son parfum à pleins poumons, touchant sa peau douce et chaude. C'est un plaisir immense et je vais très vite m'y habituer. Nous nous endormons dans les bras l'un de l'autre, quand soudain je la sens s'agiter. Parlant dans son sommeil, elle marmonne des mots incompréhensibles et se redresse d'emblée en état de panique, ne sachant plus où elle est.

Prenant sa main, elle se retourne et me contemple avec de grands yeux apeurés et s'écarte brusquement de peur...

# Lilou

*Les flammes s'approchent. Je ne peux plus bouger. J'ai mal à la tête. Yanis est parterre, il crie de douleur. Je ne peux pas l'aider. Je pleure. Un jeune homme s'approche de moi. Il me protège, me tient la main. Je suis rassurée, mais j'ai peur. Une explosion retentit. Ce même homme se jette sur moi. Il se relève et je découvre son visage. C'est Noa. Mes yeux se ferment. Ce n'est plus Noa, mais Ethan. Noa est derrière et lui plante un couteau dans le dos. Ethan saigne. Il saigne abondamment. Il saigne énormément. Il saigne beaucoup trop, puis disparaît… »*

Je me réveille en suffoquant, essayant de retrouver mon souffle, quand une main me touche. En me retournant, je distingue Ethan. Un sursaut me fait bondir en arrière. Il est là. Il est bien là. Il ne saigne pas. Il n'a pas disparu.

J'en ai plus que marre de ces cauchemars, je mélange tout à chaque fois. Je me jette sur lui et le serre très fort dans mes bras.

— Tout va bien, je suis là… me dit-il en me caressant les cheveux.

Je me rendors presque immédiatement, la tête posée sur son torse.

***

Sept heures et trente minutes. J'ouvre difficilement un œil, puis l'autre. Une douleur lancinante s'installe quand la lumière du jour m'éblouit. Refermant les yeux, je me cache sous la couette. Un court instant plus tard, ayant mon bras hors du lit, je sens des doigts marcher tout le long me donnant des frissons.

> — Bonjour mon boulet. Je ne veux pas t'affoler, mais il est déjà sept heures et demi et vu que tu as rendez-vous ce matin... me murmure Ethan tout en m'embrassant dans le cou.
> — Je suis large ! Trop le temps ! dis-je en rigolant.

Alors que ce n'est pas du tout le cas, mais un réveil tout en douceur mérite que l'on s'y attarde. Quelques minutes après, m'asseyant dans mon lit, je sens que ma tête va exploser. Comme une impression qu'il y a de petits bonhommes à l'intérieur qui cognent avec des marteaux !

> — Tiens, bois ça ! Cela te fera du bien ! dit-il en me tendant un verre d'eau d'une main et un cachet de l'autre.

Je le remercie et le vide d'un trait. Assis sur le bord de mon matelas, je constate qu'Ethan est déjà prêt et habillé. Souriant, il se lève m'embrassant sur le front. J'adore quand il me fait ça... Il me dit de le rejoindre dans la cuisine et que le petit déjeuner est servi.

En effet, une bonne odeur provenant de la cuisine arrive dès qu'il ouvre la porte de la chambre. Je me lève sans attendre. Sur le bar sont étalés diverses choses : pain au chocolat, crêpes, pain frais, jus d'orange pressé, confiture et j'en passe. Moi qui d'habitude prends à peine le temps de manger le matin, j'ai l'impression de me retrouver au château de Versailles et d'être une princesse.

— Vu que tu ronflais ce matin… dit-il en riant. Je suis parti faire quelques courses à l'épicerie du coin et vu que je ne savais pas ce que tu mangeais le matin, j'ai pris un peu de tout…

— Sérieux ? C'est trop gentil de ta part, merci… J'ai trop faim en plus, mais ça fait un peu de trop ?

Je me jette à son cou pour le remercier et commence à dévorer mon festin. Je devrais prendre plus le temps le matin pour le petit déjeuner, mais comme j'aime bien mon lit, il ne me reste que peu de temps pour le déguster. Je passe sous la douche et me prépare pour mon rendez-vous.

Une nouvelle traduction m'attend et je dois faire le point avec Stan. Je retrouve Ethan dans le canapé devant la télévision à rire sur une série déjantée. Je n'en crois toujours pas mes yeux, cet homme est avec moi ! Moi, Lilou, le boulet !

Je vérifie ma tête une dernière fois dans le miroir fixé dans le couloir. J'ai essayé tant que j'ai pu de camoufler mon énorme bosse que j'ai sur le front, dû à ma chute d'hier soir contre la table, mais je sens que Stan va s'en donner à cœur joie. Je prends mon dossier sur le bar de la cuisine et m'aperçois que tout est impeccablement lavé et rangé. Aurai-je trouvé la perle rare ?

— Je suis prête ! lui annonçais-je.

— Parfait, on y va alors ! dit-il en prenant un sac plastique.

N'y prêtant pas trop attention au début, nous montons dans sa voiture et partons en direction du bureau de Stan. On en a pour dix minutes environ, bien trop court à mon goût. Il est très à l'aise pour conduire et je me sens en sécurité. Il a une main sur le volant et l'autre sur ma cuisse. À chaque fois qu'il l'enlève pour passer une vitesse, je n'aime pas, comme si mon corps refusait cet éloignement.

Nous nous faufilons dans les rues sans problème juste avant de se garer dans un petit recoin que je ne connais pas. Mais pourquoi s'arrête-t-il là ?

— J'en ai pour deux minutes, j'ai un truc à déposer. Attends-moi là ! me dit-il en prenant le sac plastique posé sur le siège arrière.

Je me demande bien ce qu'il va en faire et surtout ce qu'il y a dedans. Le regardant s'éloigner, il se met à tourner dans une petite rue. Curieuse, je décide de le suivre. Je prends les clés de la voiture, la ferme et me dirige vers lui en faisant attention qu'il ne me voit pas. Arrivée à l'angle de la ruelle, je le vois s'arrêter devant une femme d'une trentaine d'années. Il lui tend le sac, elle le prend et l'enlace chaleureusement. Un peu trop même…

C'est quoi ce bordel ? Qui est cette femme… ?

# Ethan

Le rejet qu'elle a eu pour moi à son réveil m'a fait flipper ! J'ai été rassuré seulement quand elle s'est jetée sur moi avec un sourire. Elle a dû faire un cauchemar… On se rendort sans tarder.

Il est six heures du matin quand je me réveille. Lilou dort profondément. Vu qu'elle n'a plus rien dans le frigo, je décide de me lever, d'aller faire des courses et de lui préparer le petit déjeuner. J'emprunte sa salle de bains pour m'habiller. Je lui laisse un mot au cas où elle se réveillerait avant que je revienne et file à l'épicerie. Logiquement, elle est ouverte, ayant vérifié sur Internet. Arrivé là-bas, je ne sais même pas quoi prendre et je ne sais même pas ce qu'elle aime manger le matin, alors je prends un peu de tout pour ne pas me tromper.

Content de mes achats, je remonte à l'appartement. Aucun bruit. À l'évidence, elle dort encore. Je décide de lui faire des crêpes en espérant qu'elle aura faim. L'heure tourne et toujours pas de Lilou à l'horizon. Il va falloir que j'aille la réveiller pour son rendez-vous de ce matin. J'entre dans la chambre sans faire de vacarme, m'assieds près d'elle tout en la regardant dormir. Ses cheveux tout emmêlés sont étalés sur l'oreiller, n'entravant rien à sa beauté. Elle a l'air si sereine, si apaisée.

Rapidement, je la sens bouger et grogner. Je rigole en silence. Elle se retourne, se remet sous la couette et ne bouge plus. *Ah non, Mademoiselle, on ne se rendort pas !* On dirait une petite fille sans défense qui n'a pas envie d'aller à l'école.

J'essaye de la réveiller en douceur et elle a l'air d'apprécier, car elle se laisse faire, une moue souriante. Quand elle s'assoit sur le lit, elle tient sa tête, enfin l'enclume qu'elle a à la place ce matin. Sa bosse est incroyablement voyante. Heureusement, j'ai prévu le coup et lui donne un cachet qui lui fera le plus grand bien. Elle engloutit son petit déjeuner et j'avouerai que je me suis un peu enflammé niveau quantité, mais ce n'est pas perdu. Le temps qu'elle prenne sa douche, je range la cuisine et fais la vaisselle. Lorsque tout est terminé, je m'installe sur le canapé et allume la télévision. Une éternité que je n'avais pas fait ça. Je m'arrête sur une drôle de série qui me fait rire aux premières minutes. Parfait, je reste dessus.

Quand elle s'écrie qu'elle est prête, j'éteins le poste virtuel et me lève la rejoindre. Elle est magnifique, comme toujours. Avant de franchir la porte, je prends le sac et nous descendons les étages. Vérifiant l'heure affichée sur le cadran de la voiture, je constate que nous avons largement le temps pour ne pas être en retard, mais je préférerais quand même rester avec elle ce matin, d'autant plus que je n'ai rien de prévu.

Tout le long du trajet et malgré la proximité entre nous dans la voiture, je ne peux m'empêcher de la toucher. J'ai besoin de ce contact, besoin de sentir sa chaleur et aussi de savoir si c'est bien réel, pas un rêve…

Nous approchons de notre destination, mais avant de la déposer, je dois m'arrêter déposer le sac. Je me gare et lui demande de m'attendre dans la voiture, car je n'en ai pas pour longtemps. L'embrassant avant de descendre, je marche d'un pas rapide et tourne dans une petite ruelle sombre, les bâtiments autour cachant la lumière du jour. Continuant mon chemin, je la vois soudain dans un recoin. Sonia sourit aussitôt et se jette à mon cou.

> — Tu m'as tellement manqué Ethan ! Que fais-tu ici de si bonne heure ? D'habitude, tu viens plus tard ! me dit-elle avec un clin d'œil.
>
> — Moi aussi, désolé de ne pas pouvoir passer plus souvent. Je ne peux pas rester, on m'attend dans la voiture, mais j'ai pensé à toi ! lui dis-je en lui tendant le sac.
>
> — Mille mercis ! Tu es un amour ! s'exclame-t-elle en l'ouvrant.

Elle me serre très fort dans ses bras et colle sa tête sur mon torse. Je répondis volontiers à son étreinte.

> — Je dois y aller, désolé… Au fait, as-tu réfléchi à ma proposition ? lui demandais-je, impatient de connaître sa réponse.

ET UN JOUR...

# Lilou

Je n'en reviens pas. Je m'affale de tout mon corps le dos contre le mur, ne comprenant pas la situation. Me ment-il comme Noa ? Que me cache-t-il ? Regardant à nouveau dans la rue, je m'aperçois qu'il revient vers moi. J'espère qu'il ne m'a pas vu. Je me précipite à la voiture et plonge dans le siège, pantelante, essayant de reprendre mon souffle avant qu'il n'arrive.

Que dois-je faire ?

Lui dire que je l'ai suivi et vu avec cette femme ? Je passerai pour une folle jalouse.

Ne rien lui dire et attendre qu'il m'en parle ? Là, je passerai pour une menteuse sournoise.

J'ai à peine le temps de réfléchir à la meilleure stratégie que la porte conducteur s'ouvre.

— Je n'ai pas été trop long ? me demande-t-il avec son sourire ravageur.

Je vous présente Ethan, alias ma grande faiblesse. Fondant littéralement et encore plus lorsque ses lèvres se posent sur les miennes d'une douceur incomparable. La colère et la stupeur de tout à l'heure se sont estompées comme par magie. Finalement, je préfère ne rien dire pour le moment…

Nous reprenons la route jusqu'au bureau de Stan. Cinq minutes plus tard, nous arrivons à destination. Il est déjà presque neuf heures. Je prends mon sac et mon dossier que j'avais laissé à mes pieds. J'embrasse Ethan avant de descendre et nous nous donnons rendez-vous à midi dans mon restaurant préféré. Me retrouvant en bas de l'immeuble, je jette un œil en hauteur et se dresse devant moi une tour immense colorée de gris et de nombreuses fenêtres, sobres et modernes. Le bureau de Stan est au dixième… Quelle bonne invention ces ascenseurs !

Arrivé devant la porte de son bureau, je prends une grande inspiration avant de frapper. Stan est comme il est. On l'aime ou pas. Une grande gueule, grognon, mais un homme d'affaires réputé et le meilleur dans son domaine. Ses réunions peuvent parfois être déroutantes. Il ne cache pas ses mots et la plupart du temps il peut même être très vexant, mais à force de le connaître c'est une manière à lui de nous booster et de donner le meilleur de nous-mêmes.

> — Cette tête ! Cette fois-ci, c'est quoi ? Une porte ? Un poteau dans la rue ? dit-il en voyant ma bosse sur mon front.
> — Ma table basse…
> — Qu'est ce qu'on va faire de toi ?
> — Bonne question !

Nous nous mettons rapidement au travail, interrompu par moments par Ethan qui m'envoie par message des blagues qui me font sourire. J'essaie d'être discrète, mais je crois que c'est raté.

> — C'est quoi ce sourire bête que tu arbores ? Et tu as fini avec ton téléphone ? Je te jure que tu vas te retrouver avec une autre bosse de l'autre côté ! gueule-t-il en brandissant sa règle de trente centimètres tout en essayant de ne pas rire.

— J'ai rencontré un homme merveilleux…

— Je comprends mieux ! L'amour ! Que ça ne t'empêche pas de bosser ! dit-il grognon.

— Tu sais que l'amour me donne des ailes ! dis-je en souriant, rêveuse.

— Vole pas trop haut, c'est dangereux pour toi ! s'exclame-t-il en mimant ma bosse.

— Tu sais que tu es un patron indigne ? éclatais-je de rire.

Nous continuons de travailler pendant plus d'une heure. Une préparation un peu longue, mais nécessaire. Cela m'évite de passer au bureau tous les jours et comme ça, je peux travailler de chez-moi tranquillement. Avant de partir, je fouille dans mon sac et en sort un paquet cadeau.

— Au fait, tiens ! Petit souvenir de Londres !

En l'ouvrant, il y découvre le fameux tee-shirt écrit en grand « MONSIEUR GRINCHEUX ».

— Tu sais que ça peut être un motif pour te faire virer ça ? dit-il d'un ton sévère.

— Bien sûr, chef !

— Ouais, bon, je m'en servirai pour faire les poussières dans mon bureau… Aller, cessons de papoter et oust, je t'ai assez vu ce matin !

Le connaissant que trop bien, je sais que venant de sa part, c'est un merci et puis il a une femme de ménage, je le vois mal le faire ! Je savais que ça lui aurait fait plaisir au fond. Je sors de son bureau, contente de mon petit effet surprise. Il est onze heures, j'ai encore une heure devant moi avant de rejoindre Ethan au restaurant. Je décide de m'approcher au plus près du lieu de rendez-vous et d'aller faire les boutiques qui se trouvent autour.

Je m'engouffre dans un petit atelier qui de l'extérieur ne paye pas de mine et je suis agréablement surprise de l'accueil chaleureux, mais pas étouffant des vendeuses, de la décoration et l'agencement de la boutique. Je parcours le magasin, ressemblant à la caverne d'Ali baba, émerveillée par tant de vêtements à mon goût. Malheureusement, je n'ai pas le temps de tout détailler ce matin. M'arrêtant au rayon lingerie, je m'attarde sur un ensemble noir sexy, mais pas vulgaire. Maintenant que j'ai un petit ami, il va falloir que j'en rachète, car les culottes *Hello Kitty* vont faire un peu tâche. Je craque, prends l'ensemble et atterris à la caisse. Le temps qu'elle me rende la monnaie, je mets leur carte précieusement dans mon portefeuille.

Je sors contente de mon achat et m'arrête devant la vitrine d'une autre boutique. La dernière, car l'heure de midi arrive à grands pas. J'adore la veste qui est sur le mannequin dans la devanture. Je regarde de plus près la matière et le prix, quand j'aperçois dans le reflet de la vitrine quelqu'un m'observer ou plutôt m'espionner. Je prends peur, mais j'essaye de rester calme. Je regarde plus attentivement, mais je n'arrive pas à identifier mon guetteur. La lumière du soleil brouillant son visage.

J'entre précipitamment dans le magasin, sans prendre la peine de me retourner…

# Ethan

Quand Lilou sort de la voiture, un vide immense s'installe. J'attends qu'elle rentre dans le bâtiment avant de partir, la regardant encore quelques minutes.

J'aime sa démarche, la façon qu'elle a de se déhancher naturellement, la façon dont ses cheveux tombent sur ses épaules. Le bruit d'un klaxon me sort de mes pensées, me rendant compte que Lilou est rentrée depuis un moment déjà. J'enclenche la première et me dirige vers mon hôtel. Arrivé là-bas, je me demande ce que je vais pouvoir faire jusqu'à midi. Une bonne séance de sport déjà me fera le plus grand bien. Je cours donc pendant plus d'une heure à travers la ville, parcourant les rues et notant mentalement les endroits où j'emmènerais Lilou, les prochaines fois. Un joli petit restaurant cosy, une bijouterie, un magasin de meubles modernes… Il y aura peut-être des meubles en mousse ? Je ne peux m'empêcher d'envoyer des messages à Lilou, car elle me manque terriblement. En peu de temps, ce petit brin de femme est devenu vital à mon équilibre.

Je continue mon jogging et me dirige vers l'hôtel, quand mon téléphone se met à vibrer dans ma poche.

— Ethan ? Salut, c'est Max MacDowell ! Que fais-tu cette après-midi ? J'ai réussi à te dégoter un terrain pour ton projet, il faut que tu voies ça !

— Salut, Max ! Écoute, je dîne avec ma petite amie ce midi, je te rejoins après. Vers quatorze heures, ça te va ?

— Pas de soucis, je t'envoie l'adresse par message.

# ET UN JOUR...

Il ne me manque plus que le terrain pour pouvoir débuter réellement mon projet. Celui-ci me tient particulièrement à cœur.

Arrivé devant l'hôtel, je monte dans ma chambre, prends une douche et me prépare pour mon déjeuner avec Lilou.

***

Quand je m'avance vers le restaurant, je distingue Lilou m'attendre devant l'entrée, la sentant inquiète et aux aguets. Dès que son regard croise le mien, elle retrouve instantanément son sourire et je préfère ça. Je m'avance vers elle sans la quitter des yeux. Arrivé à sa hauteur, je prends sa tête entre mes mains et l'embrasse avec fougue. Sa peau et ses lèvres sont douces, tout comme le regard qu'elle pose sur moi. Elle me fait toujours ce même effet, comme à la première seconde où je l'ai vu la première fois.

Nous rentrons dans le restaurant main dans la main et nous nous installons à une table, commandant l'apéritif pour commencer et regardant tranquillement la carte des menus.

— J'ai un rendez-vous pour le travail à quatorze heures, je ne pourrais pas rester avec toi cette après-midi, ça ne te dérange pas… ? lui demandais-je.

— Non, ne t'inquiète pas, il faut de toute manière que je commence ma traduction, sinon Stan va péter un plomb ! dit-elle en rigolant.

J'aimerais bien un jour rencontrer ce cher Stan, il m'a l'air plutôt atypique comme personnage.

— Ce soir, tu es dispo ? J'ai envie de te faire un petit dîner à l'appartement, ça te dit ? dit-elle timidement.

— Avec grand plaisir ! m'exclamais-je.

Continuant à discuter tout en mangeant notre plat de résistance, elle me pose des questions sur mon travail et c'est vrai que je ne lui ai pas encore expliqué en quoi il consistait. Je lui évoque donc ma société de construction de maisons écologiques en bois que j'ai créé moi-même sur Miami, il y a déjà dix ans. J'ai commencé dans le monde du travail par différents métiers un peu pris au hasard pour subvenir aux besoins de ma sœur et de moi-même. Un parcours polyvalent à vrai dire. J'ai été un certain temps serveur dans un bar, puis jardinier, distributeur de journaux, homme à tout faire dans un hôtel pour différentes réparations dans l'établissement jusqu'au jour où j'ai rencontré John, le père de mon associé, Arthur. C'est comme ça que j'ai connu ce dernier. John était menuisier, aujourd'hui retraité, il m'a appris le métier avec une telle passion, un tel dynamisme et d'une patience à toute épreuve, tout cela dans la bonne humeur. Je ne le remercierai jamais assez. À la fin de nos études, Arthur et moi avons travaillé avec son père environ deux ans, puis j'ai eu l'idée de créer ma propre entreprise basée sur des maisons écologiques de moindre coût et rapide à construire. Arthur m'a suivi dans mon projet. Aujourd'hui, je suis à la tête d'une petite affaire qui marche plutôt bien. Je ne suis pas milliardaire, mais une vie assez aisée.

Un autre projet me tenait à cœur et je suis à deux doigts de le réaliser aujourd'hui en France. Mon pays natal, où tout à commencer...

L'heure tourne et je dois malheureusement quitter Lilou pour aller rejoindre Max au terrain. Elle fait la moue quand je propose de tout payer et elle ne lâche pas l'affaire pour pouvoir payer la moitié de la note. Plus d'une n'aurait même pas eu ne serait-ce l'idée... Lilou est une jeune femme indépendante, gentille, drôle, belle, intelligente et c'est tout à son honneur. Je suis très fier d'être à ses côtés.

***

Je n'ai pas eu trop de mal à trouver le terrain où m'attend Max. Facile d'accès et pas loin du centre-ville, il se trouve dans un environnement calme et spacieux. Je tombe littéralement sous le charme de celui-ci et me projette déjà.

Max me rejoint, me tend la main et s'exclame :

— Je savais qu'il te plairait !
— Ça se voit tant que ça ? lui répondais-je avec un grand sourire.

En effet, ce terrain me plaît énormément et en plus de ça, il est libre de suite. Max, quant à lui, a fait en sorte qu'il me soit montré en exclusivité avant qu'il ne soit officiellement mis en vente, ce qui me donne un avantage non négligeable. Nous faisons la visite du terrain avec le propriétaire et dans la foulée je signe les papiers. Mon projet va enfin pouvoir débuter. Si j'ai mis autant d'énergie dedans, c'est que je compte créer un petit village pour les sans-abris, ayant été moi-même dans ce cas étant jeune. Je veux ainsi pouvoir construire des maisons où ils se retrouveront au chaud et confortablement installés dans un lit, pouvoir se laver et manger à leur faim. Je compte également mettre en place une salle avec à disposition du matériel informatique pour la recherche d'emploi. Faire venir des coiffeurs, maquilleurs, barbiers pour leur donner confiance en eux. Faire venir des vêtements et chaussures pour leurs quotidiens, mais aussi pour les entretiens d'embauche. Faire venir des spécialistes, psychologues, médecins et créer un groupe de bénévoles, mais aussi une équipe permanente qui pourra les aider dans les différentes tâches administratives ou pour tous autres sujets.

Je sais pertinemment que c'est un sacré projet, mais j'y crois et je compte aller jusqu'au bout, peu importe ce que ça me coûtera. Je veux que ce soit agréable à vivre et joyeux. J'aimerais tellement pouvoir les aider à s'en sortir, comme moi qui aie eu cette chance.

Quittant le terrain des idées plein la tête, je remercie Max et lui promets de fêter ça une autre fois. On se sert la main et je monte dans ma voiture, profitant d'appeler Arthur pour lui annoncer la bonne nouvelle. Il est aussi ravi que moi et commence déjà à se plonger dans les futurs plans. On est aussi impatient l'un que l'autre de voir ce projet à terme.

Sur la route, je décide de m'arrêter, acheter une bouteille de champagne pour l'amener ce soir chez Lilou et arroser ça.

J'envoie par mail tous les documents nécessaires pour la réalisation du projet à mes collaborateurs et donne mes directives le concernant. Je n'ai même pas vu l'heure défilée et je vais être en retard pour le dîner chez Lilou. Je grimpe dans la voiture, me faufile aisément dans les rues et atteins mon point d'arrivée. Je chope la bouteille que j'avais posée sur le siège passager et descends. Sur le chemin qui mène à l'entrée de la résidence, je cueille discrètement une fleur dans les parterres et me précipite dans les escaliers, tellement hâte de la retrouver et la prendre dans mes bras. Une odeur de brûlé me parvient dans les narines, plus les marches défilent.

J'arrive difficilement sur le palier, car de la fumée inonde le couloir et mon cœur ne fait qu'un bond quand je m'aperçois soudain que ça vient de chez Lilou.

## Lilou

**J**e rentre un peu trop vite dans le magasin, sans même m'apercevoir que je fonce droit dans une vendeuse.

— Vous allez bien Madame ? s'inquiète-t-elle.

— Oui, excusez-moi… Pourrais-je voir votre veste qui est en vitrine s'il vous plaît ? demandais-je en jetant un œil dehors.

Il n'y a plus personne. Pourtant, j'en suis persuadée. À moins que ma trop grande imagination fait des siennes encore une fois ! La vendeuse revient avec la veste à ma taille. Passant en cabine, j'enfile cette dernière et m'observe dans le grand miroir placé devant moi. À croire qu'elle a été cousu directement sur moi, elle me va comme un gant. C'est décidé, je la prends. Passant à la caisse, je donne ma carte bancaire en regardant ma montre qui m'indique que je vais être en retard. Une fois le paiement effectué, je prends le sac, souhaite une bonne journée aux vendeuses et me dirige vers la sortie regardant nerveusement autour de moi. Personne…

Arrivée au restaurant, je ne vois pas Ethan devant l'entrée. Examinant chaque personne comme un individu suspect, je ne suis pas à l'aise, jusqu'au moment où j'aperçois Ethan. Mon beau et gentil Ethan. Je me détends de suite quand nous nous embrassons langoureusement devant le restaurant. Les passants nous regardent outrés, mais je m'en fous.

Le repas se passe merveilleusement bien. Il m'annonce qu'il a un rendez-vous cette après-midi et qu'il doit partir plus tôt que prévu. La discussion de ce déjeuner se tourne vers son travail et quand il m'explique de quoi il s'agit, je ne peux être qu'admiratif. Il n'a jamais baissé les bras, il a cru en son projet et y ai arrivé. Je le regarde me raconter son histoire, les yeux pleins de fierté.

***

Le temps est passé trop vite, il doit déjà y aller. Même s'il vient de m'avouer qu'il a largement les moyens de payer le repas, il est hors de question pour moi qu'il paye tout. Je ne suis peut-être pas riche, mais je veux payer au moins la moitié. C'est une question de principe, car je ne suis pas le genre de fille qui aime se faire entretenir, j'apprécie grandement mon indépendance. Ethan a voulu me raccompagner chez moi, mais j'ai refusé, car j'ai une idée en tête. Une fois que sa voiture s'est éloignée, je me dirige vers les arrêts de bus, vérifiant les différents trajets et monte à l'intérieur.

Quinze minutes plus tard, je me retrouve pas très loin de la rue où j'ai aperçu Ethan avec cette femme. D'ailleurs, il ne m'en a toujours pas parlé et j'avouerais que je me pose des milliers de questions. Pourquoi ne m'en a-t-il pas parlé ? Pourquoi me le cache-t-il ? Est-elle sa maitresse ? Une simple amie ? Je veux en avoir le cœur net !

Je déambule dans les rues infâmes à sa recherche, évitant les détritus jonchant le sol. Des odeurs déroutantes me donnent la nausée et j'aperçois des sans-abris faire la quête. Je suis à deux doigts de faire demi-tour, car cet endroit me fiche la trouille. En plus comme une idiote, je suis venue seule, mais j'ai quand même mon objectif en tête, alors je décide de traverser à grandes enjambées la rue et voir si *elle* est là... Plus j'avance et plus je trouve cette idée stupide.

Complètement idiote ! Mais, finalement, qu'est ce que je fais là ? La voir, mais, ensuite ? *Salut, tu es qui ? Pourquoi tu parles à mon mec ? Pourquoi tu le touches comme ça ?*

Après quelques mètres, je regrette vraiment quand je me fais agresser par un homme d'une vingtaine d'années. Grand, les yeux sombres, costaud, habillé en noir de la tête aux pieds, les vêtements souillés, troués et des piercings de partout. Il s'approche de moi puant l'alcool à des kilomètres à la ronde.

— Alors, ma jolie, on s'est perdue ? Mais, c'est que tu es très sexy, on peut jouer si tu veux ? me demande-t-il avec des yeux de pervers.
— Mon copain me rejoint d'une minute à l'autre ! mentais-je en m'éloignant de lui.

À peine fait deux mètres, qu'il m'attrape le bras avec fermeté. J'essaie de me débattre tant bien que mal, mais il est trop fort pour moi.

— Lâcher moi ! criai-je.
— Tais-toi ! me gronde-t-il en mettant sa main sur ma bouche. Je te lâcherais, mais avant ça j'ai envie de m'amuser un peu avec toi ! dit-il d'un ton sûr de lui.

Ses mains commencent à descendre le long de mon dos et j'ai très peur. Mais, pourquoi je suis venue ici ? Je le repousse et lui mords le bras pour qu'il me lâche, me débattant comme je peux. Quand tout d'un coup, j'entends une voix familière.

— Lâche-la, connard ! Et tout de suite !

L'homme desserre son emprise et s'éloigne en gueulant des jurons à mon sauveur. Je me retourne et je ne m'étais pas trompée. Je vois Noa face à moi, tenant un couteau et défiant mon agresseur avec un regard glaçant. Si je ne le connaissais pas, je serais déjà parti en courant, mais je n'oublie pas non plus la tournure de la dernière soirée avec lui. J'ai encore la haine !

— Ça va Lilou ?

— Alors, toi, ne me parle même pas ! lui criai-je.

— Mais…

— Mais, quoi ? Ce n'est pas parce que tu m'as sauvé de ce type, que je vais te sauter dans les bras ! Je n'ai pas oublié ce que tu m'as fait !

Je m'enfuis sans même un regard vers lui, voulant quitter cet endroit le plus vite possible.

Au croisement de la rue, je la vois, *elle*, avec mon agresseur, lui donnant une gifle bien placée. Je ne capte pas tout, car il ne répond même pas, l'air confus. Bizarrement, je sens moins d'animosité envers elle, mais je ne sais toujours pas qui elle est… J'hésite d'aller à sa rencontre, mais je me ravise et rejoins l'arrêt de bus, car je n'ai pas envie de me faire gifler également, j'ai assez de ma bosse. Assise au fond du siège, je suis toute tremblante. *Non, mais c'est du grand n'importe quoi ce que j'ai fait* ! Heureusement, plus de peur que de mal. J'essaye de me sortir ça de la tête et descends au prochain arrêt pour aller faire des courses pour ce soir.

J'ai décidé de lui faire des lasagnes. On m'a toujours dit qu'elles étaient excellentes. J'espère qu'il aime ça au moins. Je me mets rapidement au fourneau et ayant l'habitude le sujet est vite clos. Je mets les lasagnes au four, pars prendre une douche et me changer avant qu'Ethan n'arrive. Enfin, prête, je dresse une table classique et harmonieuse, disposant des bougies pour une ambiance romantique. Je suis assez fière du résultat.

Entre-temps, j'ai un appel de Missy.

— Hola, ma chérie ! Comment ça va ? me crie-t-elle dans les oreilles m'obligeant à baisser le volume.

— Hey, je ne suis pas sourde ! lui répondis-je avec le même niveau sonore.

— Désolée ! Alors, comment ça se passe avec ton Ethan ?

— Merveilleusement bien ! Il vient dîner ce soir, je lui ai fait mes lasagnes !

— Le chanceux, elles sont délicieuses en plus. Prochain coup, tu m'en feras, hein ? me supplia-t-elle.

— Oui, ne t'inquiète pas !

Nous restons au téléphone un moment à papoter de choses et d'autres, fignolant en même temps ma décoration de table quand soudain une émanation de brûlé s'échappe de la cuisine. *Merde ! Mes lasagnes !* Me précipitant vers le four, une fumée épaisse me parvient en plein visage. Je me mets à tousser et j'ai du mal à respirer. J'évacue au maximum cette dernière avec de grands gestes et réussi à sortir le plat. Je le pose sur mon évier et me dirige vers la fenêtre pour l'ouvrir et aérer ce massacre.

*Fais chier, mon dîner !*

Je reviens vers la cuisine contemplée les dégâts, quand je vois des flammes. Beaucoup trop de flammes…

ET UN JOUR...

ET UN JOUR...

## Ethan

Je suis à deux doigts de démolir la porte de l'appartement de Lilou. Bordel, mais qu'est-ce qu'il se passe ? Je hurle son prénom pour qu'elle me fasse entrer immédiatement, espérant qu'il ne lui soit rien arrivé. Elle m'ouvre finalement au bout de trente secondes. Interminable pour moi. La fumée s'échappe à vive allure dans le couloir. Lilou tousse, suffoque. Je la prends dans mes bras et la protège sous mon manteau. Je vois que la fenêtre de son appartement est ouverte et le fait que la porte d'entrée soit ouverte, elle aussi, la fumée se dissipe rapidement.

Je sens Lilou pleurer contre mon torse. Je recule et l'examine de haut en bas, vérifiant qu'elle n'est pas blessée. Il n'y a pas l'air non plus d'avoir d'énormes dégâts dans l'appartement. Prenant sa tête entre mes mains, je tente de la calmer.

— Tout va bien ma puce… Pourquoi pleures-tu ? lui demandais-je doucement.
— … J'ai… J'ai… Brûlé les lasagnes… On n'a plus rien à manger… dit-elle toujours en sanglotant.

Je ne peux m'empêcher de rire. Son appartement aurait pu prendre feu ou pire, mais non, elle pense à son repas. J'ai envie d'embrasser cette petite frimousse attristée.

Je décide d'aller voir les fameuses lasagnes carbonisées et de nettoyer le sinistre, n'ayant pas envie qu'elle se blesse. Pendant ce temps-là, elle prépare l'apéritif. Quelques minutes plus tard, je la rejoins au salon pour trinquer avec elle.

— Tchin ! Au repas brûlé ! lui dis-je avec un clin d'œil.

> — Je suis désolée, je n'ai rien prévu d'autre… dit-elle
> d'une moue tristounette.
> — Ce n'est pas grave, on va appeler un traiteur qui livre
> à domicile ! lui dis-je en lui caressant la joue.

Je prends mon téléphone, trouve un numéro assez rapidement et passe commande. On sera livré d'ici une petite heure. Parfait, le temps de se poser tranquillement.

Je suis fier de lui raconter mon après-midi et la découverte du terrain. Je lui expose mes idées et mes projets, ce qui a l'air de lui plaire. Cela me ravit qu'elle prenne plaisir à m'écouter et d'être aussi enthousiaste par mon travail. Je lui demande ce qu'elle a fait après déjeuner et bizarrement elle se renferme. À vrai dire, je n'aime pas ça, j'ai l'impression qu'elle me cache quelque chose. Quand j'insiste, elle devient toute rouge, triturant l'ourlet de sa robe avec ses doigts.

> — Et, bien… J'ai fait une bêtise… J'aurais dû t'en parler
> avant je sais, mais je t'ai suivi ce matin dans la rue et
> je t'ai vu avec elle… Je suis désolée… Vu que tu ne
> m'en parlais pas, j'ai décidé après le repas de ce midi
> d'y retourner, sans trop savoir pourquoi d'ailleurs et
> je me suis fait agresser par un homme… Noa a
> débarqué et l'a fait fuir… Je suis partie aussitôt sans
> lui parler… me raconte-t-elle à moitié essoufflée.
> — Quoi ? Agressée ? Il t'a fait quelque chose ?
> — Non, ne t'inquiète pas…
> — Qu'est-ce que Noa faisait là ? lui demandais-je
> énervé.
> — Aucune idée !

— Écoute, j'allais te parler de Sonia, mais c'est un peu compliqué, long à expliquer et je comptais le faire ce soir tranquillement.

Je préfère qu'il n'y ait aucun mensonge entre nous. On s'en fait la promesse en scellant cette dernière par un baiser langoureux.

Je débute mon histoire en lui confirmant qu'il n'y a jamais rien eu entre Sonia et moi détaillant le fait que l'on est de simples amis. Mon enfance a été des plus heureuses, des parents aimants, à l'écoute, des gens simples. Une jolie maison et un grand jardin. Nous étions tous comblés, jusqu'au jour où mon père a eu un accident de voiture et a trouvé la mort subitement. Un choc terrible pour nous, ma mère est tombée en dépression et ma petite sœur Cloé ne comprenait pas. À cette époque, elle n'avait que trois ans. Pendant six ans, tout s'est enchaîné. Ma mère a perdu son emploi, elle n'a trouvé que des petits boulots qui malheureusement ne suffisaient pas pour rembourser le prêt de la maison. Elle s'est retrouvée croulante sous les dettes et quand j'ai eu seize ans, on s'est finalement fait expulser. Nos meubles pris par des huissiers, tous nos souvenirs envolés et on s'est retrouvés à la rue.

C'était l'enfer, surtout l'hiver avec ce froid intenable. Ma mère essayait de nous trouver des endroits à l'abri, mais c'était de plus en plus compliqué. Et un jour, on a rencontré Louisa, elle aussi à la rue depuis le décès de son mari, le même âge que ma mère. Elle nous a pris sous son aile et on s'est installé dans une petite zone sous un pont à l'abri des regards et du vent. Nous sommes restés une année comme cela. Ma mère nous laissait au *camp*, le temps qu'elle aille faire la manche la journée. Louisa s'occupait de nous, elle était un peu la nounou de tous les enfants là-bas. C'est comme ça que j'ai fait la rencontre de Sonia, elle aussi dans la même situation. Jusqu'au jour où un sans-abri est arrivé et nous a annoncés que ma mère s'était fait renverser par une voiture et qu'elle était décédée sur le coup. Cela a été très brutal pour moi, j'ai voulu aller voir son corps, au moins une dernière fois, mais on m'en a empêché. En effet, à cette époque, je n'avais que dix-sept ans, ma sœur dix, on se retrouvait orphelin et mineur. Si quelqu'un l'avait su, on nous aurait mis en foyer d'accueil et certainement séparés. Il était hors de question pour moi que l'on me prenne ma sœur. C'était la seule famille qu'il me restait.

Étant sans-abri, ma mère a été incinérée et mise dans la fosse commune. J'aurais tellement voulu l'enterrer comme elle le méritait au côté de mon père. Tous les jours, je rentrais discrètement dans le cimetière lui déposer une fleur, que je cueillais à chaque fois dans un champ au bord du *camp*. On a eu du mal à s'en remettre, surtout ma sœur. J'ai vite repris le dessus pour elle, car c'était à moi à présent qui devais subvenir à ses besoins et je me suis promis que jamais, elle ne manquerait de rien. J'avais réussi à trouver quelques bons plans pour gagner un peu d'argent, je m'occupais de nettoyer les jardins dans une résidence. Jusque-là, ça pouvait aller, mais un jour la police est arrivée pour nous expulser de notre logement sauvage, car le propriétaire du terrain l'avait vendu et des appartements allaient voir le jour dessus. Louisa, Cloé et moi avons réussi à nous échapper avant que l'on se fasse arrêter. C'est à partir de ce moment-là, que l'on a vagabondé tous les trois, changeant de ville et même de pays jusqu'à ma majorité et ainsi pouvoir devenir le tuteur légal de Cloé jusqu'à ses dix-huit ans. Notre dernière destination a été Miami, c'est là que j'ai créé mon entreprise et construit ma maison. Je suis revenu en France pour bâtir mon projet en l'honneur de ma mère.

Ma narration terminée, je vois Lilou, des larmes lui coulées sur le visage, m'apercevant également qu'un liquide salé roule sur mes joues. C'est vrai que je n'en parle jamais. De très rares personnes sont au courant et le fait de tout relater d'un coup, me fait revivre mon passé.

Lilou s'approche de moi et me sert très fort dans ses bras. J'en avais besoin. J'ai besoin d'elle. J'ai enfin trouvé un nouveau sens à ma vie. Une certitude et elle s'appelle Lilou…

ET UN JOUR...

ET UN JOUR...

## Lilou

**M**on héros me sauva des flammes, enfin surtout des lasagnes cramées ! Prochain coup, ce sera un sandwich jambon/beurre, il y aura moins de risques ! Quoique…

La fumée s'estompe rapidement avec les courants d'air. Quand je rejoins Ethan dans la cuisine, j'analyse les dégâts :

- des lasagnes carbonisées, un bloc tout noir dans un plat

- un torchon brûlé (j'avais posé le plat dessus, ça a pris feu…)

- vingt litres d'eau éparpillée sur le sol, l'évier, les murs pour éteindre le départ du feu sur le torchon

- un nouveau parfum senteur lasagnes calcinées

- un maquillage smoky panda

Forcément, je n'ai rien prévu d'autre à manger, mais heureusement Ethan trouve un traiteur. Prenant l'apéritif au salon, on se détend après l'incident. Il me raconte son après-midi, la découverte du terrain et ce qu'il compte en faire. Je reste scotchée, il m'impressionne. Je suis très fière de lui, admirative même, par contre quand je lui raconte la mienne, Sonia, l'agression et Noa, ça change de notes… Je me sens confuse et idiote. Choqué, il n'accepte pas que j'aie pu aller là-bas toute seule, mais l'incartade passe très vite finalement. Quand il m'explique que Sonia n'est autre qu'une amie de longue date et qu'ils se sont perdus de vue depuis l'expulsion du *camp*, cela me rassure, mais en même temps, je me sens mal d'avoir imaginé la triturer… Il l'a retrouvé à son retour en France, toujours à la rue malgré les années passées. Il culpabilise de ne pas être venu plus tôt. Il lui a pourtant offert un logement, mais elle a refusé, car elle était devenue une sorte de chef de cet endroit, essayant de canaliser les personnes y squattant et ne voulant pas partir sans ses amis. Je comprends mieux soudain la réaction qu'elle a eue avec mon agresseur et j'ai enfin su la contenance du fameux sac qu'Ethan lui avait donnée. En fait, c'étaient les restes de notre copieux petit déjeuner de ce matin. Mais, pourquoi je n'y ai pas pensé avant ?

Lorsqu'il me parle de son enfance, je suis complètement sous le choc, j'ai mal pour lui. Des larmes coulant du début jusqu'à la fin de son discours. C'est terrible ce qu'il a vécu, mais il a su rebondir avec brio. C'est un homme merveilleux. Je ne tiens plus et me jette dans ses bras.

> — Je peux t'emprunter un bisou ? Je te promets, je te le rendrai ! lui réclamai-je avec le sourire.
> — Bien sûr ! De toute manière, tu dois m'embrasser, c'est la loi ! rajoute-t-il en riant.

Nous sommes coupés dans notre élan par la sonnerie de l'interphone qui indique certainement la présence du traiteur. *Quel con celui-ci d'arriver à ce moment-là !*

Lui ouvrant la porte, Ethan arrive pour prendre les sachets. Je demande au livreur de patienter quelques secondes, le temps de m'éclipser dans ma chambre chercher de l'argent dans mon sac. À mon retour, il avait disparu et je comprends de suite qu'Ethan a payé à ma place.

> — Tu n'as pas pu t'empêcher, hein ? lui demandais-je vexée.

— Non ! Lilou, j'ai les moyens et puis j'étais pressé qu'il parte, on n'a pas terminé le bisou ! dit-il, me regardant d'un air charmeur.

Ni une ni deux, il s'approche de moi m'agrippant la taille et m'embrassant avec délicatesse et passion. Mes jambes flanchent à son contact. Il passe sa main sous mon débardeur et des frissons me parcourent immédiatement le corps. Ses caresses se font douces et contrôlées. Je fonds sur place, haletante, en demandant encore plus. Quand il s'arrête soudain, me regardant d'un air joueur, il me dit :

— À table, ma puce !
— Mouais… lui répondis-je en faisant une moue boudeuse.

J'ai un autre appétit en tête à vrai dire… Je sens que le repas va être englouti en deux secondes, top chrono, mais c'est vrai que la nourriture sent divinement bon. Humant cette délicieuse odeur mon ventre se met instinctivement à grogner d'envie. Je vois Ethan sourire à ce bruit disgracieux. Finalement, je vais me jeter sur le repas et faire taire ce satané estomac ! C'est un véritable délice, je m'en lèche les doigts tellement j'apprécie ce plat. J'ai un peu honte tout de même de mon manque de délicatesse, mais je m'aperçois qu'Ethan fait de même, du coup, je me sens moins seule. Ce repas était divin, il faut absolument que je note leur numéro de téléphone quelque part pour une prochaine commande. Je m'affale au fond du canapé, le ventre repu. Ethan, quant à lui, commence à débarrasser, s'approche de moi et m'embrasse le front. Je me lève difficilement du fin fond de mes coussins pour lui donner un coup de main. Je prends les dernières choses posées sur la table et rejoins mon homme dans la cuisine. Il chantonne en faisant la vaisselle et se trémousse sur la musique qu'il vient de mettre sur son téléphone et moi, je reste là, à le contempler, enfin plutôt à le détailler de haut en bas.

*Qu'est-ce qu'il peut être sexy en toutes circonstances...*

J'ai dû me faire griller, car je reçois quelques instants plus tard des gouttes d'eau sur mon visage. Je sors immédiatement de mes pensées érotiques et me jette sur lui en pouffant de rire. Je trempe ma main dans l'évier et la ressors pour l'asperger également. Nous voici partis dans une bataille d'eau, de mousse et de rigolade. Son tee-shirt bien trempé me laisse apercevoir ses pectoraux bien formés. Je déglutis à cette vue sensuelle. Le voyant arrivé pour une nouvelle attaque, je recule instinctivement et glisse légèrement sur le sol. Son bras musclé me rattrape in extremis et m'entoure la taille, me soulevant aisément tout contre lui.

— Tu me feras penser ma puce à rajouter sur la liste *Sécurité de Lilou*, après les meubles en mousse et le casque, d'y mettre des chaussures antidérapantes ! me dit-il amuser, mais sérieux.

Je rougis de honte. Que peut bien faire un homme comme lui avec madame catastrophe ? Voyant ma gêne, il rajoute :

— On ne s'ennuie pas à tes côtés ! dit-il en riant. Je suis bien avec toi ma puce... enchérit-il les yeux sincères et doux.

M'embrassant langoureusement, nos souffles s'entremêlent et le monde s'arrête de tourner autour de nous. Je ne sens même plus mes vêtements mouillés. Sentant plus que son contact, la chaleur de ses mains et ses gestes précis. Passant sa main tout le long de mon dos, mon corps tout entier se met à trembler de désir et quand il me susurre à l'oreille qu'il a envie de moi, des palpitations surviennent, impossible de les arrêter. Il m'embrasse doucement dans le cou tout en déboutonnant mon jean. *Alors là, je peux vous dire que je suis à deux doigts de faire une convulsion !* Je me ressaisis attrapant son tee-shirt et passant ma main en dessous. Une gourmandise de toucher sa peau douce et ferme à la fois. Nous ondulons nos deux corps à moitié nus et le désir se fait de plus en plus ardent. L'atmosphère de la pièce se teinte de passion. Ce besoin ultime de nous toucher, ce contact si familier, si rassurant.

Il m'attrape les deux cuisses avec ses mains, me soulève et agrippe mes jambes autour de sa taille. Nos baisers et nos caresses sont torrides. Il m'emmène jusque dans la chambre et m'allonge avec délicatesse sur le lit, se soulevant pour me contempler. Ses yeux ne sont plus que feux. Je découvre un tatouage sur son torse et l'examine rapidement, passant ma main dessus avec sensualité. J'y vois des lettres, des chiffres et d'autres choses, mais la pénombre m'empêche de voir plus clairement. Des symboles que j'ai déjà vus quelque part, comme si… Je chasse cette idée de ma tête, car à cet instant j'ai soif de lui. J'approche ma tête sur sa poitrine et l'embrasse avec tendresse, des petits sons sortent de sa bouche. Je m'attarde sur sa peau qui est pour moi comme un bonbon, une pure sucrerie où l'on devient accro. Je descends le long de son dos et m'arrête caresser ses fesses, si fermes mais si onctueuses. Ma féminité se réveille de plus en plus. L'attente est intenable pour nous deux. Il se positionne au-dessus de moi et je sens son membre viril me chatouiller le bas-ventre. Nos corps finissent par fusionner parfaitement, comme s'ils étaient destinés pour être ensemble. Notre jouissance est telle que je sens mon corps flotté dans les airs, incomparable avec ce que j'avais connu auparavant. Je me sens si légère et si heureuse. Cette fin de soirée me rend encore plus dingue de cet homme.

Nous nous retrouvons l'un à côté de l'autre, encore essoufflée de notre ébat. Les yeux rivés dans les siens, je lui souris et lui effleure la joue. Jamais je n'aurai imaginé rencontrer un homme comme lui avec autant de qualités de cœur.

Son massage délicat effectué dans mon dos me fait lentement sombrer dans le sommeil…

*« Ses caresses sont magiques, mon plaisir monte et monte encore plus. Soudain, une odeur oppressante teinte l'air de la pièce, mais je ne m'arrête pas, j'ai envie de lui comme lui de moi. On s'embrasse, on se touche. Levant la tête pour le regarder, j'y vois un homme sans visage me faire l'amour. Je n'arrive pas à partir, il m'agrippe. Je vois des flammes. J'ai envie de m'enfuir, mais il me retient. Les flammes s'approchent et finissent par me brûler. Je hurle de douleur, mais on ne m'entend pas. Personne ne vient à mon secours et cet homme au masque invisible me laisse là. Toute seule… »*

# Ethan

**P**utain, *fait chier !*

On pourrait se retrouver dans un champ de trois hectares, qu'il n'y aurait qu'une seule pierre que Lilou buterait dedans ! Cela me fait rire quand même, car sa maladresse m'attendrit, mais elle me fait flipper !

Quand elle glisse sur le sol humide, je me jette sur elle pour la retenir et les chaussures antidérapantes ce n'est pas une parole en l'air !

Je suis tellement bien avec elle, c'est la première fois que je me sens aussi heureux dans les bras d'une femme. J'ai envie d'elle, plus que n'importe qui et quand je caresse doucement son corps, mon cœur se met à battre à deux mille à l'heure. Je la sens demandeuse, palpitante, perdant totalement le contrôle et se laissant faire. *J'espère qu'elle ne tombera pas dans les vapes !* Ses mains sont si familières, apaisantes, désireuses. J'ai besoin d'elle… Je la soulève doucement, mais fermement, place ses jambes autour de ma taille et l'emmène jusque dans la chambre. Ce court trajet se remplit d'amour et de désir, mélangeant caresses et baisers fiévreux. Je la dépose sur le lit admirant les courbes de son corps. Si parfaite à mes yeux, j'examine le moindre détail de son épiderme. J'ai envie de la goûter, sentir ma peau contre la sienne, son odeur, je ne m'en lasserais jamais. Dans un élan sensuel qui me fait fondre, elle s'approche de moi, me caressant et me couvrant de baisers, titillant et effleurant mon torse. Je m'embrase en un rien de temps lorsqu'elle descend plus bas sur ma virilité. Je ne tiens plus, il faut que je la possède. Nos deux intimités se frôlent et s'égarent dans une danse charnelle qui nous fait exploser tous les deux en même temps dans une transe divine.

Jamais je n'aurais cru que ça puisse exister, cette parfaite harmonie. Je ne pourrai jamais plus me passer d'elle. Allongée à mes côtés, pantelante, les cheveux tout ébouriffés, elle me sourit. Instinctivement, je fais de même, tout en lui caressant le dos. S'endormant assez rapidement, j'en profite pour la regarder sommeiller. Elle est si belle. Je m'approche et me blotti contre son corps chaud, la tête nichée dans son cou, humant son odeur et en moins de cinq minutes, c'est à mon tour de retrouver les bras de Morphée.

Une heure plus tard, je la sens s'agiter dans son sommeil, me donnant limite des coups de coude dans les côtes. J'essaye de l'apaiser en ondulant ses cheveux et mon contact la détend immédiatement, car elle me prend dans ses bras et relâche la pression tout doucement pour finalement se rendormir.

Plus tardivement, c'est à mon tour d'avoir une nuit mouvementée, mais moins violente que Lilou. J'ai même réussi à ne pas la réveiller avec mes cauchemars.

***

Le lendemain matin, un bruit en saccade me fait sourciller. Je n'y prête pas forcément attention au début, mais je m'aperçois que c'est la vibration de mon téléphone que j'avais laissé dans mon jean et qui s'est retrouvé à l'autre bout de la pièce lors de notre échange corporel d'hier soir. Je me glisse délicatement hors du lit, chope mon pantalon et m'éclipse dans le salon. Sur l'écran de mon téléphone, je constate que j'ai cinq appels en absence et tous sans

**150**

exception proviennent de ma sœur Cloé. Je prends aussitôt peur et en trois secondes, des milliers de scénarios me viennent en tête. Ce n'est pas dans son habitude de me harceler d'appels, à moins que ce ne soit grave…

J'ai à peine le temps de composer son numéro, qu'elle me rappelle immédiatement. Je décroche, la main tremblante.

— Ethan, enfin ! Il faut que tu rentres immédiatement, c'est Louisa…

— Que se passe-t-il Cloé ?

— Elle est à l'hôpital et ça ne va pas du tout ! J'ai peur Ethan…

— Ne t'inquiète pas, j'arrive le plus vite possible !

Je raccroche désespéré. Louisa est devenue tellement importante pour nous. Je m'assois sur le canapé et place mes mains de chaque côté de ma tête. Mon regard se perd sur le sol, quand je sens soudain deux bras m'entourer tendrement.

— Qu'est-ce qu'il y a Ethan ? me demande-t-elle en un chuchotement.

— C'est Louisa, elle est à l'hôpital, je dois rentrer en urgence…

— Rien de grave, j'espère ?

— Je n'en sais trop rien, les médecins font des analyses, on en saura plus dans quelques heures. J'ai peur Lilou, elle est comme notre mère depuis toutes ces années…

— Ça va aller Ethan, je suis là… Viens…

Elle me sert fortement contre elle en me rassurant. Ce dont j'avais besoin à ce moment précis. Ses bras sont d'un réconfort surprenant.

Je prends mon téléphone et me connecte directement sur le site de l'aéroport et réserve ma place pour le prochain vol pour Miami. L'avion décollera dans deux heures tout juste, ce qui me reste très peu de temps pour m'organiser. Je rassemble en vitesse mes affaires pendant que Lilou s'habille rapidement. Elle a exigé que ce soit elle qui m'accompagne et non un taxi. La séparation va être que plus compliqué… J'aimerais tellement l'emmener avec moi, mais son travail la retient et vu le laps de temps très court, ça aurait été compliqué d'en parler à son patron et puis je préférerais que ce soit aussi dans d'autres circonstances.

Nous prenons la route vers mon hôtel pour récupérer mes affaires personnelles ainsi que mes dossiers professionnels. Je règle ma note et la rejoins dans la voiture, direction l'aéroport. Tout le long du chemin, je ne peux m'empêcher de la regarder d'un air triste, car c'est de plus en plus dur d'être loin d'elle. Je reste là avec un air béat lui caressant le bras pendant qu'elle conduit. Elle se laisse faire sans rien dire, acceptant mes gestes de tendresse avec un sourire, mais son regard éteint la trahit.

— Ne t'inquiète pas ma puce, je reviens au plus vite ! lui chuchotais-je en lui câlinant la joue.
— Je le sais et je comprends, mais tu vas vraiment me manquer ! dit-elle en finissant sa phrase en saccade.

Elle pleure !

*Non, non, non ! Pas maintenant !*

Elle se gare maladroitement sur un aire de stationnement, éteint le contact et tourne le visage vers moi. Ses yeux sont rouges et son regard chagriné. Elle renifle tout en essuyant les larmes qui lui coulent encore sur le visage.

*Non, ma puce…*

Je la prends affectueusement dans mes bras en lui promettant de revenir rapidement et de garder le plus souvent possible contact avec elle. Je lui avoue également mon angoisse d'être loin d'elle et qu'elle va aussi beaucoup me manquer. J'ai réussi à la convaincre de me laisser sur le parking, car je n'ai pas envie de la laisser toute seule dans les couloirs de l'aéroport et surtout je n'ai pas envie qu'elle se remette à pleurer dès que j'aurais passé les portes pour rejoindre l'avion. Cela m'aurait trop fait mal au cœur. L'éloignement est aussi déchirant pour l'un comme pour l'autre. On commençait tout juste à vraiment se rapprocher, mais je dois repartir. Arrivé dans le grand appareil en fer, je m'assois à ma place et pose ma tête contre le hublot à fixer le bitume, pensant à Lilou que j'ai laissé derrière cet immense mur sans pouvoir réellement la réconforter.

***

Le trajet a été interminable. Je sors de l'avion pressé de prendre l'air. J'accours vers la sortie et saute dans un taxi garé devant mes yeux. Je lui indique l'adresse de l'hôpital où se trouvent Cloé et Louisa. Ayant eu ma sœur au téléphone durant la route, j'arrive sans trop de difficulté devant la chambre où Louisa est installée. La main posée sur la poignée prête à l'ouvrir, une voix m'interpelle.

— Ethan ! dit Cloé en se jetant dans mes bras.

Ses yeux sont bouffis de chagrin, le teint pâle et une allure de zombie. Elle ferait très bien l'affaire dans un épisode de *The Walking Dead* ! Quand nous rentrons dans la chambre, nous apercevons Louisa allongée, les yeux vitreux et un visage très épuisé.

— Louisa, ça va ? Qu'ont-dit les médecins ? demandais-je inquiet.

— Ne n'inquiète pas mon chéri, tout va bien, j'ai attrapé une grosse grippe en plus d'une grande fatigue. Tu sais à mon âge, on ne se remet plus aussi facilement ! dit-elle en rigolant.

Je lui souris en retour, soulagé de savoir que tout va bien et qu'elle a juste besoin de repos, mais quand même, elle nous a fait peur.

— Tu en fais trop aussi !

— Tu sais bien autant que moi qu'il m'est impossible de rester sans rien faire à la maison ! Il faut bien que je m'occupe quand même ? me réplique Louisa.

— Surtout du jardin ! lance subitement Cloé les yeux malicieux.

— Oui, Mademoiselle, il faut bien l'entretenir ! répond Louisa devenu rouge d'un coup.

— Tiens, quand on parle du loup… Viens Ethan, on va faire un tour ! dit Cloé en m'attrapant le bras.

Ne comprenant pas l'allusion, je la suis et m'aperçois que Jack, qui n'est autre que notre jardinier se trouve tout gêné à l'entrée de la chambre.

— Bonjour Monsieur, votre trajet s'est bien passé ?

— Très bien, Jack, merci ! Votre petite fille va mieux ?

— Oui, beaucoup mieux monsieur.

— Parfait !

Cloé me tire de plus en plus fort sur le bras. Elle m'agace par moments. Quelques mètres plus loin, je me stoppe net.

— Mais, pourquoi m'as-tu fait sortir de la pièce ?

— Arrête, ne me dit pas que tu n'as pas remarqué quand même ?

— Mais, de quoi tu parles ?

— De Louisa et Jack bien sûr ! Ces deux-là sont faits l'un pour l'autre et cela fait un bon moment que j'attends qu'enfin un des deux se lance. Tous les matins, Jack lui dépose un bouquet de fleurs fraîchement cueilli du jardin sur la table du salon. Et, puis tous ses regards. Ils sont trop mignons !

— Sérieux ? Je n'ai même pas remarqué !

— En même temps depuis des mois, on ne te voit pas beaucoup et quand tu es à la maison, tu es plongé dans ton travail !

— C'est vrai, excuse-moi…

— Ce n'est pas grave, c'est pour la bonne cause et puis maintenant il y a Lilou ! Allez, viens, on va boire un café et tu me racontes tout, tout, tout ! dit-elle en sautillant.

Nous nous installons à une table dans la cafétéria de l'hôpital, nos cafés fumant devant nous. En face de moi, ma sœur trépigne d'impatience. Je lui raconte donc ce qui s'est passé avec Lilou ces derniers temps. Me regardant et m'écoutant attentivement, Cloé ne perd pas une miette de mes paroles, limite à engueuler les personnes parlant trop fort à côté de nous.

> — Je suis trop, vraiment trop contente pour toi ! Tu as l'air si heureux et épanoui, ça me fait trop plaisir ! Alors, vous avez couché ensemble ou pas ? dit-elle avec un clin d'œil.
>
> — Cloé ! Non, mais ça ne va pas avec tes questions indiscrètes !
>
> — Tu es mon frère, j'ai le droit de savoir quand même ! rétorque-t-elle en explosant de rire.

Je ne peux m'empêcher de rire avec elle. Ma sœur est folle et les gens autour de nous doivent penser la même chose vue la façon dont qu'ils nous regardent.

> — Je plaisante grand frère, c'est ton intimité et ça ne me regarde pas, mais si un jour tu veux parler, je suis là ! s'exclame-t-elle le regard fripon. En tout cas, tu parles d'elle comme si c'était la huitième merveille du monde.
>
> — C'est exactement ça Cloé, elle est merveilleuse et je… Je crois… Enfin, je suis sûr… Je suis littéralement tombé fou amoureux d'elle…

## Lilou

Cela me fait mal au cœur de le voir s'éloigner de la voiture se dirigeant tout droit vers l'entrée de l'aéroport. Avant de ne plus l'avoir dans mon champ de vision, il se retourne et m'envoie un baiser de la main. Je le lui renvoie sans hésitation, larme à l'œil. Seule, adossée contre ma voiture à regarder les portes automatiques s'ouvrir et se fermer lors des passages de nombreuses personnes inconnues, la sonnerie de mon téléphone me fait sortir de ma rêverie.

***Ma puce, tu me manques déjà… Je t'appelle à l'atterrissage.***

Ce message me donne du baume au cœur et un sourire naît sur mon visage. Je remonte dans la voiture, démarre et me dirige vers mon appartement.

***

Cela fait maintenant quatre jours qu'Ethan est parti et chaque journée sans lui devient de plus en plus compliqué. J'ai toujours avec moi son foulard qu'il avait oublié la première fois et c'est devenu officiellement mon doudou. Je ne le quitte plus, l'ayant autour de mon cou pendant la journée et la nuit précieusement posé tout contre moi. J'ai régulièrement de ses nouvelles, tant par appels que par messages. Louisa va de mieux en mieux, elle sort de l'hôpital dans deux jours.

Mes journées sont bien tristes sans lui, du coup, je me plonge dans mon travail et prends même de l'avance. C'est

Stan qui va être content. J'ai parlé un peu vite, quand je reçois un mail de sa part.

*« Ma Chère employée modèle… TU HIBERNES OU QUOI ? Ça fait deux jours que j'attends que tu m'envoies la deuxième partie de la traduction ! Pour info, c'est très URGENT ! Ce n'est peut-être pas dans ton vocabulaire ? Signé, ton patron qui va finir par se déplacer lui-même et te secouer comme un pommier ! »*

*Oups…*

Alors, oui, j'ai pris de l'avance, mais j'ai complètement oublié d'envoyer mon travail par mail ! Il est d'une humeur de chien, monsieur grincheux en pleine action.

*« Mon très cher patron très compréhensif et qui plus est très gentil. Je n'hiberne pas, je ne suis pas une marmotte, quoique j'aime bien mon lit ! Je ne suis pas en retard, j'ai même pris de l'avance, juste un oubli de ma part. Je t'envoie dans la minute qui suit, pas une, mais deux parties, ce qui devrait te satisfaire ! Signé, ton employé qui n'est pas non plus un pommier et préférerait que tu te déplaces plutôt pour venir boire un verre. »*

Les deux parties que je viens de lui envoyer ont l'air de le contenter. J'ai échappé au pire ! C'est vrai que depuis qu'Ethan est parti, je suis comme Albert, mon poisson rouge, une mémoire courte. En plus de ça, je dors très mal, mes cauchemars se font de plus en plus récurrents ces derniers jours. Toujours la même chose, l'accident, les flammes, tout se mélangent avec mon quotidien. Je suis bien allée voir mon médecin, mais pour lui il n'y a rien à faire. C'est dans mon subconscient, une partie de mon passé que je n'arrive pas à passer outre. Pourtant, tout va bien dans ma vie, j'ai le plus merveilleux et gentil petit ami, un travail qui me passionne et des amis en or.

Tellement dans mes pensées, que je ne m'aperçois pas tout de suite que j'ai un appel Visio d'Ethan. Je prends précipitamment mon téléphone et décroche. Un bonheur de voir sa petite frimousse dans l'écran, même si je préfèrerai l'avoir à mes côtés…

— Ça va ma puce ? Tu as l'air ailleurs…

— Oui, tout va bien, j'ai juste eu un échange d'e-mail avec mon charmant patron et quelques pics ont fusé ! Enfin, je t'en ai parlé de Monsieur grincheux, ça gueule, mais ça passe très vite ! dis-je en ricanant.

— Ça me rassure ! Tu me manques beaucoup, tu sais…

— Moi aussi, énormément, j'ai hâte que tu reviennes…

— Très vite, je te promets… Louisa va beaucoup mieux, j'attends qu'elle rentre à la maison et qu'elle soit complètement guérie et je prends aussitôt le premier vol pour te rejoindre.

— Prends ton temps surtout, même si c'est dur sans toi…

— C'est très dur sans toi aussi… Chut… Non… Arrête… dit-il à quelqu'un d'autre.

— Hey, salut Lilou ! s'extasie une voix de femme. Mais, pousse toi bordel, je veux la voir !

Je vois Ethan se faire éjecter de la chaise sans délai et je perçois une jeune femme toute pimpante et souriante me faire face devant l'écran. Je devine immédiatement que ce doit être Cloé vu la ressemblance saisissante.

— Oh, mais tu es encore plus ravissante que ce qu'Ethan m'avait décrit ! J'adore ton haut, il vient d'où ? Franchement, Ethan, il faut vraiment que tu m'emmènes faire les boutiques en France, hein ? Et ton appartement Lilou à l'air tout cosy, tout mignon ! Et tes cheveux, tu fais quoi comme soin ?

— Bordel de merde ! m'exclamais-je subitement.

— Quoi ? répondirent en même temps mes deux acolytes en face de moi.

— C'est une deuxième Missy !

Ethan éclata de rire et répondit :

— Tu vois, je te l'avais dit ! Alors, imagine le carnage si elles se trouvent dans la même pièce ?

— Deux tornades ensemble, ce serait la fin du monde !

— Ça va, je ne vous dérange pas ? Mais, n'importe quoi tous les deux ! s'exclame-t-elle d'une mimique chagrine.

Je vois Ethan la prendre dans ses bras pour la consoler. La complicité qu'ils ont tous les deux est attendrissante, mais je suis un peu jalouse, car moi aussi je veux un câlin.

— On plaisante sœurette, mais avoue que ce serait plutôt drôle de vous voir toutes les deux !

— Peut-être bien et ça me donne encore plus envie de la connaître votre chère Missy, on va avoir pas mal de choses à se dire et à vous faire endurer ! certifie-t-elle d'un ton rieur mais machiavélique.

— Je n'en doute pas une seconde ! lui répondit Ethan.

Je passe environ trente minutes à parler avec Cloé de tout et de rien. Elle est vraiment gentille et amusante, elle ressemble beaucoup à son frère. On s'entend très bien, le courant est passé de suite entre nous, ce qui enchante mon petit ami. Il reprend sa place et Cloé disparaît pour nous laisser en toute intimité. Nous discutons et rions tous les deux en se promettant de se rappeler le plus vite possible. Je raccroche à contrecœur, mais heureuse tout de même de cet échange et d'avoir fait la connaissance de sa sœur.

Après toutes ses émotions, je décide d'aller prendre un bon bain pour me relaxer. L'eau chaude sur ma peau me décontracte instantanément. Je me laisse aller en fermant les yeux, profitant de ce moment de calme qui est malheureusement de courte durée puisque mon téléphone se met à sonner. Je prends la serviette posée à côté de moi, m'essuie les mains et chope ce dernier.

— Hola, ma chérie ! Je viens aux nouvelles, alors cette soirée ? Et les lasagnes ? Vous n'avez pas cassé ton lit ?

— Missy, tu as fini ? Tiens, au fait, j'ai rencontré ta jumelle !

— Pardon ? Mais, je n'ai pas de sœur !

— Oh que si et c'est limite flippant !

— Bon, alors là, prévois ta soirée, je débarque et tu vas tout me raconter, que ton cher et tendre soit là ou pas ! énonça-t-elle en riant mais décidée.

— Ethan a dû repartir à Miami, je t'expliquerais. Ok, pour ce soir !

— Parfait, je ramène Yanis au passage !

— Pas de soucis, à tout à l'heure ma belle !

Il me semble que ma soirée va être mouvementée. Je m'habille et commence à préparer notre apéritif dînatoire comme à chaque fois que l'on se voit d'ailleurs, enfin ça finit plutôt en apéro/potins et rigolades donc pas le temps de faire à manger. J'en souris rien que d'y penser. Missy et Yanis arrivent tous les deux. Ma parole, ils sont devenus inséparables ces deux-là ! J'observe Yanis discrètement, il a l'air heureux et détendu, il a probablement tourné la page et le fait d'être près de Missy ne lui fait plus de mal au final. C'est vrai que je n'ai pas eu le temps ces derniers jours de consacrer une minute à mon meilleur ami et je m'en veux sincèrement.

Missy pour ne pas changer me bombarde de questions sur sa soi-disant jumelle, je lui explique donc leur ressemblance saisissante. Elle éclate de rire en rajoutant qu'il faut vraiment qu'elles fassent connaissance. Je redoute ce moment à vrai dire, déjà qu'avec une c'est fatiguant, mais deux, il va falloir dix jours pour s'en remettre. Nous nous installons sur le canapé, trinquons ensemble et discutons de divers sujets des derniers jours où l'on ne s'est pas vu. Je leur explique l'absence d'Ethan et de ses jours merveilleux que l'on a passés tous les deux. Forcément, Missy veut en savoir plus sur ma relation, les petits détails croustillants en l'occurrence. Je lui promets de lui raconter, mais avant ça, je retourne à la cuisine chercher les amuse-gueule. Arrivée devant le four, je m'aperçois que j'ai oublié le plat sur la table du salon. Je fais demi-tour, sort de la cuisine et tombe nez à nez devant une scène improbable.

Missy, la main posée sur la joue de Yanis, ce dernier lui caressant les cheveux... Alors là, ce n'est plus un épisode que j'ai loupé, mais un tome entier ! Je reste, bouche bée sans pouvoir bouger m'appuyant contre le mur, décrochant sans le vouloir le tableau qui y était accroché. Un grand bruit les fait sursauter, ils se retournent et me voient l'air stupide, la bouche ouverte.

> — Lilou, on voulait justement t'en parler ce soir. Tu ne nous en veux pas, j'espère de te l'avoir caché… ? dit Yanis inquiet.
>
> — Bah, je n'en sais trop rien à vrai dire, ça me surprend !
>
> — Ça nous est tombé dessus, enfin, surtout moi. Quand vous êtes revenu de Londres, cette fameuse nuit où l'on a dormi chez toi, on a passé la nuit à discuter et j'ai complètement craqué pour Yanis… Depuis on est inséparable ! raconte Missy toute émue et sincère.

Alors si quelqu'un m'avait dit qu'un jour Missy tomberait amoureuse, je ne l'aurais pas cru, mais ça a vraiment l'air d'être le cas. Les voyants tous les deux côte à côte si heureux et amoureux, me met les larmes aux yeux.

> — Rien ne me fait plus plaisir d'avoir mes deux meilleurs amis amoureux l'un de l'autre ! Je suis trop heureuse pour vous ! annonçais-je sérieusement.

Ils accourent tous les deux vers moi et nous nous faisons un câlin collectif. Cette soudaine tournure de situation est renversante et dire que Yanis attendait ce moment depuis des années. Je suis vraiment heureuse pour lui, il le mérite. Nous nous reservons un autre verre pour trinquer au nouveau couple et surtout à l'officialisation. Les voir se dorloter tous les deux me donnent quand même le bourdon. Ethan me manque terriblement. Missy, le remarque.

— Ma chérie, ne t'inquiète pas, je sais qu'il te manque, mais il va revenir très vite ton Ethan.

— J'ai hâte, tu ne peux même pas imaginer.

— Je pense savoir, tu es…

— Oui, Missy, je suis éperdument amoureuse de cet homme…

# Ethan

Louisa est rentrée à la maison depuis deux jours maintenant et elle a l'air en forme, mais je suis hésitant quand même, on ne sait jamais, il peut très bien y avoir une rechute.

— Mon chéri tout va bien, je t'assure ! Tu es adorable, mais toi maintenant, tu vas faire tes bagages et rejoindre immédiatement ta chère Lilou ! Elle t'attend !

— Louisa a totalement raison, tu déguerpis de cette maison et en vitesse, allez *oust* ! renchérie Cloé.

— Bande de méchantes ! Dites-le si je vous gêne ? dis-je vexé, mais rieur.

— Ce n'est pas ça, mais l'amour est primordial et cette femme, même si je ne la connais pas, a une influence très positive sur toi, elle te rend heureux… Ne la perds surtout pas ! dit Louisa.

— Ok, les filles si tout va bien, je prends le prochain vol ! J'y cours !

Je téléphone sur-le-champ à Lilou pour lui annoncer la nouvelle, elle explose de joie. Je prépare mon sac et Cloé m'accompagne à l'aéroport.

***

J'ai tellement hâte de la retrouver que je descends de l'avion et me précipite vers la sortie pour trouver un taxi. J'ai à peine un pied dehors que je scrute les environs pour en trouver un de libre.

— Mon taxi est totalement libre si vous voulez, monsieur, et étant de très bonne humeur aujourd'hui, je vous fais la course gratuitement ! me propose une voix féminine.

Je me retourne et aperçois une beauté sans nom s'approcher de moi dans une démarche assurée et sensuelle. *Magnifique !* À ce moment-là, je dois ressembler à un de ces personnages dans les cartoons, avec les yeux qui sortent des orbites et la langue qui se déroule pendant trois kilomètres. Je la vois s'approcher de plus en plus de moi. Plus qu'à quelques centimètres… J'en lâche même ma valise. Elle me caresse la joue et son regard vient se poser délicatement sur moi. Ma Lilou est resplendissante et cette surprise qu'elle m'a faite de venir me chercher à l'aéroport est plus que parfaite.

Pendant le trajet jusqu'à son appartement, on se raconte les dix jours passés loin de l'autre, même si on s'est déjà raconté une bonne partie au téléphone, mais j'avoue que c'est tellement mieux en face-à-face. Elle m'énumère en détail la surprise totale pour Yanis et Missy et j'ai hâte de passer une soirée avec eux pour le rencontrer et aussi pour la pseudo bagarre qui était prévu entre Missy et moi le soir où elle avait taclé Noa. Rien que de me remémorer la manière qu'elle s'y était prise, c'était à mourir de rire.

Arrivé chez Lilou, je téléphone à Cloé pour lui dire que je suis bien arrivé. Elle m'ordonne au passage de lui passer Lilou et elles se mettent à discuter pendant plusieurs minutes. Durant la conversation, je m'aperçois que c'est au tour de Louisa de lui parler. Décidément, tout le monde va y passer ! Je prends le téléphone des mains de Lilou et dis aux filles de nous laisser nous retrouver tranquillement. *Non, mais !* Nous passons le reste de la journée ensemble, nous décollant un petit moment le temps de faire quelques courses pour le soir même. Je vais enfin goûter à ses fameuses lasagnes et cette fois-ci je serais au premier plan si jamais, il y a un souci. La préparation se passe dans un fou rire, entre batailles de farine et de chatouilles.

> — Au fait, ma puce, j'aimerais te présenter quelqu'un demain après-midi.
>
> — Bien sûr ! Qui est-ce ?
>
> — Sonia ! Tu sais celle que tu as voulu triturer l'autre fois ? dis-je en rigolant.
>
> — Désolée, je ne savais pas qui elle était… J'ai eu peur mon cœur !
>
> — Tu peux répéter ? Tes derniers mots…
>
> — … Mon cœur…

Une immense sensation de bien-être et d'euphorie s'installe au fond de moi à l'écoute de ce petit surnom. Rien que deux petits mots…

Tout en la prenant dans les bras, je lui certifie un point crucial.

> — Ma puce, tu es la seule et tu le seras toujours. J'ai du mal à résister à tes regards et certains de mes sourires me trahissent… Je t'aime Lilou…
>
> — Je suis complètement, parfaitement, indécemment heureuse ! Tu sais, j'ai besoin de ton cœur pour faire battre le mien… Je t'aime aussi Ethan…

Nous scellons cet amour par un baiser torride. Les lasagnes attendront, nos corps réclament de n'être plus qu'un. Une folle envie d'arracher tous nos vêtements.

***

Nous avons passé une merveilleuse soirée et une agréable nuit et ces lasagnes, une pure merveille. La matinée se passe tout en douceur. Je me lève en direction de la salle de bain attenante à la chambre pour prendre une douche. Lilou pendant ce temps regarde ses mails.

> — Où ranges-tu tes serviettes de toilette ma puce ? lui demandais-je.
> — Placard en bas à droite mon cœur !

Concentré sur sa tâche, elle n'aperçoit pas tout de suite que je suis adossé le long de la porte, un large sourire aux lèvres, tenant du bout des doigts sa culotte *Hello Kitty* ! Je la vois soudain rougir comme jamais ne sachant plus où se mettre et d'un geste désespéré, elle se cache sous la couette. Quelle belle cachette, d'autant plus qu'elle est assise sur le lit et que du coup, ça fait un dôme.

> — Lilou ? dis-je d'un ton amusé.
> — Lilou s'est absentée, veuillez rappeler plus tard, merci… me répond-elle en mode robot.

Je m'approche et m'assois près d'elle en évitant d'éclater de rire vu la situation comique. Je tire délicatement sur la couette afin de voir sa bouille. Sans étonnement, elle est toute rouge, une moue boudeuse et les cheveux en bataille, n'osant même pas croiser mon regard. Je pose ma main sous son menton et soulève doucement son visage.

— Ma puce, ça ne me dérange pas du tout. Ça m'a juste fait rire !

— Mouais… dit-elle toujours pas convaincue.

— Je t'assure et en plus avec les courbes parfaites que tu as, je suis persuadé que même avec cette culotte, tu serais très sexy.

— Pour de vrai ?

— Absolument ! dis-je sincèrement.

Elle retrouve instantanément son joli sourire. Je lui remets ses cheveux en place et joue avec une de ces mèches. Elle me regarde les yeux pleins de tendresse. Quel bonheur d'être à ses côtés.

Nous décidons d'aller au restaurant ce midi avant de rejoindre Sonia. Nous y allons même à pied, profitant du temps clément et doux. L'odeur appétissante découlant d'une petite rue nous attire spontanément et nous dirige devant une crêperie qui vient tout juste d'ouvrir. À peine franchit le pas de la porte que nous sommes accueillis par des applaudissements provoqués par le personnel. Une femme d'une quarantaine d'années toute joyeuse, nous réceptionne et nous fournit à chacun de nous un ballon de baudruche de couleur jaune égayé par un smiley souriant. Bouche-bée, ne comprenant pas cet accueil, nous nous interrogeons du regard. Voyant notre surprise, la propriétaire de l'établissement nous indique aussitôt que nous sommes leurs premiers clients et qu'il nous offre par la même occasion l'apéritif. Ravis, nous nous installons volontiers à table appréciant leurs recettes alléchantes.

Le repas englouti, nous reprenons la route et rejoignons Sonia au point de rendez-vous habituel.

— Sonia, je te présente… commençais-je.
— Lilou, je suis heureuse de te rencontrer enfin ! Ethan m'a tellement parlé de toi !

Le rendez-vous se passe à merveille. Le courant passe très bien entre Lilou et Sonia. Elles se mettent même à deux pour me taquiner, mais je suis un expert en chamaillerie et j'arrive tout de même à me défendre. Maintenant que les présentations sont faites, je reviens au deuxième sujet de la rencontre : ma proposition faite à Sonia.

— As-tu réfléchi Sonia ? Et surtout qu'elle est ta réponse ? demandais-je à mon amie d'enfance.
— À ton avis, Ethan ? Bien sûr, que oui, j'accepte et je te promets que tu ne le regretteras pas !

J'en étais sûr, mais je voulais l'entendre de vive voix. J'ai vraiment besoin d'elle pour mon projet. En effet, je lui propose d'être mon bras droit et ainsi donc de diriger le centre que je vais créer pour les sans-abri. Qui mieux qu'elle pourrait avoir ce poste ? Personne ! J'ai confiance en elle et je sais qu'elle y fera un très bon travail et qu'elle le fera avec cœur.

Une heure plus tard, je dépose Lilou à son appartement et rejoint monsieur MacDowell et son fils pour clarifier certains points sur le dossier.

***

Les jours passent, les semaines même. Les travaux du centre ont enfin commencé et vu la rapidité et l'efficacité des professionnels sur le chantier, le projet devrait voir le jour plus vite que prévu. Tous les détails autour du dossier sont presque finalisés, mais il me faut juste repartir à Miami pour achever tout cela avec Arthur.

*Encore repartir…*

Je n'en ai pas envie. Voilà presque un mois depuis la rencontre avec Sonia que Lilou et moi sommes inséparables. Un mois de pur amour. Tout est tellement parfait et naturel. Pas de question à se poser. Nous nous aimons tellement tous les deux, mais il y a juste un hic dans l'histoire… Mes cauchemars que je fais depuis des années ressurgissent de temps à autre. Toujours cette femme. Toujours la même. Celle que je ne reverrai plus jamais. J'en ai même honte de les faire surtout en présence de Lilou à mes côtés. Pourtant, elles sont complètement différentes, l'une est brune aux yeux verts et l'autre blonde aux yeux bleus. J'aime réellement Lilou, je ne comprends vraiment pas pourquoi ces cauchemars reviennent sans cesse. Cela me perturbe beaucoup et je me tâte de lui en parler.

Deux êtres complètement opposés, mais avec un point commun, mon amour…

ET UN JOUR...

# Lilou

Depuis l'appel d'Ethan et l'annonce de son retour, mon humeur est incroyablement au beau fixe. Il me vient l'idée de lui faire la surprise d'aller le chercher à l'aéroport et de m'habiller de façon à le laisser totalement fou. Ce qui a fait son petit effet escompté. Nos retrouvailles sont parfaites, surtout le passage où il m'a dit qu'il m'aimait. Je ne pourrais même pas expliquer ce qui s'est passé dans mon petit cœur, un mélange de feux d'artifice, de tourbillons d'émotions, d'étincelles multicolores, en clair une explosion de bonheur total. Le septième ciel s'est passé juste après…

***

Le lendemain matin, quand je m'aperçois qu'Ethan a fait la connaissance avec ma culotte rose *Hello Kitty*, comment dire, j'ai honte… Je savais qu'il fallait que je m'en débarrasse ! Pour le sexy/glamour, on repassera ! Je sens mes joues surchauffées, à mon avis, je dois être d'un teint extrêmement rouge écarlate. J'aimerais me transformer en petite souris et m'échapper très loin d'ici ou alors carrément fondre… Mais, non, je choisis stupidement de me cacher sous la couette. Sérieux, pourquoi se sent-on tellement en sécurité sous une couette ? Imaginer un tueur rentre dans votre chambre, vous vous cacher sous cette dernière et lui s'exclame en repartant bredouille : *Oh, non, je ne peux pas la tuer, elle est sous la couette !* Finalement, cet interlude n'a pas été si catastrophique que ça.

***

Au restaurant, nous nous remplissons le ventre jusqu'à n'en plus pouvoir et j'avoue que j'ai du mal à me lever de ma chaise. *Bonjour, je m'appelle Lilou et je suis un ventre sur pattes, mais qui regrette à la digestion...* Je roulerai presque au lieu de marcher ! On se dirige à pied vers la fameuse rue où j'ai vu pour la première fois Sonia. Le fait de me retrouver au même endroit quelques jours après me rappelle quelques mauvais souvenirs, mais cette fois-ci je suis accompagnée et je n'ai pas peur. Enfin moins...

La rue est toujours dans le même état, triste et froide. Je ne me sens pas du tout à mon aise. Je prends la main d'Ethan en signe de sécurité et instinctivement il approche mon corps contre le sien. Mon cœur bat si fort que j'ai l'impression qu'il résonne entre les murs. Quelques minutes plus tard, je distingue au loin une silhouette familière. Sonia. Dès qu'elle nous aperçoit, elle se précipite sur nous avec un immense sourire. Elle prend chaleureusement mon chéri dans ses bras et cette fois-ci je n'ai pas envie de la décapiter ! Aucune ambiguïté ne transparaît dans cet échange, juste de la tendresse amicale. Elle est très sympathique et nous nous trouvons de nombreux points communs, comme celui de taquiner Ethan et on ne se fait pas prier !

***

Les dernières semaines passées avec Ethan sont un pur délice. Aucun nuage, au contraire un soleil au beau fixe et malgré nos occupations professionnelles, nous prenons réellement le temps de nous retrouver et de passer des moments inoubliables.

Ma traduction est presque terminée, ce qui ravit évidemment Stan. Quant à Ethan, son but avance à grands pas. Tellement, qu'il est obligé de repartir pour Miami pour mettre au point son projet avec Arthur. J'essaye de ne pas trop penser quand viendra l'heure fatidique de son départ. Il m'a dit qu'il n'en avait pas pour longtemps, mais même une journée sans lui est compliqué pour moi. C'est devenu mon passe-temps favori. Ma boussole.

Cela fait une heure que l'avion d'Ethan a décollé et cela fait une heure que je n'arrive pas à sécher mes larmes, ça me déchire autant le cœur à chaque fois. Je me ressaisis quand j'entends mon téléphone sonner. C'est Marion.

— Salut, ma chérie, comment ça va ? Je suis arrivée hier soir, il faut absolument que l'on se voit et que tu me racontes tout ! s'exclame-t-elle.

— Tu es revenue de la tournée, génial ! On se voit quand tu veux, tu le sais bien !

— Et, bien justement, j'ai une grande nouvelle à t'annoncer… J'emménage enfin avec mon homme et l'on va faire une petite crémaillère samedi soir, tu seras présente, j'espère ? Invite ton chéri aussi bien sûr, hâte d'enfin le rencontrer.

— Mais, c'est super ça ! Écoute, moi il n'y a aucun souci, malheureusement Ethan ne sera pas là, il a été obligé de repartir à Miami pour le travail.

— Merde… Ne t'inquiète pas, dès qu'il reviendra, on se fera un petit truc !

# ET UN JOUR...

Ça me fait vraiment plaisir qu'elle soit enfin de retour. Elle avait suivi son chéri sur une tournée de plus d'un mois et elle m'a manqué. J'ai beaucoup de choses à lui dire.

***

La fameuse soirée crémaillère va bientôt débuter. J'ai retrouvé Marion en début d'après-midi pour l'aider à préparer la réception. J'ai profité du calme de la journée pour lui raconter mes petites péripéties des dernières semaines, éclatant de rire à certains passages. Je suis heureuse d'avoir enfin retrouvée mon amie. Les gens commencent à arriver et l'ambiance est déjà festive. En effet, le chéri de Marion, étant musicien, a placé au fond du jardin tout plein d'instruments de musique et son groupe nous fait découvrir leur dernier titre. Ambiance de folie !

Missy et Yanis sont inséparables, ils sont trop mignons tous les deux. Comme à son habitude, elle monopolise la parole. En pleine narration de sa mésaventure de la semaine, elle fait d'énormes gestes avec ses bras. Oui, il faut une distance de sécurité avec elle, sinon c'est la claque assurée.

— Missy s'il te plaît, doucement, comme à chaque fois on n'entend que toi ! lui dis-je pour la taquiner.
— Tu sais que je suis capable de résumer une conversation de cinq minutes en trois heures seulement[1] ! me répond-elle malicieusement.

Cela provoque un fou rire général et elle ne s'en plaint pas du tout, au contraire elle adore être l'attention de tout le monde, inversement à moi qui préfère rester discrète. Même

---

[1] Inconnu

si Ethan me manque plus que tout, je suis bien entourée de mes meilleurs amis et je retrouve le sourire. J'envoie à mon homme quelques photos de la soirée et il regrette vraiment de ne pas être présent.

La fête bat son plein. Je ne suis pas mécontente du tout de la décoration du jardin que l'on ait fait avec Marion. Des lanternes sont disposées un peu partout, donnant un éclairage sympathique et chaleureux. Des guirlandes égaient certaines branches d'arbres, des coussins et des chaises sont disposés de part et d'autre, sans compter le buffet dînatoire que l'on a réalisé et qui a l'air de plaire aux invités. Les bouteilles coulent à flots, impossible de compter le nombre de verres ingurgités pendant la soirée. Heureusement que je dors sur place. Je décide d'envoyer un message à Ethan pendant la soirée.

***Besoin de tes câlins… Tes baisers… Tes caresses… Ta douceur… Tes mots doux… Besoin de toi tout simplement… Tu me manques mon cœur, je t'aime***

Je me confesse… J'ai mis quand même dix bonnes minutes à l'écrire, me concentrant pour éviter les fautes, mon corps faisant bateau, un coup à droite, un coup à gauche. J'avouerais également que Marion m'a aidé à rectifier mes phrases. Nous dansons et rions comme des fous. Missy est complètement bourrée et ne lâche plus son Yanis. Limite, ils nous feraient des cochonneries à vue de tous. Heureusement que mon ami est plus sage que sa chérie. D'un coup, Missy s'élance sur un des membres du groupe qui essaye de couper le gâteau d'une façon peu orthodoxe certes, en gros avec ses mains.

— Hop, hop, hop ! Toi, tu n'as pas inventé la machine à courber les bananes[2] !

Le pauvre, il a dû se demander ce qu'il lui arrivait. Il prend le couteau que lui tend Missy et sourit tout de même.

— Alors, moi la seule arme que je tolère, c'est le tire-bouchon[3] ! s'exclame-t-elle en prenant la bouteille de vin blanc.

*C'est quand, que l'on va se coucher ?*

Finalement, une heure après et bien amochée, mais ce fut une sacrée soirée !

***

Le lendemain matin, j'ai comme des petits bonhommes qui font de la mobylette à l'intérieur de ma tête...

*My god* !

Je ne boirai plus jamais autant ! Il me semble que je l'ai déjà dit une bonne dizaine de fois... Le réveil est très difficile ! La bouche sèche, un affreux mal de tête et mon corps fonctionnant au ralenti. Prenant mon téléphone qui est posé sur la table de chevet, je vérifie l'heure et m'aperçois à mon grand bonheur que j'ai un message d'Ethan.

***Ma puce, tu me manques vraiment beaucoup... « J'entends ta voix dans tous les bruits du monde » {Paul Eluard}, je t'aime***

---

[2] #bellegarce
[3] Jean Carmet

Mon cœur ne fait qu'un bond, il n'y a rien de meilleur au réveil que de recevoir un message de son amoureux.

Finalement, mon mal de tête s'estompe plus rapidement que j'aurais imaginé. Le fait de prendre un cachet et de manger me remet à moitié en forme. Ayant parlé de Sonia à Marion hier, elle m'a mis de côté quelques couvertures et vêtements chauds pour pouvoir lui donner le cas échéant et je suis bien décidée à passer dès cette après-midi en rentrant.

Descendant au jardin pour prendre l'air, je me retrouve en compagnie des quelques rescapés de la soirée d'hier. Certains d'entre eux n'ont pas dormi et continuent à boire en refaisant le monde. D'autres sont couchés à même le sol, n'ayant pu aller plus loin. Tout compte fait, j'ai été raisonnable hier…

— Un verre de vin blanc ma chérie ? me demande Missy encore en pleine forme.

Lui montrant mon verre de jus d'orange frais, je lui fais un clin d'œil.

— Petite joueuse ! rétorqua-t-elle.
— Assommez-la ! Je veux rentrer dormir ! clamait désespérément Yanis.

J'ai mis une heure à me libérer de griffes alcoolisées de Missy. Très affectueuse dans cet état, il est presque impossible de se libérer de son emprise câline.

Sur le trajet du retour, je m'arrête donner les quelques affaires à Sonia. Je me sens plus à l'aise dans cette rue, sûrement le fait d'y avoir été avec Ethan et de mieux connaître son amie d'enfance. Je la trouve rapidement et nous restons toutes les deux à discuter de choses et d'autres, tout en buvant notre café que je viens de prendre au drive du coin. J'aimerais vraiment en faire plus pour elle et ses amis. Je compte réellement m'investir dans le projet d'Ethan.

Sur le chemin pour retrouver ma voiture, j'entends des cris. Des cris de peur. Des cris de femmes désespérées. J'accours directement et je perçois une femme d'une cinquantaine d'années se faire agresser par un homme peu accommodant. Je ne peux rester sans rien faire, même si j'ai très peur. Je hurle sur cet individu en lui montrant mon téléphone et en lui précisant que je suis en ligne avec la police. Il s'enfuit sans délai. Je m'approche de cette dame allongée parterre. Elle est apeurée, tremblante, tétanisée par ce qui vient de se passer. Je pose délicatement ma main sur son épaule et lui garantit que son agresseur a déserté. En me regardant dans les yeux, elle a un réflexe de recul et de repli, mais se calme petit à petit ne voyant plus de danger pour elle. Je la laisse reprendre ses esprits et lui demande si ça va. Elle acquiesce d'un hochement de tête. Elle a l'air complètement abattue, un air très fatigué, des cernes marqués, un visage sale et des vêtements souillés. Cette femme pourrait être ma mère et le fait de la voir dans cet état, je ne peux m'empêcher de lui proposer de venir chez moi pour manger et prendre une douche. Elle hésite au début puis finalement, accepte.

Arrivées à l'appartement, je lui fais visiter les lieux et lui montre où se trouve la salle de bains. Je lui donne des vêtements à moi qui devrais lui aller. Je la laisse tranquille et commence à préparer le repas. Je suis triste pour cette femme, elle a l'air tellement perdue et désespérée. Que s'est-il passé pour qu'elle soit dans cet état ? Quand elle sort de la douche, elle est méconnaissable. Tellement jolie. Je ne sais pas trop comment lui parler, n'osant pas la brusquer. Elle fait le premier pas.

— Je vous remercie énormément de votre geste, je vous promets de ne pas vous déranger plus longtemps…

— Vous ne me déranger pas du tout Madame.

— Je m'appelle Lyse. Appelez-moi Lyse et tutoyer-moi s'il vous plaît !

— D'accord ! À condition que vous, enfin, tu fasses de même !

— On fait comme ça alors Lilou ! me dit-elle avec un sourire.

Nous nous détendons progressivement lors du repas et les langues se délient de plus en plus.

Quand elle commence à me confier son histoire, j'en reste bouche bée. Cette femme a vécu les pires choses que l'on puisse vivre dans sa vie. Elle a perdu son mari et s'est retrouvée sans-abri du jour au lendemain. Elle s'est fait engrener par un mac, obligée de faire les trottoirs pour lui sinon ses enfants allaient être tués. Un jour, elle a quand même essayé de s'échapper, mais elle a été très vite rattrapée et surtout très vite regretté son geste. Ce geste qui l'a détruite intérieurement, psychologiquement, car suite à ça, ce fameux connard de mac, pour se venger et montrer qu'elle lui devait obéissance, a finalement tué ses enfants en les brûlant sans aucune pitié et en lui montrant même les corps calcinés de ses chers et tendres encore fumant. Je n'imagine même pas ce moment… Je pleure de tristesse, vivant par procuration son histoire. Elle aussi, suffoquant jusqu'à l'épuisement. Éreinté par ces années morbides qu'elle a dû subir involontairement. Je m'approche d'elle pour la prendre dans mes bras et la réconforter du mieux que je peux.

Elle continue son récit et me parle de ses enfants. Le mal qui la ronge depuis toutes ces années, le dégoût qu'elle a d'elle-même, le mauvais choix qu'elle a fait en s'échappant et la culpabilité vis-à-vis de la mort de ses deux chérubins, Alex et Louane. Elle est épuisée, tant par le chagrin que par la route qu'elle a pu effectuer pour enfin échapper à son bourreau après tout ce temps. Naturellement, je lui propose de rester dormir ici autant de temps qu'elle voudra. Elle accepte. Difficilement. Je lui parle d'Ethan, de son projet et je suis sûre qu'il va lui trouver une solution pour qu'elle puisse repartir sur de bonnes bases.

Après ces dernières heures riches en émotions, nous partons nous coucher, mais j'ai du mal à fermer l'œil, ressassant sans cesse l'histoire de Lyse. Comment une femme aussi gentille et humble a pu vivre tout cela ? Pourquoi le mauvais sort s'est-il acharné sur elle ? Comment a-t-elle pu continuer à vivre dans ces conditions ? Après une torture incontrôlée de mon cerveau, cherchant des réponses aux nombreuses questions que je me pose, j'arrive en fin de compte à trouver le sommeil, mais il sera de courte durée…

# Ethan

Après une semaine passée sur Miami, je rentre enfin retrouver la femme que j'aime. Tellement envie de retrouver son visage, sa peau, son odeur, sa voix, son regard... *La* retrouver. Ayant menti sur mon heure d'arrivée de deux petites heures, je lui fais la surprise d'arriver à sa porte un bouquet de fleurs à la main. J'ai ce sourire idiot depuis que je suis sorti de l'aéroport et encore plus arrivé sur le palier de son appartement. Mes mains tremblantes tapent sur la seule cloison qui me sépare d'elle et mon cœur bat rapidement. Cachant ma tête derrière le bouquet, j'attends qu'elle déverrouille la porte. Le petit son de la serrure entendu, je me concentre de ne pas rire. La porte s'ouvre, mais je n'entends aucun mouvement, ni paroles. Je commence à me poser des questions et décide de pencher ma tête d'un côté pour laisser un œil voir ce qu'il se passe. J'y trouve Lilou devant moi, les yeux pleins de larmes. Je panique derechef. Descendant le bouquet au niveau de mes jambes, je m'approche d'elle.

— J'ai un homme en or... me dit-elle enfin avec un grand sourire.

Dans un élan de joie, elle me saute dans les bras et me fait des centaines de baisers partout sur mon visage.

— Je pense que ma surprise est réussie ! lui dis-je avec un clin d'œil.
— Complètement ! Tu m'as tellement manqué mon cœur...
— Moi aussi, mon petit koala...
— Koala... ?

— Oui ! Je ne sais pas si tu as remarqué, mais tu es agrippé à moi depuis cinq bonnes minutes comme un koala à son arbre ! répondis-je amusé. Cela ne me dérange pas du tout, mais on est encore sur le palier et avec ce que j'ai en tête pour la suite, il vaut mieux que l'on rentre dans l'appartement sinon les voisins auront de quoi se rincer l'œil !

— Oh… s'exclame-t-elle rougissante, mais désireuse.

Sans plus attendre, elle agrippe ma veste et en deux secondes, je me retrouve à l'intérieur de son logement, la porte fermée et Lilou en face de moi me dévorant du regard. Elle en a autant envie que moi. Nos deux corps se laissent aller sans pudeur, sans retenue. Une démangeaison indépendante de notre volonté de nous retrouver rien que tous les deux et entièrement. Nos vêtements se dispersent de part et d'autre et nous nous retrouvons en tenue d'Adam et Ève en un rien de temps.

Un joli moment passé plein de tendresse, de sensualité et de désirs. Allongés l'un contre l'autre sur le canapé, nous reprenons notre souffle tranquillement en se câlinant.

— Au fait, merci mon cœur pour les fleurs, elles sont magnifiques ! Je vais aller les mettre dans un vase.

Elle m'embrasse tendrement, se lève, enfile son tee-shirt qui lui donne une allure d'adolescente et se dirige vers la cuisine. Pendant ce temps, je suis à la recherche de mon caleçon. Je fais le tour de la pièce et retrouve tout sauf celui-ci. Je lève les yeux plus hauts et l'aperçois, flottant dans l'aquarium d'Albert, le poisson rouge… ! Je reste figé me demandant comment a-t-il pu arriver là. Ressentant une présence sur ma droite, je tourne instinctivement la tête et aperçois Lilou pliée en deux, la main sur sa bouche se retenant comme elle peut de ne pas exploser de rire. Il n'y a qu'elle pour me faire ça ! Je le retire délicatement de l'eau sans en mettre partout et le lui montre sans rien dire.

— Je suis désolé ! s'exclame-t-elle en essayant de rester sérieuse.

J'arrive près d'elle, toujours le caleçon tenu dans ma main levée en hauteur. Agrippant sa taille, je frôle son corps pour lui susurrer :

— Je vais être obligé de rester tout nu maintenant…

— Ce n'est pas un souci… me répond-elle.

Une envie irrésistible nous prend soudain et les fleurs ne sont toujours pas dans un vase…

À peine eu le temps de retrouver nos esprits et notre respiration que le téléphone de Lilou se met à sonner. Elle m'embrasse furtivement sur le nez et se dirige dans le salon pour le récupérer. Vu le ton et le langage qu'elle emploie, je suppose immédiatement que ce doit être Missy. Lilou recule le téléphone de ses oreilles quand elle lui annonce que je suis de retour et mime le fait de se tirer une balle dans la tête. J'avoue que Missy a un taux de décibels très élevé quand elle est joyeuse. En fait, non, tout court. Je rigole en regardant Lilou et hausse les épaules ne sachant que faire pour l'aider.

— Oui, mais, arrête de crier. Je t'entends, même les voisins… Oui… N'importe quoi… Il est en face de moi… Oui… Mais, tu es folle ma parole… Oui, promis... Ok, je lui demande... dit ma Lilou désemparée.

Je la sonde d'un air interrogatif.

— Missy et Yanis nous proposent un apéro ce soir, ça te tente ? me demande-t-elle, attendant avec impatience ma réponse.

— Aucun problème pour moi ! Hâte d'apprendre à les connaître ! lui répondis-je.

Suite à ma réponse, j'entrevois les yeux de Lilou s'illumer de joie et ça me fait tellement plaisir. J'ai vraiment envie de les rencontrer, de connaître son quotidien et d'apprendre quelques anecdotes croustillantes. La connaissant et connaissant ses maladresses, il doit y en avoir un paquet. Même si ces dernières semaines, j'ai déjà rencontré tous ses amis, ce sera la première fois que l'on passera réellement une soirée ensemble, car les fois d'avant, c'était en coup de vent à cause de mes fréquents déplacements. Elle me sort de mes pensées en me sautant au cou et me remercie d'avoir accepté. Je lui confirme que c'est avec plaisir et que j'ai autant hâte qu'elle de les voir.

Vu l'heure tardive, il est grand temps que l'on se rhabille et que l'on se presse d'aller chercher une bouteille et des fleurs pour nos amis. Une fois nos achats faits, nous nous dirigeons vers l'appartement de Missy. Cette dernière nous ouvre la porte et elle est resplendissante. Un sourire radieux sur son visage, une femme totalement épanouie. Elle porte sur elle un tablier et tient à sa main un torchon. Une vraie femme d'intérieur, ce qui est en totale contradiction avec son caractère d'ailleurs. Elle est habillée d'une robe noire élégante, mais très sobre, un peu bourge même. Les cheveux attachés en un chignon parfaitement coiffé et une parure de bijoux en perle. Je ne la reconnais plus, elle, qui d'habitude regorge de vêtements aussi délurés qu'elle et tellement colorés que ça peut vite donner la migraine ! Lilou à l'air aussi surprise que moi.

— Où avez-vous caché ma Missy, madame ? demande-t-elle aussitôt.

— Elle est bien là, ne t'inquiète pas ! Hey, franchement, je ne ressemble pas à *Bree Van de Kamp* des *Desperates Housewives* dans cette tenue ? Hein, dites ? nous demande-t-elle joyeusement. Un petit délire avec Yanis, si tu vois ce que je veux dire… glousse-t-elle dans mon oreille.

Mon regard se pose derrière l'épaule de Missy et je distingue Yanis en train de remettre aussi discrètement que possible sa chemise dans son pantalon.

— *Oh, my god* ! On serait arrivé cinq minutes plus tard, on aurait assisté en direct à un film porno ! Non, Missy, je ne veux rien savoir, chut ! dit Lilou choquée, mais amusée en se cachant les oreilles avec ses mains.

Quant à moi, je ne peux m'empêcher de ricaner. Je me disais bien aussi qu'il était impossible pour Missy de changer aussi radicalement. Yanis vient me rejoindre un peu gêné par la situation et me tend la main pour me saluer. Je fais de même et lui donne par la même occasion la bouteille que l'on a apportée.

— Et toi ? Tu joues quel personnage dans la série ? lui demandais-je d'un ton rieur.

— Non, ne t'y met pas toi aussi ! me dit Lilou en me tapant sur l'épaule.

Nos quatre rires se diffusent dans l'air et se percutent contre les murs. Pendant que Yanis et moi s'occupons de déboucher la bouteille et parlons boulot au salon, Lilou et Missy papotent dans la cuisine en dressant les petits fours dans des plats. Yanis s'éclipse deux minutes chercher un dossier et j'entends la conversation de nos femmes respectives.

— Missy, tu es radieuse ! L'amour te va à merveille !

— Moi qui disais toujours que je ne tomberai jamais amoureuse, pour le coup c'est raté ! Yanis est un amour, je l'aime sincèrement...

— Et ça se voit ! Je suis tellement contente pour vous deux ! lui dit Lilou en la serrant dans ses bras.

— Mais regarde-toi ma chérie, tu es rayonnante aussi, je ne t'ai jamais vu si heureuse ! Je suis vraiment contente que ton cher Ethan soit entré dans ta vie !

— Tu ne peux même pas imaginer... Un rêve éveillé ! Je l'aime tellement...

Quelques minutes plus tard, elles nous rejoignent au salon, les yeux pétillants de joie. Lilou s'installe à mes côtés, caressant ma joue, elle m'embrasse et dans un chuchotement me dit qu'elle m'aime. Je ne m'en lasserai jamais de ses trois petits mots sortant de la bouche de celle qui fait rayonner ma vie de bonheur. Les verres et les discussions s'enchaînent dans une ambiance de dingue. J'ai réussi à récupérer quelques anecdotes de Lilou comme prévu de la part de ses amis. Bien qu'elle ait tout essayé pour les faire taire. Ma chérie a à son actif un nombre impressionnant de gamelles et événements en tous genres, dans des endroits et moments plus ou moins insolites. Par exemple, dans les escaliers ne sachant plus lever son pied. En pleine rue glissant sur une peau de banane imaginaire. La tête contre un poteau, car elle ne levait pas les yeux, et j'en passe… Bizarrement, ça ne m'étonne pas ! Même ses moments de solitude quand elle ne réfléchit pas avant de parler ou qu'elle parle trop vite et qu'elle sort des phrases ou des mots incompréhensibles, comme une sorte de puzzle au final. Tellement spontanée, qu'une fois en sortant de l'appartement avec Missy, elle a voulu dire qu'il pleuvait et en même temps que ça mouille, ça a fini par *ça plouille* ! C'est même devenu pour elles la phrase officielle par temps pluvieux. Imprévisible, simple, sincère, marrante, débordante d'énergie. Lilou. *Ma Lilou…* Malgré tout ça, malgré toutes ses péripéties, c'est elle. Celle qui a pris mon cœur. Celle qui a réussi à l'atteindre en seulement une seconde. Celle qui me donne ce sourire que je porte. Celle que j'aime…

***

La soirée se déroule parfaitement bien. Missy n'a pas oublié notre pseudo bagarre et me lance le défi de la mettre à terre.

— Aller, viens ! Viens ! Je t'attends ! Je vais te faire la prise du panda, tu ne vas rien comprendre ! me lance-t-elle en montrant ses petits poings et sautillant sur place de gauche à droite.

C'est à mourir de rire, surtout avec sa tenue *Bree van de Kamp*, pas du tout crédible. Je la taquine en la poussant légèrement sur ses épaules tout en reculant à chaque fois. Cela l'énerve et moi je trouve la situation plutôt risible, car je pourrai même souffler dessus qu'elle tomberait directe. En effet, après quelques verres et avec ses talons de plusieurs centimètres, son centre de gravité a démissionné. Lilou et Yanis, toujours sur le canapé, nous regardent attentivement ne perdant pas une miette du spectacle. Tout en filmant la scène, ils continuent de boire leur verre tranquillement entre chaque éclat de rire. Missy se moque d'elle-même, sachant très bien que sa technique de combat laisse à désirer et que ça ressemble plutôt à une danse d'un suricate alcoolisé, du coup, elle finit par me demander de lui apprendre quelques prises au passage. Pendant que j'entraîne *Missy Balboa*, Yanis et Lilou, sont en pleine discussion. Je sais que ça fait un moment qu'ils n'ont pas parlé ensemble et je les laisse volontiers savourer leurs retrouvailles. Missy apprend très vite et à même presque réussi à me mettre parterre. Enfin surtout du fait que j'étais déconcentré en regardant ma puce du coin de l'œil. Lilou est tellement belle, chaque geste qu'elle effectue est hypnotisant. À chaque sourire, elle me fait fondre et son regard est d'une douceur sans fin. Elle a beau être à quelques mètres de moi, son contact me manque… Soudain, je me prends un coup-de-poing dans l'épaule et cela me sort instantanément de ma contemplation. Missy quant à elle est très fière d'elle.

— Bien joué, mais un peu déloyale quand même ! lui dis-je en lui jetant un clin d'œil.

— Et, ouais ! Je sais ! Que veux-tu, j'ai trouvé ta faille ! Aller, va la rejoindre. Tu en meurs d'envie ! me répond-elle.

Je m'assois près de Lilou et elle pose automatiquement sa main sur ma cuisse. Un frisson de bien-être et de satisfaction m'envahit en un quart de seconde. Je lui caresse les cheveux en prenant soin de remettre une mèche à sa place qui était tombée sur son visage et pu profiter au maximum de la couleur émeraude de ses yeux. Quant à Missy, elle s'est littéralement jetée sur Yanis, l'embrassant à pleine bouche sans aucune gêne.

— Bon, on va y aller nous ! Tout devient embarrassant là ! s'exclame d'un coup Lilou.
— Ou… Ouais… À bientôt les amoureux ! me répondit-elle toujours sa langue fourrée dans la bouche de Yanis.

À mon avis, ils vont terminer leur petit jeu de début de soirée !

Lilou me tire par le bras et nous nous éclipsons rapidement de l'appartement. Arrivés dans la voiture, nous explosons de rire comme deux gamins pris en plein flague d'avoir fait une connerie. Le trajet du retour se fait tranquillement, mais rapidement, car nos hormones s'éveillent de plus en plus et nous avons du mal à nous contenir. Comme à l'accoutumer, nos pulsions nous rattrapent dès l'entrée. Ne nous laissant même pas le temps d'arriver jusqu'à la chambre. Cette soirée se termine en un feu d'artifice de désirs assouvis.

***

# ET UN JOUR...

Au petit matin, je sens le corps de Lilou collé au mien, sa tête sur mon torse. Elle frissonne. J'attrape lentement la couette et la ramène sur elle. Elle dort profondément, mais ses mains tremblent. Je remarque alors qu'elle fait un cauchemar. Je ressers alors mon étreinte et elle finit par se détendre tout doucement. Je ferme les yeux et me rendors.

Un bruit brutal me fait sursauter. Je me redresse illico et détecte l'absence de Lilou dans le lit ! *Putain !* D'un bond, je me lève sans réfléchir et me dirige hors de la chambre. Je découvre Lilou à genoux sur le sol, habillé d'un simple tee-shirt. Elle se retourne, les yeux grands ouverts pigmentés d'un air de surprise et de... Désir ?

— Quelle agréable vue que j'ai de si beau matin mon cœur... me lance-t-elle sensuellement.

Baissant les yeux, je constate que j'ai débarqué dans la cuisine à poil. Mon membre viril au garde-à-vous.

— Désolé de t'avoir réveillé, j'ai voulu te faire des crêpes, mais le saladier m'a glissé des mains et tout est sur le sol... dit-elle dégoûtée de sa gaffe.

Je mets un moment pour reprendre mes esprits et assimilés toutes les informations depuis mon réveil. Elle remarque mon malaise et s'approche de moi.

— Ça ne va pas ? me demande-t-elle inquiète.
— Tu m'as fait une de ses peurs quand je ne t'ai pas vu à mes côtés dans le lit. Ce bruit assourdissant ! J'ai cru qu'il y avait quelqu'un d'autre dans l'appartement...

— Mon cœur, je suis désolée, mais tu dormais si bien que je n'aie pas voulu te réveiller et puis je voulais te faire la surprise de te préparer ton petit déjeuner, mais miss catastrophe a pointé le bout de son nez…

*Ma miss catastrophe…* Je l'embrasse sur le bout du nez et l'agrippe par la taille, ce qui soulève légèrement le tissu qui cache sa peau. Je repère alors qu'elle ne porte absolument rien dessous, ce qui me donne soudainement un appétit vorace, mais non alimentaire… J'avance mon bassin contre sa féminité, me frottant doucement contre elle. Sa tête se penche en arrière et des petits sons exquis sortent de sa bouche. D'emblée nos désirs se décuplent et la tentation devient insoutenable. Nous débutons notre matinée dans la chambre pour combler notre attirance charnelle.

Allongés tous les deux dans le lit à se cajoler tendrement, il me prend soudainement une idée.

— Ma puce… Ce soir, tu me gardes ta soirée et tu prévois des vêtements chauds.
— On va où ? se questionne-t-elle.
— Surprise ! répondis-je d'un ton joueur.

Elle descend du lit dans une forme olympique, sautillant sur place comme une enfant attendant son paquet cadeau. Elle se place devant son armoire et commence à fouiller dans sa montagne de vêtements.

— Tu as tout ton temps, il n'est que huit heures et demie du matin… lui dis-je.
— Je ne vais jamais tenir moi… me dit-elle chagriner.

Je quitte le lit et l'attrape pour la positionner sur mon épaule. Je lui donne une petite claque sur les fesses et la dépose dans la cuisine.

— Avant ça ma princesse, tu dois remplir ton estomac. Hop, p'tit dèj !

***

La matinée passe a une allure trop rapide à mon goût, car il est déjà presque midi et je dois aller manger avec Max. Il veut m'aider en me dégotant de nombreuses entreprises qui pourraient s'investir dans mon projet et j'en suis plus que ravi, car cela me donnera un gain de temps et d'argent non négligeable. Le déjeuner va certainement déborder par une visite du chantier. J'embrasse Lilou avant de partir et lui dit que je serais de retour vers dix-huit heures. Elle acquiesce d'un geste de la tête, mais reste tout de même impatiente.

***

Le déjeuner a été très convivial. J'informe Max pendant le repas que j'aimerais emmener Sonia voir l'avancée des travaux. Il accepte volontiers et reste curieux d'enfin rencontrer mon futur bras droit. Comme prévu sur le chemin, nous prenons Sonia au passage et faisons les présentations. Malgré le charisme imposant de Max, elle ne se démonte pas et a déjà l'âme d'une bonne directrice. Cela me plaît et également à mon copilote. Arrivé à destination, mon amie est émerveillée par le terrain et l'avancée spectaculaire des travaux. Elle reste immobile, les larmes aux yeux. Je la prends dans mes bras, car je sais exactement ce à quoi elle pense…

— Sonia, je te jure que dans très peu de temps, toi et tes amis aurez un toit au-dessus de votre tête et je ferais tout ce qui est dans mon pouvoir pour que vous retrouviez une vie heureuse. Je t'en fais la promesse !

La visite du chantier se poursuit. Max se place naturellement en chef de chantier et fait la visite à Sonia. Je les laisse tous les deux et passe quelques coups de téléphone pour ma surprise de ce soir.

***

Dix-huit heures et trois minutes…

J'entre doucement dans l'appartement et trouve Lilou faisant les cent pas. Dès que nos regards se croisent, elle me demande séance tenante :

— C'est bon, on y va ?
— Connais-tu le verbe *patiente*r par hasard ?
— Pas du tout !
— J'avais remarqué ! J'aimerais prendre une douche et me changer avant de partir. Si ça ne te dérange pas ?
— Bien sûr ! Excuse-moi, c'est plus fort que moi…
— Je t'aime quand même ma puce ! lui rétorquais-je avec un clin d'œil.

Je file sous la douche profitant de l'eau fraîche coulant sur ma peau. Je ne m'attarde tout de même pas, car je dois délivrer ma princesse de son donjon nommé *impatience*.

— C'est parti !
— Youpi ! crie-t-elle de jubilation.

195

Pour que l'effet soit réussi, je lui installe un bandeau sur les yeux. Dix minutes de trajet plus tard, je fais une petite escale en suppliant Lilou de ne pas bouger et de ne pas ôter son bandeau le temps que je m'absente un petit moment. En revenant, je la surprends en train de chanter à tue-tête un tube du moment qui passe à la radio. Je reste un instant la contempler et l'écouter. Elle a une douce voix cristalline. Quelques fausses notes, mais dans l'ensemble ça sonne merveilleusement bien. Dès qu'elle m'entend ouvrir la porte, elle se stoppe net.

— Ne t'arrête pas, j'aime bien t'entendre chanter.
— Mouais, je suis surtout une chanteuse de salle de bains, mais c'est gentil !

Nous pouffons de rire et reprenons la route. Quinze minutes plus tard, nous sommes arrivés à destination. Afin de finaliser ma surprise, je lui demande une seconde fois de patienter dans la voiture. Elle me fait une moue boudeuse et même comme ça, elle me fait craquer. Je l'embrasse affectueusement sur les lèvres, lui glisse à l'oreille que je l'aime et appuie sur le bouton PLAY du poste radio.

— Pour patienter… Et promis, je ne t'écouterais pas ! lui dis-je taquin.

Bien sûr, c'est un mensonge. J'adore quand elle part dans ses délires et sans modération. Je m'éclipse de l'intérieur de la voiture pour me rendre au coffre. Je pose tout à terre et le ferme délicatement. J'attends quelques secondes sans rien dire et Lilou se met à chanter. Cette fois-ci, le rythme de la chanson est plus doux, limite mélancolique, mais tellement jolie. Ça parle d'amour. Un amour pur et sincère. Lilou la chante divinement bien, les jolis sons qui sortent de sa bouche et l'impressionnante fermeté dans sa voix me laissent croire que les paroles lui parlent véritablement et qu'elle les ressent au plus profond de son cœur. La chanson suivante avec un son beaucoup plus rythmé me sort de mes pensées. Je me rends compte que je suis resté figé sur place tout le long de la chanson à l'admirer. Je secoue la tête pour me ressaisir et embarque avec moi ce que j'ai apporté. Je ne mets pas longtemps à tout installé, car tout était déjà organisé dans ma tête depuis ce matin. Je retourne chercher Lilou, la descend de la voiture tout en laissant le textile sur ses yeux et l'aide à marcher jusqu'à l'endroit tant attendu.

— Nous y sommes ! À trois, j'enlève le bandeau… Prête ?

— Oui ! me répond-elle.

Je ne sais pas si elle va aimer, mais je reste plutôt fière du résultat. Le trois arrivant, je lui retire délicatement le tissu et me décale sur le côté pour la laisser découvrir ce que je lui ai réservé. Elle reste sans voix, les yeux grands ouverts et scintillants. Je la scrute du coin de l'œil et décèle quelques larmes au coin de ses yeux. Paradoxalement, elle affiche un sourire immense sur le visage. Elle glisse délicatement sa main dans la mienne et se retourne enfin vers moi.

— Mon cœur, c'est… C'est… Magnifique ! s'écrit-elle sincèrement. Je t'aime…

Véritablement soulagé de sa réaction et de son euphorie, elle s'avance vers ma surprise et je la contemple examiner les petits détails. Cela fait un moment que je voulais le faire, ce pique-nique sur une plage déserte, rien que moi et elle, déconnectée du monde. J'ai tout prévu. Une immense couverture, des bougies disposées à chaque recoin de cette dernière, du champagne et les meilleurs mets du traiteur qu'on adore, d'où ma première escale du trajet. J'ai également disposé des fleurs, car je sais qu'elle aime ça. L'emplacement est idéal, le sable fin est agréable au toucher. La plage est petite, mais magnifiquement ornée de rochers joliment polis par la mer et la vue splendide face à l'eau nous donne accès à un spectaculaire coucher de soleil. Nous nous installons et trinquons à nous. Notre rencontre et notre amour. Tout est là pour une soirée romantique et Lilou est resplendissante face à l'éclairage des bougies. Nous sommes blottis l'un contre l'autre sans vouloir nous décoller.

Plus tard dans la soirée, nos caresses et nos baisers se font de plus en plus demandeurs. D'ailleurs, ça m'étonne presque que l'on a pu tenir aussi longtemps… La plage est totalement inhabitée, aucun regard curieux sur nous, nous pouvons assouvir notre désir sans aucune gêne. Pourtant, je décide d'éteindre les bougies. Enfin, surtout je ne veux pas que Lilou se brûle par mégarde ! Un moment intense et passionnel se déroule sur cette plage. Plus on est ensemble et plus, on se sent bien. Plus on a besoin l'un de l'autre et plus, il est impensable pour nous qu'un jour nous soyons séparés. Lilou me dévisage pensive…

— Cap' de m'aimer toute ta vie… ? me lance-t-elle subitement.

Des papillons et des frissons me parcourent le corps. Si elle savait combien je l'aime !

— Ce n'est pas mes mots, mais cette citation résume bien mon ressenti. « Tu sais, quand je te dis que je t'aime, il ne s'agit même pas d'amour. Je te parle d'impossibilité de respirer autrement.[4] »…

Des perles humides glissent finement sur nos joues, tout à fait conscients de l'amour que l'on se porte et de la chance que l'on a de s'être trouvé. Nous finissons notre soirée par une ballade pieds nus sur le sable à contempler la simplicité et la beauté que nous offre la nature.

Lilou se stoppe brutalement, s'approche des rochers et escalade l'un d'entre eux. *Non, mais, sérieux ?* Vu l'obscurité et connaissant ma miss maladroite, elle serait capable de tomber ! Je me précipite vers elle, l'angoisse étant montée d'un cran. Naturellement, elle se tourne vers moi étonné de ma réaction.

— Regarde mon cœur. Cette maison est sublime, tout ce que j'aime ! rétorque-t-elle les yeux ébahis.

Je me hisse à son niveau et découvre effectivement une superbe demeure qui surplombe la plage. L'architecture moderne se fond parfaitement dans le paysage. L'éclairage extérieur, très bien disposé, donne au jardin une sorte de plénitude. L'intérieur à l'air particulièrement bien pensé et très bien décoré. Rien qu'en la regardant, on s'y sent bien. Lilou reste immobile, admirant la somptueuse propriété, les yeux pétillants, mais aussi rêveurs, qu'un jour elle possède un tel domaine. Je l'aurais écouté, on serait resté dormir là !

---

[4] Romain Gary

— Elle laisse rêveuse cette maison, je m'y vois très bien dedans avec toi et tout pleins d'enfants... me dit-elle malicieuse.

— J'adore ta vision des choses...

Sur le chemin du retour, nous restons tous les deux silencieux, mais la tête embrumée de douces pensées et impactée de débris de bonheur dû au déroulement de la soirée. Arrivés à l'appartement, Lilou me fait asseoir sur le canapé en m'imposant de mettre sur les yeux le bandeau qu'elle avait ce soir... Est-ce une vengeance ? J'avoue que c'est fantaisiste, mais aussi très excitant ! Je l'attends impatiemment, ne sachant que faire pendant ce temps, car je ne vois absolument rien. Ce tissu épais m'obstrue la vue, mais mon ouïe est à son paroxysme. Des crépitements inhabituels coulent dans mes oreilles. Mon imagination s'envole, décolle, assène des virgules d'envies. Le désir dévore mon corps petit à petit. Soudainement, une musique en bruit de fond fait son apparition. Même sans mon panorama visuel, je sens la présence de Lilou. Les frissons sur ma peau me trahissent instantanément. Un séisme de sensations multiples se déploie et mon cœur se met à battre plus vite que d'habitude. Des doigts parcourent mon corps. Commençant par ma tête, passant par mon cou, glissant sur mes épaules. Je sens ses douces lèvres se déposer sensuellement le long de ma mâchoire.

— Tu peux rester ce soir, mais pas tes vêtements... chuchote-t-elle à mon oreille.

Ma virilité ne se contrôle plus. Mon pantalon devient de plus en plus serré. Lilou pendant ce temps retire tous mes vêtements un à un dans des gestes délicats, mais sauvages à la fois. Il me tarde d'enlever ce bandeau… Je la sens s'éloigner. J'ai envie de la rattraper. Elle m'ordonne d'enlever le foulard de ma vue. Quand j'ouvre les yeux, je suis stupéfait par le spectacle ! Lilou est devant moi, habillée d'un ensemble de lingerie noir à dentelle, de bas et porte-jarretelles de la même couleur. Tout simplement magnifique et sexy à souhait. Elle me lance un regard coquin et je comprends immédiatement qu'elle ne peut plus attendre. Je me lance vers elle sans hésiter, ma testostérone bouillonnant en moi. Faire l'amour avec elle devient de plus en plus un besoin vital et précieux. Cette fin de soirée est un mélange explosif d'émotions et de sensations en tous genres. Nous ne tardons pas à nous endormir avec une mine réjouissante.

***

Le lendemain matin, je retrouve Lilou en mode étoile dans le lit et moi écrasé sous son poids. Je ris silencieusement et essaye de me faufiler hors du lit sans la réveiller.

Dans la matinée, je dois absolument me rendre sur le chantier pour évaluer l'état des travaux avec le chef de chantier et ainsi voir si mes ordres ont été mis en application.

Lilou se lève, radieuse. Nous prenons le petit déjeuner ensemble tranquillement en papotant de choses et d'autres. Elle me parle de sa traduction qu'elle a presque terminée et qu'elle doit absolument finir au plus vite, sinon Stan va lui en faire voir de toutes les couleurs. Elle me propose aussi de rencontrer Lyse, celle qu'elle a sauvée d'un homme peu scrupuleux. Cette femme a l'air d'avoir vécu les pires choses que l'on puisse endurer et a besoin d'aide pour reprendre sa vie en main, loin de toutes ses douleurs. Je serai heureux de pouvoir l'aider. Lilou m'a fait part de tous les éléments qu'elle disposait en me racontant toute son histoire et me propose de la rencontrer dès ce soir si possible. Je reste subjugué et admiratif par l'implication de Lilou pour ma cause et c'est avec plaisir que je vais aider son amie.

Lilou prend son téléphone et appelle Lyse pour l'inviter à dîner ce soir. Cette dernière est en ce moment chez une amie de longue date. Elle avait perdu contact avec elle après toutes ces années et l'a retrouvée après quelques recherches. Elle ne voulait pas déranger Lilou plus longtemps et lui avait donné les coordonnées de son amie avant de partir de l'appartement. Lyse accepte sa requête avec plaisir et Lilou prévoit la liste de courses pour ce soir. Nous décidons de nous retrouver cette après-midi pour les faire.

La journée se passe assez rapidement, chacun ayant vaqué à ses occupations. Ayant fini plus tôt que prévu, je décide d'aller faire un footing avant l'arrivée de notre invitée et ainsi me remettre en forme. Je ne pars pas très loin de peur d'être en retard pour le repas. Courir sans penser à rien, juste sentir mes pieds foulés le sol, mes muscles se contracter à chaque enjambée.

Lilou achève de mettre la table quand je passe la porte de l'appartement. En enlevant mon tee-shirt trempé de sueur, je lui demande si elle a besoin d'aide, mais apparemment non. Elle me conseille plutôt d'aller le plus vite possible sous la douche, car la vue de mon torse dénudé la fait chavirer. Sa demande me fait frétiller et je la taquine en me collant contre elle. Elle m'éjecte d'un coup subtil sentant qu'elle ne va pas pouvoir résister plus longtemps si je continue mon manège.

Écoutant à demi-mots son supplice, je pars en direction de la salle de bains avec un sourire coquin au coin de mes lèvres.

— Ma puce si tu changes d'avis, tu sais où me trouver… lui lançais-je avec un clin d'œil.

— Ne me tente pas mon cœur ! me répond-elle en se mordant la lèvre.

Elle était à deux doigts de me rejoindre, quand la sonnerie de l'interphone se mit à sonner. Lyse est là. Dommage ! Je file sous la douche. La pluie d'eau chaude ruisselante sur ma peau me détend après le footing. Un jet bien frais me ferait également du bien, réduisant mes envies salaces envers le corps de Lilou. J'entends vaguement leurs conversations à travers la porte, ne comprenant qu'un mot sur trois, mais entendant plus clairement leurs éclats de rire.

Vingt minutes plus tard, je suis finalement prêt et décide de les rejoindre. Je prends mon téléphone et sors de la pièce. Atteignant le salon, je remarque Lilou et distingue la silhouette de Lyse qui est placée sur le canapé dos à moi.

— Ethan, laisse-moi te présenter mon amie ! déclare-t-elle un verre à la main.

Lyse se détourne un sourire aux lèvres, mais qui s'estompe en un quart de seconde. Mon cœur se stoppe net quand nos regards se font plus insistants. Aucun son ne sort de ma bouche comme si j'étais paralysé, mais je veux en avoir le cœur net en prononçant cette fatidique question…

— Ma… Maman… ?

ET UN JOUR...

## Lilou

L'atmosphère de la pièce s'est alourdie sans ménagement. Une impression que tout est engourdi et même le fracas du verre de Lyse sur le sol ne me sort pas de ma stupeur. Je reprends mes esprits quand je vois subitement Ethan se précipiter vers mon amie. Tournant la tête vers elle, je constate qu'elle a le teint complètement livide et qu'elle ne tient définitivement plus sur ses jambes, perdant connaissance quelques secondes plus tard. Sans un mot, Ethan et moi, l'allongeons sur le canapé. Je pars immédiatement chercher un linge humide et ouvre la fenêtre au passage pour amener de l'air frais. Quand je m'avance vers eux, je décèle dans le regard mouillé d'Ethan toute la tristesse et l'incompréhension qui l'habite en ce moment même, tétanisé par le choc de cette nouvelle. Je dépose la serviette imbibée d'eau fraîche sur le front de Lyse, quant à Ethan, il est accroupi en boule tenant les mains de sa maman. Je lui caresse délicatement les cheveux, ne sachant ni quoi faire, ni quoi dire... À peine a-t-il senti mon contact qu'il explose en sanglots.

— Je ne comprends plus rien... Ma mère est vivante ! Mais, pourquoi nous a-t-elle laissés ? Pourquoi revient-elle que maintenant ? Pourquoi... ? me demande-t-il les yeux bouffis de chagrin, complètement perdu.

— Je ne sais pas mon cœur... Elle seule pourra répondre à tes questions, mais je serais toujours là pour toi si tu as besoin, tu le sais...

Sa tête plonge dans mon cou et je constate que son corps tremble. Je le serre très fort dans mes bras essayant comme je peux de le soutenir dans cette épreuve. Quelques minutes plus tard, Lyse reprend petit à petit ses esprits. Dès qu'elle croise le regard de son fils, les larmes coulent à flots sur ses joues, ses lèvres frémissent ne trouvant pas les termes adéquats à la situation. Elle soulève son corps pour s'asseoir et commence à palper le corps d'Ethan comme pour se rassurer que ce ne soit pas un rêve. Elle dépose ses mains de chaque côté du visage de son fils, n'en croyant pas ses yeux.

— Mon fils... Tu es vivant !
— Oui, maman... Mais... Je te croyais... Explique-moi...

Je remarque que de l'eau salée roule également sur ma peau. Une scène incroyable se passe devant moi. Je me sens en trop et décide de les laisser tous les deux s'expliquer tranquillement. Quand je me lève discrètement pour aller rejoindre ma chambre, la main d'Ethan me retient.

— Reste ma puce s'il te plaît... ajoute-t-il en me suppliant de ses prunelles turquoise.

Je sonde le regard de Lyse qui acquiesce d'un mouvement de tête. Je me sens quand même un peu gênée du contexte, mais reste finalement près d'eux.

— Ta sœur... Comment va-t-elle...? demande Lyse hésitante et paniqué.

— Maman, elle va très bien ne t'inquiète pas. Elle est
  avec Louisa à Miami.

Un soupir de soulagement s'échappe de la bouche de
Lyse. Ethan commence à raconter son histoire en
commençant par le jour où un homme appelé Charles lui a
annoncé que sa mère s'était fait renverser par une voiture et
qu'elle était décédée sur le coup. Ce même homme lui avait
interdit d'aller la voir à cause de sa situation délicate de sans-
abri et maintenant orphelin, qui plus est, mineur. Je vois Lyse
ouvrir grand ses yeux, la main sur sa bouche, ahurie du récit
de son fils. Elle ne dit pourtant rien, le laissant lui relater les
faits du début jusqu'à la fin, déposant une de ses mains sur
celle d'Ethan pour lui témoigner sa compassion et
l'encourager à poursuivre sa narration. Les larmes continuant
à couler sur son visage, il inspire un grand coup et reprend
aussitôt la parole. Je suis toujours aussi émue de l'entendre
en parler, mon cœur a mal pour lui.

— Maman, j'y ai cru… On m'a dit que tu étais… peine-
  t-il à dire. J'ai été tous les jours déposé des fleurs sur
  ta tombe, ça a été très dur pour nous sans toi et
  heureusement que Louisa était là. J'ai travaillé pour
  que l'on s'en sorte, puis on a été expulsé du camp et
  on a fui tous les trois, vagabondant dans différents
  endroits, ville et pays, changeant de nom et prénom
  suivant notre destination. Nous avons finalement
  déposé nos valises à Miami après que je sois devenu
  le tuteur légal de Cloé. Aujourd'hui, tout va bien
  pour nous, je te rassure et encore plus depuis que je
  sais que tu es là. Devant moi. Vivante…

Lyse se jette dans les bras de son fils en lui demandant pardon, sanglotant de tout son corps. Elle stoppe son étreinte pour lui raconter sa version et ce qu'elle a enduré.

— Mon fils, j'étais dévasté, je vous croyais morts tous les deux... Mes enfants... Ce jour-là, quand je me suis absenté du camp, je n'ai jamais été percuté par une voiture, on m'a emmené de force dans une grande maison pour... Esclavage et prostitution... chuchote-t-elle honteuse. C'est là que j'ai su que Charles était finalement qu'un gros porc, se faisant passer pour un sans-abri et qui profitait de la détresse des gens, surtout des femmes pour les emmener à son patron. Un mac s'appelant Hector et ainsi nous vendre. J'ai essayé des centaines de fois de m'échapper, mais ce que m'a montré Hector a été pour moi la pire chose qu'une mère pouvait voir... Les corps calcinés de deux enfants... J'ai vraiment cru que c'était vous, j'ai perdu pied, plus rien n'avait de sens dans ma vie, j'étais prisonnière... Ils m'ont finalement envoyé dans les pays de l'Est et là, ça a été l'enfer, j'ai été l'esclave d'Hector pendant tout ce temps, humiliée, frappée...

Elle ne finit pas sa phrase, mais celle-ci nous laisse imaginer le pire pour elle. J'ai tellement de peine pour mon amie.

— Puis, j'ai vieilli et plus les années passaient moins je voyais d'issue et plus j'obéissais sans rien dire à Hector ! poursuit-elle essoufflée. Jusqu'au jour où, il y a deux mois, j'ai réussi à m'enfuir, je ne sais même pas comment... Et avec de la chance, j'ai fini par revenir en France recherchant des repères et j'ai rencontré Lilou...

Ethan reste sans rien dire, mais je le sens bouillir de l'intérieur, ses poings se ferment tellement que l'on peut apercevoir le blanc de ses jointures.

— Maman... Pardon... Pardon, de t'avoir laissé... Pardon de ne pas avoir eu le moindre doute de ton décès, de ne pas t'avoir cherché... Je m'en veux tellement... Cet enfoiré va payer pour tout le mal qu'il t'a fait !

— Mon chéri, non ! Il est hors de question que tu t'attaques à lui, je ne veux pas qu'il t'arrive la moindre chose... Oublions ça et repartons de zéro tous ensemble, s'il te plaît...

Ethan, malgré sa colère, se détend ne voulant pas gâcher ses retrouvailles, mais je sais pertinemment que la vengeance reste et restera au fond de lui.

— Trinquons à l'avenir, à mes enfants et à toi Lilou ! finit-elle sa phrase en prenant ma main. Mon fils n'aurait pas pu trouver mieux que toi...

Elle m'embrasse sur la joue et me prend dans ses bras chaleureusement. Je me sens rougir et des larmes commencent à monter. Encore une fois. Elle se tourne vers Ethan, les yeux pétillants de bonheur.

— Et toi, mon chéri, tu es beau, le portrait craché de ton père ! Il aurait été très fier de toi, j'en suis certaine ! Ethan, le prénom de ton père… Il aurait été encore avec nous, il aurait été si heureux. Lui qui a toujours voulu t'appeler *Ethan Junior* ! confie-t-elle rieuse. Mais, Louane. Pourquoi Cloé ?

— À cette époque, elle était encore très jeune et quand je lui ai proposé de s'appeler comme toi *Elizabeth*, ça l'a rendu triste, du coup, j'ai abandonné cette idée… J'ai essayé avec le prénom de mamie *Marguerite*, mais elle m'a répondu qu'elle n'était pas une fleur ! raconte Ethan en souriant. Et puis, elle a décidé de s'appeler Cloé finalement.

Une bonne ambiance se fait sentir, laissant se disperser la tristesse de tout à l'heure.

— Et, toi Maman, tu as pris le surnom que Papa te donnait, je m'en souviens encore… déclare-t-il nostalgique.

— Oui, le seul qui avait le droit de m'appeler comme cela à cette époque… Quand pourrai-je voir Louane, enfin Cloé ? J'ai tellement hâte de la voir !

— Le plus vite possible serait le mieux ! Que dis-tu dans les prochains jours ? Lilou, tu viens avec nous… ?

— Je te suis mon fils ! dit Lyse.

— Ce serait avec plaisir, mais il faut que je voie ça avec Stan. D'ailleurs, j'ai rendez-vous avec lui demain matin et de toute manière, il me doit des vacances ! énonçais-je avec un clin d'œil.

La soirée se poursuit entre rires et larmes, dans une ambiance légère sans se soucier du passé, mais plutôt profité de ces retrouvailles inattendues et heureuses. Nous décidons de laisser notre lit à Lyse, avec quelques réticences de sa part, mais qui accepte finalement suite à nos arguments plus ou moins crédibles. Nous installons notre campement éphémère dans le salon et préparons les draps que nous installons sur le canapé-lit. Nous nous affalons dans ce dernier en même temps, fatigué de cette soirée riche en émotions. Ethan regarde le plafond, pensif, serein et rayonnant.

— La vie est pleine de surprises… Si l'on m'avait dit un jour que… Je n'en reviens toujours pas !
— Je suis vraiment heureuse pour toi mon cœur et ta maman est adorable !

Nous nous allongeons l'un contre l'autre. Nos corps à moitié dénudés nous donnent des envies incontrôlées, mais nous calmons nos ardeurs, car nous ne sommes pas tout seul dans l'appartement et les murs ne sont pas si épais que ça. Nous nous endormons frustrés, mais avec la promesse de remettre ça au plus vite.

***

Une bonne odeur de pain grillé me chatouille les narines et me réveille tout doucement. Je me rends compte qu'Ethan se tortille à côté de moi, sans vouloir, lui non plus, sortir de dessous la couette. On s'étire tous les deux en même temps et nous câlinons comme si on était seul au monde. Soudain, je me ressaisis et me souviens de la présence de Lyse. Je m'assois sur le canapé et aperçois cette dernière dans la cuisine, attelée à nous préparer le petit déjeuner.

— Bonjour mes amours ! J'espère que je ne vous ai pas réveillé ? s'exclame-t-elle radieuse.

Je me sens gênée et rougis immédiatement. Ethan, pas le moins du monde embarrassé par la situation, me caresse le genou tendrement et remonte sa main le long de mon entrecuisse sous la couette. J'essaye tant bien que mal de la retirer, mais il insiste en me regardant d'un air taquin. Il se redresse, me prend le visage entre ses mains et m'embrasse avec sensualité. Des fourmillements se font sentir dans mon bas-ventre. Je halète aussitôt en demandant encore plus. Ses lèvres s'approchent de mon oreille et il me chuchote d'une voix suave qui ferait fondre n'importe quelle femme.

— J'ai une énorme envie de te prendre, là. Tout de suite. Maintenant, sur ce canapé...

Puis, il se lève et se retourne en me lançant un clin d'œil. *Ok ! Il veut jouer, on va jouer !* Dix secondes plus tard, je sors du lit et les rejoins dans la cuisine.

— Bonjour maman... lance Ethan en enlaçant Lyse tendrement.
— Bonjour mon chéri... J'espère que vous avez faim ? nous demande-t-elle en nous montrant la table remplie de différentes préparations.
— Moi, en tout cas oui ! rétorquais-je affamé, mais pas que de nourriture...

Lyse vient à ma rencontre et me prend gentiment dans ses bras. Et, dire que mon amie est devenue en l'espace d'une soirée, ma belle-mère. Cela me fait sourire, car j'aurais pu tomber plus mal ! N'ayant pas oublié ma petite vengeance, je m'installe tout près d'Ethan. Je commence par l'effleurer mine de rien et je sens son corps frémir à mon contact.

Lilou - 1 / Ethan - 0

Un peu plus tard, je fais en sorte de prendre la confiture posée de son côté en collant mon corps brûlant de désirs sur le sien et en exposant ma poitrine juste sous son nez. Je suis tellement proche de lui que je discerne son souffle s'accélérer de plus en plus.

Lilou - 2 / Ethan - 0

Le petit déjeuner englouti, Ethan et Lyse se proposent de débarrasser la table et apparemment je n'ai pas mon mot à dire. Je décide donc de m'éclipser pour aller prendre une douche. Avant de partir, je m'approche d'Ethan pour l'embrasser et caresse malencontreusement son membre viril par la même occasion.

— J'ai une énorme envie que tu me prennes, là. Tout de suite. Maintenant sur cette chaise, mon cœur… soufflais-je à son oreille.

Lilou - 3 / Ethan - 0

Lui lançant un clin d'œil, je me dirige dans ma salle de bains savourant ma victoire. Une douche bouillante me relaxerait, quoique bien froide m'aiderait davantage. Je me déshabille, allume l'eau et entre dans ce confinement carrelé. Le liquide chaud coulant sur mon corps, me délasse instantanément. Je chantonne tout en me savonnant, rêvassant des mains d'Ethan me caresser le corps tout entier. Mais, à trop jouer, on finit par se brûler. Mon envie est tellement forte, que j'ai même l'impression qu'il est là me touchant de ses mains viriles.

— Alors, comme ça, on a voulu m'échapper… me dit cette voix familière.

Prise de court, je me retourne surprise de trouver Ethan en tenue d'Adam, dans la douche, à mes côtés. Je ne l'ai même pas entendu entrer… Son regard est fiévreux de désir, ses caresses ne se maîtrisent plus du tout et il colle mon dos contre le carrelage, m'embrassant à en perdre haleine.

Lilou – 3 / Ethan – 3 points d'un coup…

— Ta mère va nous entendre…
— Elle est sortie chez le libraire d'à côté. On a donc minimum quinze minutes rien que pour nous et je compte bien en profiter ici même !

En effet, nous ne tardons pas à complètement nous lâcher et évacuer cette tension sexuelle qui était entre nous depuis la veille au soir. Je ne pourrai jamais me passer de cet homme et de ce corps si parfait, si complémentaire avec le mien. Nous serons bien partis pour le round deux, mais on entend quelques bruits dans le salon, ce qui nous indique que les quinze minutes sont écoulées. Partie remise !

Une fois, prête, je rejoins Lyse dans le salon et lui demande ce qu'elle comptait faire de sa matinée, vu qu'Ethan doit s'absenter pour le travail et qu'il ne peut pas l'amener avec lui. Ayant rendez-vous avec Stan ce matin, je lui propose de m'accompagner et que l'on aille manger quelque part toutes les deux le midi même. Elle accepte.

Sur le chemin, je la briefe rapidement sur le cas désespéré de mon patron pour qu'elle ne soit pas trop surprise. Vingt minutes plus tard, je toque à la porte du bureau de Stan. Il me fait savoir dans un grognement de mécontentement que je peux entrer. Assis à son bureau, il croule sous les papiers et je me dis que ça ne va pas être gagné pour lui faire décrocher un sourire… Je regrette d'emblée d'avoir emmené Lyse avec moi. La pauvre, elle va devoir supporter les sautes d'humeur de monsieur grincheux ! Nous rentrons finalement dans le bureau, non convaincus par la suite des événements.

— Stan, je te présente Lyse, la maman d'Ethan !
— Euh… Oui… Euh… répond-il en bégayant.

Lui, pourtant loquace d'habitude, en perd ses mots.

— Bonjour Monsieur, désolé de vous importuner de la sorte. Lilou m'a gentiment proposé de l'accompagner, j'espère que cela ne vous dérange pas ? minaude Lyse.

— Non… Bien sûr que non, Madame ! bafouille Stan.

— Appelez-moi Lyse !

— Euh… Oui Lyse, installez-vous sur une chaise, ne rester pas debout ! lui propose-t-il avec un immense sourire.

Je n'en crois pas mes yeux ! Je ne reconnais plus mon patron ! Je ne vais pas dire que je n'aime pas le voir comme ça, mais c'est tellement rarissime qu'il faut que je le note sur le calendrier. Je suis dans la même pièce qu'eux, mais par mégarde j'ai dû mettre ma cape d'invisibilité en partant tout à l'heure, car aucun des deux ne me prête d'attention. Je les observe, stupéfaite de la scène qui se joue devant mes yeux. Je suis aux premières loges pour l'acte un de la rencontre de ma belle-mère et de mon patron, tous les deux à se charmer à tour de rôle.

Stan est aux anges, apprivoisé sans mal par Lyse. Ma belle-mère, quant à elle paraît captivée par les paroles de Stan, son visage irradie.

Je décrète que je suis en trop dans cette pièce et propose d'aller chercher du café. Je n'aurai comme réponse qu'un *hum* de la part de Stan. Arrivé dans le couloir, je m'appuie contre la cloison, étonnée par ce qui se passe de l'autre côté du mur, mais un fou rire me gagne, impossible de l'arrêter. Je pense à la tête d'Ethan, quand je vais lui en parler. Finalement, Stan s'est repris et nous avons enfin pu parler boulot. Quand, je lui ai annoncé que je partais quelques jours à Miami, il n'a même pas bronché. En définitive, je devrais à présent amener Lyse plus souvent. Pendant une heure, les deux tourtereaux ne se sont pas lâchés du regard, des petits sourires fusaient à tout bout de champ. J'avouerais qu'ils sont mignons tous les deux, mais toute bonne chose à une fin et les au revoir sont compliqués pour l'un et l'autre, ne sachant plus quoi se dire. Je suis certaine qu'ils ne trouvent pas les mots appropriés pour se revoir, je décide donc de les aider.

— Stan, que dirais-tu de passer boire un verre à la maison quand on sera de retour de Miami, pour récupérer le dossier ? On se fera un petit apéro dînatoire tous les quatre ! demandais-je en les regardant à tour de rôle.

Les deux acquiescent en même temps et je vois même les joues de Stan rougir légèrement. Qui l'eut cru ?

Dans l'ascenseur, j'examine le visage de Lyse et je la sens paisible, heureuse et légère. Cela fait vraiment plaisir à voir.

— Lilou, ma chérie, ton patron est un homme charmant ! Rien à voir avec ce que tu m'as dit !
— Pour info, ta présence a fait son petit effet. Je l'ai rarement vu comme ça, enfin pas avec moi !
— En tout cas, on a de nombreux points communs et c'est un plaisir de parler avec lui.
— Je n'avais pas remarqué… ajoutais-je ironiquement.

Nous rions toutes les deux comme deux gamines, sortant du bâtiment, collés l'une à l'autre, quand le téléphone de Lyse se met à sonner. Elle décroche et j'en profite pour ouvrir la voiture et m'installer à l'intérieur. Quelques minutes plus tard, Lyse rentre à son tour côté passager.

— Bon, alors on mange où ? lui demandais-je.

Quand, je me retourne vers elle, ce n'est plus la Lyse de tout à l'heure que j'aperçois, mais une femme avec le regard vide, le teint pâle et le visage décomposé…

# Ethan

J'adore le côté joueur de Lilou ! La seule à pouvoir me mettre dans un état second, rien qu'en me regardant. Nos corps sont comme aimantés, tellement besoin l'un de l'autre, impossible de vivre sans elle. Cette douche m'a mis de très bonne humeur. Vivement, le round deux…

Après le départ des deux femmes de ma vie, je me dépêche de finir de me préparer pour rejoindre Max sur le chantier. Avant de quitter l'appartement, je passe par la salle de bains faire une petite surprise à Lilou, puis j'appelle un taxi.

Je m'engouffre dans ce dernier et indique l'adresse de ma destination. Sur le chemin, je reçois un appel de Max.

— Ethan, c'est Max ! Tu arrives bientôt au chantier ?
— Bonjour Max ! Oui, dans dix minutes environ !
— Fais au plus vite, il y a un grave souci.
— Que se passe-t-il ?
— Je préfère que tu sois là pour t'en parler !

Max m'inquiète vraiment là !

J'ai senti dans le ton de sa voix de l'angoisse et ça laisse paraître un mauvais présage ! Je demande au taxi d'accélérer. Il accepte, mais en restant dans la limite autorisée. Je tape des pieds, le stress commence grandement à m'envahir et ces dix minutes me paraissent interminables. J'ai une envie de prendre le volant et de montrer à ce taxi ce que c'est d'appuyer sur la pédale ! Je suis à environ cinq cents mètres du chantier, quand j'aperçois de la fumée noire venir de là-bas. *Non !* Le taxi me dépose, je paye ma course et me précipite vers Max, que je distingue parmi la dizaine de pompiers autour de lui.

— Max ! Max ! Que s'est-il passé ?

— Un incendie s'est déclaré, il y a environ une heure. Les gars ne se sont pas aperçus au début, car ils étaient de l'autre côté à monter les murs. C'est quand ils ont vu de la fumée, qu'ils ont appelé les pompiers et le chef de chantier m'a immédiatement appelé pour que je te prévienne.

— Putain ! criais-je, me passant les mains dans les cheveux. Aucun blessé ?

— Non, aucun. Par contre, des dégâts matériels. Tout le côté nord a brûlé, il faudra tout recommencer et le chantier prendra du retard… Heureusement, que les gars étaient là, sinon tout brûlait !

— Le principal, c'est que tout le monde va bien. Comment le feu s'est-il déclaré ?

— Aucune idée pour le moment, la police devrait arriver d'une minute à l'autre. Il faudrait aussi appeler les assurances !

— Je m'en charge. Montre-moi les dégâts !

Nous avançons vers l'endroit même avec l'accord des pompiers et je constate qu'une bonne partie a en effet été détruite par les flammes. La police arrive et nous les rejoignons sur le champ leur exposer les faits. Une équipe technique se met immédiatement en place pour savoir si l'incendie est criminel. J'ai du mal à voir la réalité en face, tout ce boulot parti en fumée.

La matinée avait tellement bien commencé…

L'appel avec les assurances a été compliqué, mais tout s'arrange, juste une paperasse impressionnante à leur envoyer.

— Nous avons trouvé quelque chose dans les débris, cet incendie est bien criminel ! confirme un policier.
— C'est-à-dire ? demandais-je inquiet.
— Les câbles électriques ont été trafiqués et de l'essence a été volontairement placée à divers endroits. Nos experts vont rester encore là un moment pour tout passé au peigne fin, des analyses plus approfondies vont être faites en laboratoire. On vous tiendra informé des résultats. Passé aussi à l'hôtel de police pour les papiers cette après-midi.
— Je passerais avec Monsieur MacDowell. Merci pour votre travail.

*Cet incendie est bien criminel !* Cette phrase me revient sans cesse dans la tête. Mais, qui a pu faire ça ? Pourquoi ? Des tas de questions me plombent l'esprit. J'en parle avec Max et lui-même ne comprend pas. Nous décidons d'aller voir le chef de chantier, mais il n'a rien vu de suspect et il fait entièrement confiance à son équipe.

Treize heures…

Nous avons passé, Max et moi, la plupart de notre temps au téléphone. Plusieurs choses ont été mises en place, comme faire venir une équipe supplémentaire sur le chantier pour rattraper les dégâts et ainsi éviter le retard. Nous avons aussi fait appel à une équipe de surveillance qui sera présente jour et nuit pour contrôler les allées et venues sur le terrain. Avant de passer à la préfecture de police, nous mangeons un morceau sur le pouce et j'en profite pour mettre au courant Lilou et Arthur.

***

La journée a été harassante ! Je rentre à l'appartement exténué, mais content de me retrouver au calme. Je suis tellement heureux que ma mère soit de retour. Je compte bien profiter de chaque moment dès à présent et être aux petits soins pour elle. Je les retrouve toutes les deux, affalées sur le canapé en pleine discussion. Ma mère se lève dès qu'elle m'aperçoit.

— Mon chéri, tout va bien ? Lilou m'a raconté pour le chantier… Je suis désolée…

— Ce n'est pas de ta faute maman, ça va aller maintenant, mais le budget va être plus conséquent. Heureusement, il n'y a eu aucun blessé !

— Je suis rassurée. Bon, je ne vous dérange pas plus, je vais vous laisser tranquillement les amoureux, je vais chez mon amie Catherine.

— Non, maman reste ! Enfin, si Lilou…

— Bien sûr que oui Lyse, reste. On va se faire un petit plateau télé tous les trois ! rétorque Lilou aussitôt.

— Vous êtes adorable tous les deux, mais j'ai déjà ma soirée de prévu avec elle.

— Maman, laisse-moi te payer l'hôtel, le temps de te trouver un appartement…

— Mon chéri… Il en est hors de question, gâte plutôt ta chérie. Je suis bien chez Catherine, ne t'inquiète pas. Elle est veuve depuis quelques mois et se retrouve seule, nous nous tenons compagnie toutes les deux entre émissions de télévision et jeux de cartes. Vous êtes si beau tous les deux et un couple à besoin d'intimité ! lance ma mère taquine.

— Maman, laisse-moi au moins…

— Chut ! C'est mon dernier mot. Allez, je me sauve, sinon je vais louper le passage du bus !

En un rien de temps, elle s'éclipse, nous embrassant à tour de rôle. En un éclair, nous nous retrouvons seuls. La soirée plateau télé a quelque peu débordé… On ne saura pas la fin du film, ne me demandez même pas le résumé !

Avant d'aller nous coucher, Lilou me raconte le sketch de ce matin entre ma mère et Stan. Franchement, je reste sur le cul et j'aurais bien voulu voir ça. Je suis content que ma mère retrouve petit à petit le sourire, mais en même temps cela me fait bizarre de l'imaginer avec un homme autre que mon père. Néanmoins, elle a le droit au bonheur et si elle est heureuse, c'est le principal pour moi.

Après négociation, nous décidons de partir pour Miami après-demain, ce qui nous laisse une journée pour nous organiser et préparer nos affaires tranquillement. Je ne sais pas comment va réagir Cloé en découvrant maman et c'est pour cela que je ne lui ai rien dit pour le moment.

***

Le lendemain passe très rapidement, tout est prêt et orchestré. Bagages, papiers, directive pour le chantier, courrier, et même la garde d'Albert, le poisson rouge.

À l'aéroport, nous attendons impatiemment notre vol, assis dans la salle d'embarquement.

Lilou est surexcitée, car c'est la première fois qu'elle ira aux USA et c'est un honneur que ce soit moi qui lui fasse découvrir. D'ailleurs, j'ai quelques idées en tête.

Ma mère, quant à elle, est assise en face de nous, pensive, nous souriant de temps en temps, mais elle me semble bizarre et inquiète…

Serait-ce le fait de retrouver Cloé ?

## Lilou

J'essaye tant bien que mal de préparer mes bagages, mais rien que le fait de penser que dans quelques heures je vais être à Miami au soleil, me rend complètement hystérique et ce n'est pas l'appel que j'ai passé à Missy tout à l'heure qui m'a calmé. Au contraire, elle était aussi ravie que moi. Je l'imaginais même faire des bonds de joie de trois mètres de haut comme elle sait si bien faire. Une fois les valises bouclées, je me mets à sourire bêtement en les regardant, imaginant la tête d'Ethan quand il verra ce que j'ai acheté hier.

Il est déjà l'heure de partir. Je file dans la salle de bains jeter un œil dans le miroir vérifié l'état de ma tête, quand j'aperçois le petit mot d'Ethan scotché sur celui-ci, qu'il m'a laissé hier.

*« Les rencontres dans la vie sont comme le vent. Certaines vous effleurent juste la peau, d'autres vous renversent.[5] »*

*Je t'aime.*

Je ne m'en lasserai jamais de ces petites attentions. Mon homme est une perle rare. Beau, intelligent, drôle, gentil, attentionné et terriblement sexy. Je me mords la lèvre rien que d'y penser.

---

[5] Florence Lepetitdidier-Rossolin

— Ma puce, ne fait pas ça en ma présence, sinon... affirme-t-il en m'enlaçant, plongeant sa tête dans mon cou.

— L'envie est là mon cœur, mais l'avion, lui, ne va pas attendre indéfiniment !

— Dommage...

Nous partons tous les trois à l'aéroport et montons dans l'avion. Ethan nous a pris des billets en première classe et j'avoue que ce n'est pas désagréable, le prix en revanche est difficilement acceptable ! Moi toute seule, je n'aurai jamais pu. Enfin si, peut-être dans la soute... J'ai bien évidemment essayé de le convaincre de descendre d'une classe, mais sans succès. Un verre de champagne et des toasts nous sont servis ayant à peine décollé.

Tellement fatiguée que je n'ai pas vu la durée du vol passé.

— Ma marmotte, on est arrivé ! chuchote Ethan à mon oreille.

Forcément, je me suis endormie pendant les trois quarts du trajet. Dans un sens tant mieux, car ça m'a évité cette longue attente !

Une fois passées les portes de l'avion, une douce chaleur vient caresser mon visage. Je lève ma tête au ciel et ferme les yeux, profitant de cet instant, profitant des premières secondes à Miami. Je vais enfin découvrir l'univers d'Ethan et ses proches.

Sur le trajet, je suis émerveillée par les paysages qui s'animent devant moi, comme une carte postale vivante. Tout est complètement différent de la France et encore plus beau que dans mes rêves. Nous arrivons devant un grand portail et je suppose que la maison d'Ethan se cache derrière. En effet, une fois le porche passé, je découvre une magnifique villa en bord de mer. Lui qui m'avait dit qu'il avait juste une grande maison, rien de plus… Là, c'est à couper le souffle. Elle est magnifique, bien arboré et un jardin très bien entretenu.

Le taxi nous dépose juste devant l'entrée. Je glisse discrètement un billet au chauffeur, ce qui déplaît à Ethan, mais en même temps le fait sourire. *Eh oui, je peux quand même bien faire ça !* Quand je détourne la tête vers la porte d'entrée, je distingue deux femmes, Cloé et Louisa. Je fixe malgré moi ma belle-sœur et franchement elle ressemble vraiment à Missy, sautillant comme elle, les mêmes gestes… Cela promet ! Pour ce coup-là, je ne vais pas être dépaysé. Quant à Louisa, c'est une belle femme, son visage me fait penser à une mamie gâteau. Les traits de son visage sont doux et rayonnants, elle donne tout de suite envie de la connaître.

Je sens Lyse à côté de moi stressé, elle me serre la main comme pour se rassurer.

— Ne t'en fais pas, tout va bien se passer… lui affirmais-je.
— J'ai vraiment peur de sa réaction… Ma petite fille… Elle est si belle, si grande… sanglote-t-elle.

— Maman, ça va aller… annonce Ethan compatissant. Attend dans la voiture le temps que je lui parle, je te ferais signe pour sortir…

Lyse, acquiesce en balançant sa tête de haut en bas. Je sors difficilement en même temps qu'Ethan, car laisser mon amie toute seule, me fait mal au cœur. J'ai à peine fait quelques mètres que Cloé se jette à mon cou.

— Ma belle-sœur ! Je suis trop contente d'enfin te voir réellement. Ethan ne m'a pas menti, tu es vraiment trop belle ! J'ai prévu quelques trucs à faire entre nous, j'ai trop hâte ! Tu vas bien ? Et le voyage, pas trop long ? m'énumère-t-elle toute joyeuse.

Je réitère… C'est une deuxième Missy ! Ethan rigole dans son coin, haussant les épaules tout en me regardant, ne sachant pas contrôler sa sœur. Sincèrement, je l'adore avant même de la connaître. Elle est tellement pétillante, tellement gentille et sa bonne humeur est communicative. Je m'avance vers Louisa, qui elle aussi, me serre fort dans ses bras et je me sens un peu gêné par temps de tendresse envers moi, mais j'apprécie grandement cet accueil.

— Ma chérie, vraiment ravie de te voir en face de moi cette fois-ci ! Ethan a de très bon goût. C'est un immense plaisir de te recevoir enfin ! prononce Louisa les larmes aux yeux.

Cela me fait chaud au cœur de les voir toutes les deux m'accueillir les bras ouverts et avec autant d'attention, je sens que ces quelques jours avec eux vont être forts en émotion…

Je me détourne discrètement vers la voiture et jette un œil en direction de Lyse. Elle ne tient plus, les larmes aux yeux, pressée d'en finir avec tout ça. Je regarde Ethan, les prunelles suppliantes d'enfin annoncer la nouvelle pour ne pas laisser mon amie plus longtemps dans cet état.

— Cloé, Louisa… J'ai quelque chose à vous annoncer… En fait… commença Ethan.
— Vous allez vous marier ! rétorqua Cloé sans laisser son frère finir sa phrase.
— … Cloé ! Non… Cela va peut-être, même sûrement vous choquez, mais voilà…

Je sens Ethan patauger dans ses mots, ne sachant pas comment s'y prendre. J'aimerais l'aider, mais lui seul doit leur annoncer. Je m'avance vers lui et lui tiens la main, signe de soutien. Il se tourne vers moi, me remerciant du regard.

— J'ai quelqu'un à vous présenter… Moi-même, j'ai été très surpris… dit-il en se tournant vers la voiture faisant signe à Lyse de sortir.

Je constate mon homme se crisper subitement. Ses doigts se serrent dans ma main, son souffle se coupe et son visage se teint d'un air inquiet. Lyse sort sa tête du taxi et Ethan se rapproche de sa sœur. Cloé, souriante jusqu'à maintenant, se met d'un coup à suffoquer, ses jambes la trahissent et elle perd totalement l'équilibre. Ethan la retient comme il peut, la sondant du regard.

Louisa porte ses mains à sa bouche et pousse un gémissement de stupeur. Je la rejoins immédiatement. Mon amie se dirige vers sa fille toute tremblante, les yeux bouffis par les larmes. J'assiste à la scène, impuissante...

— Ma chérie... Je suis désolée... explose Lyse en larmes, perdant totalement contrôle d'elle-même.
— Maman ?

Cloé se propulse in extremis dans ses bras pleurant de toutes ses tripes. Elles sanglotent toutes les deux, dans les bras l'une de l'autre, se touchant le visage, de peur que ce ne soit irréel. Mes joues sont humides, incapables de retenir mes larmes. Louisa, elle aussi est dans un état second. Ethan les rejoint et le trio se câline, heureux d'être à nouveau ensemble après toutes ces années. Je m'étais imaginé cette scène une dizaine de fois auparavant, mais jamais je n'aurais imaginé le prendre autant à cœur ouvert. Ils sont beaux tous les trois. Lyse desserre son étreinte envers ses enfants et s'approche de Louisa.

— Je ne pourrai jamais autant te remercier d'avoir pris mes enfants sous ton aile. De les avoir éduqués, aimés, protégés. Louisa, tu es une femme extraordinaire, je te remercie de tout mon cœur... confirme Lyse sincèrement.
— Élisabeth... Mon amie... Après l'annonce de ton décès, j'étais dévastée autant que tes enfants, il était

impossible pour moi de les laisser seuls. Tes enfants sont adorables, je les ai considérés comme les miens. Essayant de leur apporter le meilleur… Remercie plutôt Ethan qui, lui, a été un être plus que formidable…

Nous sommes tous dans un état lamentable, les larmes coulant chez chacun d'entre nous, mais tellement heureux de la situation. Ethan et Cloé se joignent à nous. Un câlin collectif se met en place. Nous nous sourions tous les cinq et décidons de rentrer à l'intérieur. La villa est resplendissante, la décoration est finement bien aménagée, avec goût. Cloé a dû mettre son grain de sel, car certains endroits me paraissent assez féminins.

La matinée se passe entre explications, chagrin, douleur et rires. Ne me sentant pas à ma place, je déserte le salon explorant chaque recoin des pièces. Quand je vois au fond d'un couloir, un homme d'un certain âge me faire signe de le rejoindre. Vu son allure et à la description d'Ethan, ce doit être Jack le jardinier. Je m'avance vers lui me demandant ce qu'il peut bien me vouloir.

— Bonjour mademoiselle ! Je suis Jack, enchanté.
— Bonjour Jack ! Moi, c'est Lilou !
— Je vois que vous ne savez pas où aller, je vous propose de découvrir le jardin ! déclare-t-il bienveillant.

Je le suis volontiers, car j'ai hâte de voir ce magnifique jardin que j'ai pu apercevoir en entrant. Jack est un homme d'une soixantaine d'années, très gentil, souriant. C'est un passionné de son métier, il m'énumère tout un tas d'arbres et de fleurs, moi-même ne connaissant pas la moitié. Je le laisse me faire découvrir ce jardin splendide et très bien entretenu, jusqu'au moment où on s'arrête sur un parterre de roses. Je le sens ému et attentif sur chacune d'entre elles. Je mets dix secondes à me rappeler que chaque matin, il en cueille une pour Louisa et lui l'a pose dans le salon d'après Ethan. Que c'est romantique ! On continue notre petit tour tranquillement profitant de ce temps magnifique. Nous nous asseyons sur des transats au bord de la piscine et discutons de choses et d'autres. Cet homme est très sympathique. Agréable à écouter et plaisant à parler.

— Tout va bien ma puce ? me demande une voix apprivoisée.
— Oui, mon cœur, tout va parfaitement bien ! Et, si tu allais nous chercher des rafraîchissements à Jack et moi, s'il te plaît ?

Je vois Jack se lever immédiatement, se perdant dans ses gestes. Je le stoppe en levant ma main, lui demandant de se rasseoir. Il me regarde étonner. D'accord, je veux bien admettre que c'est le jardinier, mais pour moi c'est un homme comme tout le monde, pas qu'un simple employé. Pourtant Ethan n'est pas du genre autoritaire et désinvolte envers ses employés. Mon homme, pas du tout choqué par ma requête, tourne les pieds et exécute mes paroles. Jack me regarde stupéfait la bouche grande ouverte.

— Jack ? Que se passe-t-il ? Soyez franc avec moi…

— Rien, Madame ! Juste que c'est mon patron et que ce n'est pas coutume que ce soit lui qui me serve à boire…

— Jack, d'une vous m'appelez Lilou et vous me tutoyez, je préfère. Et de deux, Ethan a beau être votre patron, je suis sûre qu'il ne vous réprimandera pas ! Sinon, je m'en charge personnellement ! lui dis-je rieuse.

Quelques minutes plus tard, mon homme arrive avec deux verres, tout sourire, imitant à la perfection un serveur de haut rang. Il s'assoit près de moi et commence à discuter avec son jardinier, mine de rien. La discussion a eu du mal à démarrer, mais au final les deux hommes se détendent tout doucement. À travers la baie vitrée, je distingue Cloé, Lyse et Louisa en pleine discussion, toutes les trois le sourire aux lèvres. Le plus dur est passé…

Cloé passant la tête dehors, nous demande :

— Ça vous dit un petit restau ce midi ? J'en connais un qui conviendrait à tout le monde.

On acquiesce tous ensemble, sauf Jack.

— Jack, bien sûr que tu viens avec nous ! annonce Cloé bien décidée.

— Ce serait avec plaisir que vous vous joignez à nous ! insiste Ethan, le voyant timide.

— Avec grand plaisir… déclare Jack.

Ni une, ni deux, nous prenons nos affaires et partons en direction du restaurant. Arrivé sur place, on se rend compte très vite qu'il est très convivial. Il y règne une bonne ambiance, les patrons étant abordables et sympathiques, tout ce qu'il nous fallait. Installés tous ensemble, nous sommes dignes des chevaliers de la table ronde avec pour Reine, Cloé. En effet, cette dernière s'accapare les conversations, mettant à sa sauce certains sujets et mimant avec de grands gestes ses explications. L'atmosphère de la salle se colore d'hilarité. Même les personnes attablées autour de nous se greffent à nos discussions. Tout au long du déjeuner, Lyse ne peut s'empêcher de regarder ses deux enfants avec fierté. Les écoutants se chamailler et ne pouvant s'abstenir d'avoir des gestes tendres envers eux. Nous passons un moment très sympathique et nous rangeons ses souvenirs précieusement dans nos têtes.

Le repas englouti, les filles proposent une promenade en bord de mer, mais Ethan en a décidé autrement.

— Lilou et moi, on a autre chose à faire, on se rejoint à la villa…
— Ouais, ouais… signale Cloé avec un clin d'œil.

Je me sens rougir à la minute même, ne sachant même pas mon programme de l'après-midi, mais ayant une petite idée coquine derrière la tête. Nous nous dispersons tous en un rien de temps. Ethan se tourne vers moi.

— Il fait très beau, la villa est déserte et je compte bien te faire découvrir la piscine !

— Oh…

Heureusement qu'hier, j'ai fait quelques achats, entre autres un nouveau maillot de bain.

Le trajet entre le restaurant et la villa est passé comme un éclair. Allez savoir pourquoi… Certainement l'envie de nous retrouver seul tous les deux, sans personne autour. Ethan n'a pas forcément suivi la limitation de vitesse aussi. Arrivé à la maison, Ethan se déshabille illico et se jette dans la piscine, me demandant de le rejoindre. Je lui demande de patienter quelques instants, le temps que j'enfile mon maillot et me refaire une beauté. J'ai envie que tout soit parfait.

Une fois prête, je regarde mon allure dans le miroir et j'avoue que je suis à tomber. Maillot bien échancré, sexy à souhait, de quoi le laisser bouche bée. Je descends l'escalier et passe le porche me rendant directement vers la piscine. Je déambule telle une déesse sortie de nulle part, me déhanchant de gauche à droite. La mâchoire grande ouverte de mon homme me laisse penser que ça a l'air de faire son effet. Je continue mon scénario jusqu'à arriver à sa hauteur. Je n'ai même pas le temps de souffler qu'il se jette littéralement sur moi, m'embrassant sauvagement. Comme un jeu, je le repousse et commence quelques brassées, exploitant l'étendue d'eau qui m'est offerte. J'ai à peine atteint l'autre bord, qu'Ethan me rattrape et colle son corps contre le mien. Sa virilité me caresse doucement les fesses et là je ne peux plus du tout le repousser, prise à mon propre piège et désirante de la suite. Avec délicatesse et me chuchotant que mon maillot de bain est renversant, il me le retire et me caresse sensuellement les parties de mon corps sensibles. Je me retrouve dans un état charnel. Il n'y a plus que lui au monde.

Deux jours qu'on n'avait pu rien faire. Deux jours que nous sommes frustrés de ne pas assouvir nos besoins, car Lyse dormait tout près de nous à l'appartement. Nos deux corps dénudés se rapprochent sensuellement, essoufflés par nos envies voraces. Nos caresses se font de plus en plus précises et intimes, atteignant au final le but ultime. Un moment plein de saveurs et d'extase suprême. Nous savourons encore quelques minutes cet instant, rien que tous les deux, profitant de ce généreux soleil et de l'eau de la piscine. On ne s'attarde tout de même pas et nous nous rhabillons avant que tout le monde arrive !

J'ai le droit à une visite guidée VIP de la villa, découvrant chaque pièce. Certaines plus que d'autres…

— Les amoureux ! On est là ! hurle Cloé du rez-de-chaussée.

— On arrive ! répond Ethan tout en se revêtant.

La douche a été plus longue que prévu et nous finissons de nous préparer tout en pouffant de rire. Cette après-midi aura été pour nous, comment dire, sportive ! Nous descendons les rejoindre et constatons que plusieurs sacs sont disposés dans la cuisine. Tout un tas de courses jonchent le plan de travail.

— Ce soir fiesta, les amis ! se réjouit Cloé.

En effet, elle a tout prévu. Un maximum d'ingrédients pour différents cocktails et toasts apéritifs. Nous nous attelons tous ensemble à préparer les festivités dans une très bonne ambiance. Tout le monde a le sourire, les yeux brillants de bonheur.

***

La soirée bat son plein entre fous rires, papotage, danse, câlins et alcool. D'ailleurs, Cloé ne ménage pas les doses. Ma tête commence sérieusement à tourner après seulement deux verres de cocktail. Je me demande comment je vais faire pour monter à l'étage tout à l'heure ! Au pire, le canapé à l'air très confortable. En milieu de soirée, ma belle-sœur me prend à part sur la terrasse. Elle a sur son visage, un air de chipie teinté de malice… Que m'a-t-elle prévue ?

— Lilou, je suis véritablement heureuse que mon frère t'ait rencontrée. Tu ne peux même pas imaginer à quel point tu le combles. Jamais de ma vie, je l'ai vu si épanoui. Jamais je ne l'ai vu sourire autant. Même son regard envers toi le trahi de tout l'amour qu'il porte pour toi. Vous êtes faits l'un pour l'autre, personne ne pourra dire le contraire ! Et, moi en tant que belle-sœur, je t'adore !

Elle m'enlace chaleureusement dans ses bras et se met à sautiller sur place, trépignant d'impatience, quand elle me tend un petit paquet cadeau. Je la regarde surprise et ouvre délicatement le papier. Cloé, toujours en sautillant, tape dans ses mains, contente d'elle. Je discerne une boîte me révélant à

237

l'intérieur un joli bracelet en argent, harmonisé d'une petite breloque en forme de palmiers. Je l'affectionne aussitôt, car il est tout à fait à mon goût. Simple, sobre et chic.

> — Un petit souvenir de Miami ! s'extasie Cloé.
> — Merci… Vraiment ! C'est parfait, mais il ne fallait pas… Je n'ai rien pour toi…
> — Cela me fait plaisir et mon cadeau, c'est de voir mon frère aussi radieux !

Des bisous et des câlins plus tard, nous rejoignons les autres. L'ambiance est toujours aussi festive et je retrouve même Ethan et Jack complice à taquiner les femmes. La soirée se termine dans une atmosphère bienveillante et heureuse.

***

Les jours passent et ne se ressemblent pas. Ethan me fait visiter les plus beaux endroits du coin. Je profite de chaque instant à ses côtés, c'est un peu comme nos premières vacances ensemble. Il est vraiment adorable avec moi et nous gravons ces moments inoubliables, à jamais. Ethan n'est vraiment pas déçu de mes achats d'avant le voyage. Quelques nouveaux sous-vêtements affriolants le font palpiter de désirs à chaque fois que je les porte. J'en joue forcément pour mettre un peu de piment !

Cette après-midi, j'ai un appel Visio avec Stan. Il a soi-disant des informations importantes au sujet d'un de mes dossiers, mais je ne suis pas dupe. Je le laisse mariner un peu, s'embrouillant dans ses paroles et ça me fait rire. Je ne le laisse malgré tout pas trop longtemps dans cette situation et fais signe à Lyse de venir lui parler. Elle prend ma place et je m'éclipse dans l'autre pièce, leur laissant un peu d'intimité.

Quand elle revient avec nous, son téléphone à la main, elle semble distraite voire même déstabilisée…

ET UN JOUR...

# Ethan

T ellement heureux de faire découvrir tous un tas de choses à Lilou. Nous passons des journées merveilleuses, je me sens bien, même très bien, car tous ceux que j'aime sont réunis dans la même maison, pour mon plus grand bonheur. Ce soir, nous sommes tous invités chez Arthur, mon associé. J'ai hâte de faire les présentations. Un barbecue est prévu dans son jardin, de quoi profiter du beau temps. Il n'habite qu'à dix kilomètres de chez-moi, le trajet est donc rapide. Une bonne odeur nous parvient quand on remonte l'allée attenante à la maison. Cassandra, la femme d'Arthur, est une très bonne cuisinière et la connaissant bien, elle a dû passer sa journée au fourneau pour nous faire plaisir. Les présentations faites, nous laissons les femmes faire le tour de la propriété et nous les hommes, nous nous servons un verre tout en discutant de travail avec Arthur.

— As-tu des nouvelles du chantier ? me demande mon associé.
— Oui, ce matin, j'ai eu Max au téléphone et tout se passe bien. Tout est mis en place. La sécurité est présente et les gravats ont été enlevés, ils ont même commencé à refaire toute cette partie. Heureusement que Max est là, il nous aide beaucoup dans notre projet.
— Oui, je vois ça. Je l'ai eu plusieurs fois au téléphone, ça a l'air d'être quelqu'un de bien.

— Tout à fait ! Justement, quand comptes-tu venir en France voir l'avancée des travaux ?

— Dans quelques semaines, je pense. J'aimerais boucler mon dernier dossier avant, afin d'avoir l'esprit tranquille et passer les prochaines vacances avec mes enfants.

— Pas de soucis Arthur, tu me tiendras au courant. Il faut que je te présente aussi Sonia !

— Avec plaisir ! Je suis sûr que l'on fera un très bon travail tous réunis !

Pendant notre discussion, je jette un œil en direction de Lilou. Elle est magnifique. Cette légère robe bleue la met divinement bien en valeur. Ses cheveux se teintent de lumière avec le soleil et son sourire est à tomber.

— Tonton Ethan ! s'écrit en même temps les deux enfants d'Arthur.

— Salut, mes petits monstres !

Ils se jettent dans mes bras et la multitude de questions vient à suivre. *Combien de temps tu restes ? C'est comment la France ? C'est la fille là-bas ta chérie ?*

Je m'agenouille à leurs hauteurs et leur réponds à tour de rôle. J'aperçois plus loin, Lilou me regardant avec douceur. Je lui souris tendrement en retour.

— Tonton Ethan est amoureux ! se mettent à chanter à tue-tête les enfants, tout en tournant autour de moi.

> — Venez avec moi mes petits dragons, j'ai une mission
> à vous confier…

Les deux diablotins me suivent sans hésiter, les yeux espiègles. Je me dirige vers un parterre de fleurs, en cueille quelques tiges et les confie à mes deux complices.

> — Maintenant, vous allez voir mon amoureuse et les lui
> donner en lui faisant un gros bisou de ma part,
> d'accord ?
> — Oui ! me répondent les deux en même temps.

Je les vois courir gaiement vers Lilou, tout fier de leur mission. J'assiste à la scène, ému, imaginant Lilou maman, entourée de nos propres enfants. Espérant que ce jour viendra… Quelques minutes plus tard, les deux polissons reviennent, un petit papier dans les mains.

> — Tiens, Tonton, c'est de la part de ton amoureuse !
> déclarent-ils en chœur en m'embrassant sur la joue.

J'ouvre la feuille et lis la phrase…

*« Pour toujours et à jamais. »*

Cette phrase me touche au plus profond de mon cœur. J'ai une envie folle de courir vers elle, la prendre dans mes bras et lui dire que moi aussi, elle est mon tout.

Arthur me coupe de ma rêverie, m'annonçant qu'il est temps d'allumer le barbecue. Une fois fini, nous rejoignons enfin les femmes en pleine discussion sur le sujet de la décoration. Je m'approche d'elle et caresse doucement son dos. Elle colle immédiatement son corps au mien et plonge sa tête sur mon épaule. Je hume l'odeur de ses cheveux et l'embrasse sur le front. Cette femme m'apaise, me fait sentir libre et heureux. Personne ne pourra la remplacer.

Les hommes du groupe et moi-même repartons au barbecue étaler les différentes viandes sur la grille. Nous continuons à boire un verre à côté, tout en surveillant la cuisson. Quand tout d'un coup, je sens mon téléphone vibrer dans ma poche. Je le sors sans délai et découvre un message de Lilou. D'abord étonné, je le lis et ma mandibule se décroche instantanément du reste de ma mâchoire. Ébahi et surpris, je tente de reprendre le dessus et de rester calme, mais ma respiration s'accélère. Elle ne se doute même pas de l'effet que ça me fait.

***Au fait mon cœur, je n'ai pas mis de culotte aujourd'hui...***

L'analysant, je discerne un air coquin dans ses yeux, complètement consciente de la grenade qu'elle vient de lâcher. Heureusement pour elle, il y a trop de monde, sinon je lui aurais sauté dessus depuis bien longtemps !

Le repas était succulent, comme toujours chez eux. Je remarque que Lilou et Cassandra s'entendent à merveille et s'échangent même leur numéro. En parlant de téléphone, celui de ma mère traîne près de moi et une sonnerie se met à retentir. Instinctivement, je le prends pour le lui donner et aperçois le prénom de Stan s'afficher. Alors, là !

— Maman, ton amoureux t'appelle ! lui lançais-je taquin.
— Maman ! Petite cachottière… continua Cloé, intéressée par la situation.
— Silence vous deux ! Non, mais ! nous sermonne-t-elle tout en s'éloignant de nous, mais avec le sourire.

Nous la laissons tranquille, mais Cloé veut absolument des explications, du coup Lilou lui raconte brièvement la situation. Ma sœur a exactement la même réaction que moi. Cela lui fait bizarre d'imaginer maman dans les bras d'un autre homme que notre géniteur, mais si elle est comblée, c'est tout ce qui prime.

Ma mère revient après quelques minutes. Un air éblouissant se lit sur son visage. Cet homme, aussi atypique qu'il soit a vraiment l'air de la rendre heureuse. Un second appel survient de son téléphone et nous la taquinons une fois de plus avec ce cher Stan. Elle inspecte son écran, mais ne décroche pas cette fois-ci et son visage change totalement d'expression à vue d'œil…

ET UN JOUR...

# Lilou

Les jours défilent à un rythme effréné. Ce voyage est un pur bonheur. Il fait toujours un temps splendide et les activités diverses et variées qu'Ethan me propose sont un régal. Aujourd'hui, Cloé a décidé de nous faire visiter à Lyse et moi, son atelier boutique de styliste et ainsi nous faire découvrir sa nouvelle collection. Cela fait des jours qu'elle nous en parle, surexcitée par l'aboutissement de son projet. Des semaines entières qu'elle organise son défilé, qui se déroulera le soir même. Il était normal pour nous de la soutenir et de l'aider.

Neuf heures tapantes, je quitte à contrecœur Ethan. Je le glisserai bien dans ma poche, ni vu, ni connu... Avant de partir, je fais le quota de bisous pour la journée avant d'être arrachée trop brutalement à mon goût des bras de mon chéri par l'adjudant-chef Cloé.

— Hey, ça va, vous deux ! Décollez-vous un peu ! On va être en retard ! nous ordonne-t-elle.

— Miss grognon, zen ! rétorque Ethan en la prenant dans ses bras. Arrête de stresser comme ça, tout va bien se passer, ne t'inquiète pas.

— Ethan, c'est très important pour moi, ce défilé... Une seule erreur et tout s'écroule...

— Je le sais et l'on est tous là, pour et avec toi ! Allez, en route et déchire tout sœurette !

Ils se prennent tous les deux dans les bras, en signe d'encouragement. Elle s'est tellement investie, elle y croit tellement qu'il n'y a aucun doute de son succès. Elle fait un si beau travail.

Nous montons à bord de la Mini Cooper noir cabriolet de Cloé, de bonne humeur et bien décidé à débarquer de pied ferme à l'atelier, motivées comme jamais. Nous démarrons en trombe en faisant décoller par la même occasion des graviers qui atterrissent dans les parterres de fleurs. Jack, pas très loin, nous fait signe de la main, imitant une fessée. Un éclat de rire raisonne dans l'habitacle et Cloé se retourne vers lui en lui tirant la langue. Quant à moi, je jette un œil à Ethan en lui envoyant un baiser de la main. Il me sourit et copie mon geste. Les cheveux au vent et une musique rythmée dans les oreilles, nous parcourons le trajet dans une bonne ambiance. Mais, plus les kilomètres passent, plus les traits du visage de Cloé se teintent d'angoisse. Lyse et moi, faisons le maximum pour la déstresser et lui changer les idées. Arrivées à destination, Cloé éteint le moteur, pose ses deux mains sur le volant et souffle un bon coup.

— Bon, les filles, c'est parti ! Action !

Nous descendons de la voiture, les bras chargés de différents accessoires nécessaires pour la décoration de la salle pour le défilé. Avant d'entrer à l'intérieur, je m'extasie sur l'agencement de la devanture de la boutique. Totalement en accord avec le personnage, couleurs flashy, mélangées à d'autres beaucoup plus sobres. Un mélange en totale adéquation avec sa personnalité, mais qui ne choque absolument pas. Un choix judicieux et fait avec goût. La décoration de sa vitrine est à tomber, quelques magnifiques modèles y sont exposés, ce qui donne envie d'y entrer.

— Lilou ? Tu gobes les mouches ? me lance Cloé d'un air interrogatif.

Je me faufile finalement rapidement dans sa boutique, évitant de la contrarier et de la stresser plus qu'elle ne l'est. L'intérieur est tout aussi magnifique que l'extérieur, les vêtements y sont disposés avec élégance et tendance. Lyse et moi faisons le tour toutes les deux, le temps que Cloé soit au téléphone.

— Mais, non ! Ce n'est pas possible, pas aujourd'hui ! Comment je vais faire ? C'est dans quelques heures ! Vous êtes sûr, que... Oui...

Elle raccroche et s'assoit de tout son poids sur le canapé disposé juste derrière elle, baisse la tête en plongeant ses mains tremblantes dans ses cheveux et tapote nerveusement du pied droit. Nous nous rapprochons d'elle pour savoir ce qui se passe.

— C'est une catastrophe ! Une des mannequins est malade et il n'y a personne pour la remplacer. Le défilé est dans quelques heures, tout est orchestré à la seconde près. En si peu de temps, c'est impossible de tout réorganiser. Je suis foutue, tout tombe à l'eau... éclate-t-elle en sanglots.
— On va t'aider, ma chérie ! On va trouver une solution ! déclare Lyse en enlaçant sa fille en pleurs.

— Oui, on est là avec toi ! dis-je compatissante.

Cloé me demande d'aller lui chercher un verre d'eau, ce que je fais volontiers et me dirige en direction de l'arrière-boutique. Quand je reviens vers elle, j'aperçois le visage de Cloé s'illuminer et ses yeux s'écarquiller. Je continue d'avancer, hésitante, me demandant le pourquoi de cette joie subite.

— Lilou ! Ma très chère belle-sœur adorée... commence Cloé.

Comment vous dire ? Je sens qu'il se passe quelque chose, qui, à mon avis, ne va pas me plaire...

— Tu serais plus que parfaite pour remplacer le mannequin ! Allez, dis oui ! Please, please, please ! me supplie-t-elle avec son air de petite chipie.

Je reste plantée là, au milieu de la boutique, le verre d'eau à la main, les regardant à tour de rôle, essayant d'assimiler la demande de Cloé. Finalement, à cet instant c'est moi qui ai besoin de boire. J'apporte le verre à mes lèvres, renverse la tête en arrière et avale le liquide d'une traite. Quand je remets ma tête à son niveau initial, je découvre Cloé devant moi, à genoux, tenant ses mains l'une contre l'autre en signe de prière, réclamant mon aide.

— D'accord, Cloé ! lui confirmais-je.
— Sérieux... ? s'extasie-t-elle les yeux espiègles.

— Oui, mais à tes risques et périls ! affirmais-je, consciente des dégâts que ma maladresse pourrait causer.

— Tu me sauves littéralement la vie. Je t'adore !

Elle s'élance vers moi sans retenue et malgré ses petits bras, elle me soulève en me faisant tourner en rond. Elle explose de joie en chantant à tue-tête. J'ai dû perdre dix pourcents de mon audition, mais ravie de la voir si satisfaite et pouvoir rétablir l'organisation. Sans ménagement, elle attrape ma main et me conduit dans son atelier me faire découvrir ma future tenue pour le défilé. Elle me demande de fermer les yeux et à la fin de son chrono, j'ouvre ces derniers et fais connaissance avec une robe somptueuse, d'un bleu profond, ornée de dentelle, légère et fluide, magnifiquement taillée.

— Elle te plaît ? m'interroge Cloé.

— Tu rigoles ! J'adore et j'admire vraiment ton travail ! attestais-je, effleurant le tissu du bout des doigts. Mais tu crois que je passerais dedans ?

— Arrête, patate ! Bien sûr, que oui ! Tu as vu ton corps ?

— Enfin, j'ai surtout peur de m'étaler en plein milieu du show !

On éclate de rire toutes les trois, imaginant la scène dont je serais la protagoniste. Quand, elle me tend les talons associés à la tenue, j'ai aussitôt un hoquet de peur. Bien que j'en aie déjà porté, cela ne va pas m'aider à être à l'aise. Les essayages se passent bien. Finalement, je passe dans la robe à mon grand étonnement et avec les chaussures, ça devrait, a priori bien se passer. Enfin, j'espère...

Le midi, nous grignotons un morceau sur le pouce dans l'atelier pour éviter au maximum de perdre du temps inutile au restaurant et ainsi être aux premières loges pour les différentes étapes de la préparation de la soirée. De mon côté, le stress monte d'un cran, quand il s'agit des répétitions. Rien de bien compliquer dans l'ensemble, le parcours reste cohérent et simple, aucune marche, ni podium... Soulagement total ! Par contre, le fait de me retrouver à défiler devant des dizaines de personnes me fout la trouille. Dans l'après-midi, je décide d'appeler Missy pour me changer les idées.

— Comment va ma princesse de Miami ? Il fait beau ? Tu as bronzé ? Au fait, tu es allé voir la boutique dont je t'avais parlé ? Et vous avez fait des cochonneries avec Ethan dans toutes les pièces de la villa... ?

— Missy ! Tu n'es pas possible !

— Il paraît ! éclate-t-elle de rire.

— J'ai quelque chose à te dire...

— Attends deux secondes, je m'installe... Hop, voilà, vas-y, je t'écoute...

— Ouvre grand les oreilles... Tu parles avec le nouveau mannequin de la soirée !

— Quoi ? Tu vas défiler, et tout, et tout ? Pétasse, la chance ! Mais, comment ça se fait ?

Je lui expose les faits en détail et au fur et à mesure de mes phrases le volume de sa voix quant à lui augmente, criant de joie dans mes oreilles. Et dix pourcents d'audition encore en moins... Elle est surexcitée par la nouvelle, mais déçue de ne pas être présente. Elle me demande expressément de faire tout un tas de photos et de vidéos qu'elle pourra visionner à mon retour autour d'un bon verre de vin blanc.

> — Et moi, j'ai aussi quelque chose à te dire ! Je voulais attendre ton retour, mais je ne tiens plus... commence Missy.
> — Et, pourquoi, ça ne m'étonne pas ? lui répondis-je rieuse.
> — Yanis et moi, on va emménager ensemble dans deux semaines ! sort-elle déjà impatiente d'être à cette date.
> — C'est super ! Mais son travail en Angleterre ? Enfin, je ne comprends pas... Tu t'en vas ? demandais-je d'une voix triste.
> — Absolument pas ! C'est Yanis qui déménage. Une nouvelle agence va ouvrir en France et son patron lui en a proposé la direction ! Imagine, je sors avec un futur directeur. La classe !
> — C'est une trop bonne nouvelle, hâte de vous revoir tous les deux ! Vous me manquez !
> — Toi aussi, tu nous manques !

Seize heures et quinze minutes... Tout est pratiquement prêt pour ce soir, il reste juste que quelques détails qui ne pourront être finalisés qu'à la dernière minute, comme l'installation des journalistes et des différentes personnes influentes dans le milieu de la mode. Un apéritif dînatoire sera servi à la suite du défilé, ainsi qu'une séance photos des différents modèles qui défileront dans la soirée. Les festivités débuteront à dix-huit heures trente tapante. L'heure fatidique de mon entrée dans la fosse aux lions arrive à grands pas ! Toute une équipe de coiffeurs et maquilleurs s'attellent autour de moi. Ils sont à mes petits soins et ce n'est pas du tout désagréable. On pourrait vite s'y habituer ! Assise sur mon fauteuil, je contemple mon visage qui petit à petit se transforme entre les mains expertes des professionnels en la matière. J'ai tellement envie d'appeler Ethan pour tout lui raconter, mais Cloé préfère qu'on lui fasse la surprise. Il n'est pas au courant de tout ce qui se trame et j'imagine sa tête quand il me verra entrer en scène. Une angoisse supplémentaire qui s'immisce sur la liste. Depuis le début de l'après-midi, on ne voit Cloé qu'en coup de vent. Elle a enfilé sa cape d'organisatrice, un rôle qui lui va à merveille. Quant à Lyse, elle essaye de suivre sa cadence comme elle peut, tellement fière de sa fille.

Dix-huit heures...

Toutes les mannequins, dont moi, attendons le feu vert pour le lancement. Installées confortablement dans l'atelier à papoter de choses et d'autres, essayant -surtout pour moi- de dissiper l'immense boule de stress qu'on a au ventre.

Ethan me bombarde de messages.

***Je suis devant l'entrée. Rejoins-moi.***

*J'aimerais te voir avant le défilé, tu me manques. Je t'aime*

*Ma puce, tu es où ?*

~~

*Mon cœur, Cloé m'a chargé de m'occuper des mannequins. Je te promets que tu me verras pendant le défilé... Un peu de patience. Je t'aime*

Comment va-t-il réagir en me voyant, pas derrière, mais sur la scène ? J'espère que je vais lui plaire. Je ne peux m'empêcher de jeter un œil discret dans la boutique où le défilé se passera pour voir les gens s'installer et regrette instantanément. Il y a plus de monde que je le pensais. Je discerne Ethan parmi la foule, portant un costard italien noir, épousant parfaitement ses formes sexy, une cravate fine de la même couleur et une chemise blanche qui colle à ses pectoraux bien dessinés. Il est à croquer. Il a réussi à dompter ses cheveux rebelles, ce qui lui donne une prestance encore plus imposante. Mon homme est tellement beau que plusieurs femmes s'agglutinent autour de lui. Ce n'est plus le stress qui monte à cet instant, mais une pure jalousie. Je sens que je vais défiler avec une pelle et assommer discrètement ces aguicheuses à tour de rôle pendant mon passage ! Lyse a dû me voir, car elle se dirige tout droit vers moi.

— Ma chérie, cache-toi, on risque de te voir !
— Je sais... Désolé...
— Qu'est-ce qui ne va pas ? me demande-t-elle inquiète.

— Rien... Le stress...

— Et Ethan... Je me trompe ?

— Non...

— Lilou, mon fils n'a d'yeux que pour toi, il t'aime vraiment. Alors, oui, il a du succès avec la gente féminine, mais aucune d'elles ne t'arrive à la cheville. Votre amour est pur et sincère. Elles ont beau minauder devant lui, il n'a qu'un prénom à la bouche depuis son arrivée et c'est le tien.

— C'est vrai... ?

— Mais, bien sûr, pourquoi je te mentirai ma chérie ? Depuis tout à l'heure, j'essaye d'éviter qu'il ne débarque dans l'atelier. Il n'a qu'une envie, c'est de te voir.

— Pour le coup, il va me voir ! Les projecteurs braqués sur moi, seule à marcher, devant tous ces gens. J'espère qu'il aimera la surprise...

— Oh oui, je peux te l'assurer !

Cloé nous interrompt.

— Tout le monde est prêt ? Action, les filles !

Elle se retourne vers moi.

— J'en connais un qui va faire une syncope en te voyant, lance-t-elle avec un clin d'œil.

J'avouerais que je me trouve plutôt jolie, la robe y est pour beaucoup. Un vrai chef d'œuvre sur ma peau. Mon maquillage est prononcé, mais élégant, juste ce qu'il faut et mes cheveux ont été légèrement ondulés, pour pouvoir les positionner en un chignon coiffé/décoiffé, laissant retomber quelques mèches sur mon visage.

Cloé nous regarde toutes, croise les doigts et rejoint ses invités. Quelques minutes plus tard, la lumière se tamise, un silence se fait entendre et les premières notes de musique du show débutent. Tout le monde se met en place et chacune d'entre nous attend gentiment son tour de passage. Nous sommes une douzaine de filles et je passe en neuvième position, de quoi avoir largement le temps de monter en pression. Je me pose sur une jambe, puis sur l'autre, tapote du pied et commence à compter les motifs du rideau à côté de moi…

— Ma chérie, c'est à ton tour dans deux minutes ! m'annonce Lyse.

Je plonge dans son regard recherchant du soutien. Elle me prend la main et la sert très fort. Je sens aussitôt des ondes positives parcourir mon corps. J'inspire un grand coup et avance. Toute l'attention se pose alors sur moi. Les projecteurs m'éblouissent, ce qui m'empêche de chercher Ethan. Je continue d'avancer, hésitante, tremblante, évitant à tout prix les regards observateurs des personnes se trouvant de chaque côté. Mes jambes en mousse et ces foutus talons ne veulent pas avancer... En face de moi, au bout de la scène, j'aperçois Cloé me faisant signe du pouce pour m'encourager. Je la vois soudain placée sa main droite sous la mâchoire d'Ethan qui s'était largement ouverte en me découvrant. Mon cœur s'emballe en croisant sa vision, jaugeant par la même occasion sa réaction. Ses prunelles se promènent de bas en haut de mon corps et se calent à hauteur de mes yeux. Il me sourit et me regarde émerveiller. Je ressens aussitôt un profond bien-être et le stress que j'avais depuis ce matin s'envole subitement. Il n'y a plus que moi et lui, et mon regard ne le lâche pas une seule seconde. Je marche lentement, évitant à tout prix une chute. Je me concentre sur mon trajet, diminuant les quelques mètres qui me séparent de lui. Arrivée près de lui, je dois faire demi-tour pour rejoindre mon point de départ. Pendant que je fais ma petite pose de star, il me mime un *Je t'aime*. Je lui retourne un clin d'œil et finis mon show, confiante et heureuse, profitant de l'instant.

J'arrive auprès de Lyse et explose de joie.

— Je ne suis pas tombée !

Lyse éclate de rire.

— Il reste encore le final, Lilou...
— Ah, merde !

En effet, dix minutes plus tard, nous devons toutes y aller en même temps accompagnées par Cloé. Nous sommes acclamées par des cris et des applaudissements. Ma belle-sœur conclue par un discours et des remerciements entourées de nous toutes. Je l'écoute, larmoyante, fière d'elle. Ethan me rejoint, passant sa main dans mon dos et inclinant sa tête tout en me chuchotant :

— Ma puce, tu es... Resplendissante... S'il n'y avait pas toutes ces personnes, je...

— Tu, quoi... ?

Il serre mon corps contre le sien, me dévorant du regard.

— Si tu savais à ce que je pense...

Évidemment, j'ai ma petite idée et j'ai limite envie de crier *Au feu* pour que tout le monde déguerpisse.

— Enfin, les deux aimants se sont retrouvés ? rigole Cloé. Alors, Ethan, cette surprise ?

— Renversante ! répond-il.

La soirée se poursuit dans la bonne humeur. Cloé a déjà signé quelques contrats très prometteurs. Son avenir est désormais plus serein. La séance photo d'après-défilé a été moins longue que prévu. Dans un sens tant mieux, car à chaque fois qu'un homme me regardait ou me parlait, je voyais Ethan, prêt à bondir, la mâchoire crispée. S'ensuit une avalanche de cocktails, de câlins et de fous rires. Finalement, madame maladresse m'a laissé tranquille ce soir et je l'en remercie !

Quand nous sortons de la boutique, il fait nuit noire et je titube légèrement. Il va falloir que je touche deux mots à Cloé pour le dosage de ses mélanges. En même temps, je pourrai ne pas les boire ! Euphorique, je lance un défi à mon homme. Le premier arrivé à la voiture aura un câlin spécial en arrivant. Comme une gamine, je me précipite, ouvre la portière, la ferme, ouvre la vitre et crie ma victoire à Ethan. Je sautille sur le siège, fière de moi en chantant à tue-tête *Lilou the champion*. Il arrive en souriant, abaissant sa tête pour me regarder.

— Ma puce, ce n'est pas notre voiture...
— Quoi... ?
— La nôtre est juste derrière...

Il explose de rire et m'aide à sortir. Je me confonds en excuses auprès du monsieur, qui lui est resté, les clés de sa voiture dans les mains, stoppé net par ma connerie, à me regarder faire ma boulette. Nous rentrons tous épuisés, mais heureux de cette journée.

Trois jours plus tard, les vacances s'achèvent... Trop vite à mon goût, car il est déjà temps de faire nos bagages et de rentrer en France. Retrouver notre quotidien, mais en gardant de merveilleux souvenirs en tête.

# Ethan

À peine le pied posé sur le sol français qu'une nostalgie s'installe. Tous les innombrables moments passés avec Lilou à Miami ont été magiques. J'ai peur de tout perdre arrivé ici, comme un mauvais pressentiment.

Arrivés à l'appartement de Lilou, nous déposons nos bagages rapidement et nous nous préparons un bon café avant de reprendre la route pour accompagner Lyse chez son amie. On se remémore avec le sourire, les derniers jours passés et les retrouvailles de toute la famille. J'aperçois un voile de tristesse dans le regard de ma mère. Elle, pourtant si heureuse quelques minutes auparavant.

— Maman, que se passe-t-il ?
— Rien, mon chéri !
— Ne me mens pas ! Je te connais, quelque chose te tracasse !
— Cloé me manque déjà, tout simplement...
— Et, à part ça ? renchéris-je.
— Mais, rien ! Je t'assure...

J'adore ma mère, mais je sais très bien qu'elle ment. Elle a ce comportement incertain et sa joie de vivre s'efface subitement parfois.

— Maman, ça fait des jours que je te trouve bizarre, bien avant d'avoir revu Cloé. Que me caches-tu ? Tu peux tout me dire, tu le sais !

# ET UN JOUR...

Ma mère se frotte nerveusement les mains, sa tête est penchée en avant, évitant mon regard. Quand elle relève son visage, ses yeux sont remplis de larmes. Je me précipite vers elle.


— Maman ! Dis-moi tout...

— S'il te plaît, avant toute chose, ne t'énerve pas... Et ne fais rien après que je t'ai parlé, promis ?


J'acquiesce d'un hochement de tête et attends impatiemment son aveu.


— Je ne voulais pas en parler, car je pensais m'en charger toute seule et je ne voulais en aucun cas détruire la bonne humeur qui régnait entre nous tous. Voilà... Depuis un moment, j'ai régulièrement des menaces d'Hector... Je ne sais pas comment il a fait pour avoir mon numéro... J'ai peur... Je suis désolée mon fils... sanglote-t-elle dans mes bras.

— Putain ! Je m'en charge !

— Non, Ethan ! Non ! crièrent en même temps les deux femmes.

— Je refuse catégoriquement que tu t'en mêles, c'est pour ça que je n'en ai pas parlé ! s'énerve ma mère.

— Maman, je ne peux pas te laisser dans une situation pareille. Il faut que je réfléchisse à une solution.

— Mon chéri, ça fait des jours qu'il ne m'a pas contacté. Il a dû se lasser, laisse tomber s'il te plaît.

— Comment veux-tu que je laisse tomber ? C'est impossible ! Il est hors de question que tu ailles chez ton amie sans sécurité. Tu restes ici et c'est non négociable !

Je fais les cent pas dans l'appartement, me tirant par la même occasion les cheveux. Mon cerveau bouillonne, il faut que je sorte ma mère de cette impasse. Plus jamais quelqu'un ne lui fera du mal ! Forcément, mon idée première est d'appeler la police, mais d'après ce que ma mère m'a dit, Hector est en contact avec des ripoux de flics et en étroite collaboration avec la mafia, ce qui rend la chose difficile. Elle n'a malheureusement aucune preuve de ce qui lui est arrivée et ça pourrait être pire pour son cas si elle portait plainte contre lui. Il faut que j'en parle avec Arthur, il pourra peut-être m'éclaircir les idées. Nous partons nous coucher, pour ma part nerveux, mon corps transformé en paquets de nerfs. Le contact de Lilou m'apaise et je finis par m'endormir.

*****

La nuit a été courte, un cauchemar épouvantable a raccourci mon sommeil. Je me suis retrouvé assis dans le canapé-lit, des sueurs froides dégoulinant le long de mon corps, suffoquant et cherchant mon souffle, quasi inexistant. Des images terrifiantes me reviennent. Des coups de feu, des pleurs, ma mère allongée sans vie sur le sol... J'en ai même fait sursauter Lilou. Elle me regarde très inquiète de mon état et fait en sorte de me calmer avec ses petites mains toutes douces, effleurant ma peau. J'ai bien essayé de me rendormir, sans succès. À cinq heures du matin, je décide de partir courir pour évacuer toute cette tension et ma colère, dans le petit parc attenant l'appartement de Lilou. Mes pieds foulant le bitume hâtivement, je tente de vider mon esprit, mais les clichés de cette nuit reviennent sans cesse. Je sprinte comme un déjanté, suivant le sentier de promenade pour la dixième fois consécutive. Le parc est désert, seuls quelques chats errant se sauvent à mon arrivée.

Plus d'une heure après, je prends le chemin du retour et constate que la boulangerie est ouverte. Sans hésitation, je me faufile à l'intérieur et achète différentes viennoiseries pour le petit déjeuner. Quand je passe la porte du logement de Lilou, les deux femmes m'attendent, une tasse de thé fumante à la main, assises sur les tabourets de la cuisine. Elles me regardent toutes les deux, soucieuse de mon état.

— Room-service Mesdames ! lançais-je avec le sourire en leur montrant le sachet.
— Mon chéri, tu es un amour ! rétorqua ma mère venue m'enlacer.

Lilou reste sur son tabouret, me regardant chagriné. Je sais très bien qu'elle perçoit mon mal-être que j'essaie de dissimuler à ma mère. Je m'approche d'elle et lui chuchote que ça va aller et que l'on en parlera plus tard, rien que tous les deux. Elle me souffle un *oui* et encercle mon corps fermement, sentant toute l'aide qu'elle voudrait me prodiguer.

Dans la matinée, chacun vaque à ces occupations. Lilou en plein travail dans le salon, ma mère sur le fauteuil en face a bouquiné et moi qui me prépare pour rejoindre Max sur le chantier. Même si ce projet est très important pour moi, aujourd'hui le cœur n'y est pas. J'aimerais tant rester près de ma mère, mais les obligations m'appellent. Sur le trajet, j'envoie un message rapide à Lilou pour lui indiquer qu'elle me téléphone au moindre bruit suspect.

— Alors, Ethan, ses vacances ? Questionne Max.

— Merveilleuses ! J'y retournerais bien d'ailleurs ! ricanais-je.

— Tu m'étonnes ! En plus en charmante compagnie, rien de mieux ! déclare-t-il taquin.

Nous discutons tout en faisant le tour des différentes constructions. Je reste ébahi par la tournure du projet, tout commence à prendre forme à grands pas. Les dégâts suite à l'incendie ont été réparés et la sécurité se fait omniprésente. Ce qui me donne l'idée de faire en sorte que ma mère soit, elle aussi, sous surveillance protéger H 24. Je m'éclipse quelques minutes pour téléphoner à l'agence pour embaucher un garde du corps qui protégera ma mère jour et nuit. Je précise qu'elle ne doit en aucun cas être au courant et que cette personne soit la plus discrète possible. Peu importe le prix que ça me coûtera, du moment qu'elle est en sécurité.

Après quelques heures passées en compagnie de Max et un nombre incalculable d'appels et de papiers a signé, je prévois de passer voir Sonia pour prendre de ses nouvelles et lui exposer l'avancée des travaux. Je la retrouve à l'endroit habituel et nous passons un moment à discuter. L'heure de midi arrive et je l'emmène déjeuner dans un restaurant. Elle est super heureuse pour moi quand je lui annonce le retour de ma mère, se souvenant d'elle comme une personne aimante, protectrice et douce. Elle me demande de lui passer le bonjour et qu'elle serait ravie de la revoir. Pendant le repas, elle me parle curieusement un tas de fois de Max. Je la taquine bien évidemment sur ce sujet et nous partons dans un fou rire. Elle m'annonce qu'ils se sont vus plusieurs fois pendant mon absence et qu'elle le trouve tout simplement agréable et gentil. Max a une réputation de Don Juan et de solitaire, mais quand j'étais avec lui ce matin, je n'ai pas tout de suite repéré les sous-entendus, quand il me parlait de Sonia. Maintenant, je comprends mieux et j'en conclus qu'il a un vrai faible pour elle. Comme on dit qui se ressemble s'assemble et deux fortes têtes assorties devraient faire des étincelles. Il n'y a rien entre eux pour le moment, donc, cette histoire est à suivre, mais je n'ai même pas le temps de rétorquer quelque chose qu'elle me confirme qu'il ne se passerait absolument rien avec lui du simple fait qu'elle soit homosexuelle et que leur complicité ne s'attarde que sur le plan amical. Dommage ! Je les aurai bien vus ensemble !

Quand je rejoins Lilou, elle me fait savoir que Stan passe prendre l'apéritif ce soir et ainsi récupérer certains dossiers. On se regarde tous les deux, se comprenant sans un mot, sachant que c'est une bonne excuse pour venir voir ma mère. Nous bavardons tous les trois dans le canapé de nos journées respectives, quand on entend frapper à la porte.

— Ne bougez pas, je vais ouvrir à beau-papa ! explosais-je en me levant du divan.
— Mais tu es con ! me lance Lilou explosant de rire à son tour.

— Toi, tu as l'humour de ton père ! rétorque ma mère me lançant un coussin au visage.

Moqueur et joueur, j'ouvre la porte et découvre Stan, un bouquet de fleurs d'une main et de l'autre une bouteille de champagne. Il commence à me plaire.

— Bonsoir Stan, je suis Ethan, enchanté !
— Bonsoir Ethan, ravi de rencontrer celui qui fait chavirer mon employée ! ajoute-t-il avec un clin d'œil.

Je sens que l'on va bien s'entendre.

L'apéritif se poursuit en discussion en tous genres et je comprends mieux désormais l'impression qu'a eue Lilou l'autre fois en leur compagnie. En effet, ils sont là, présents, mais dans leur petite bulle et c'est plaisant à voir. Ma puce et moi décidons de leur laisser un peu d'intimité, prétextant une excuse débile pour sortir de l'appartement. Nous atterrissons quelques minutes plus tard dans le parc d'à côté. Je pourrai lui montrer le chemin les yeux fermés suite à ma course frénétique du matin même. Ce square est définitivement désert, à mon grand étonnement, car il est plutôt bien arboré et a un certain charme. Au fin fond de celui-ci, se trouve un banc et nous prenons place. Après quelques baisers brûlants et caresses interdites au moins de dix-huit ans, nous nous imaginons quinze ans plus tôt, adolescent se cachant de nos parents. Nous nous racontons notre jeunesse et quelques éclats de rire raisonnent dans la pénombre.

— J'aurais voulu te rencontrer avant. À cette époque. J'avouerais que j'aurais vraiment eu envie et l'honneur d'être le premier... Te faire découvrir tes premières fois... Être ton premier amour...

Ma voix n'est plus qu'un souffle...

— Tu m'as donné bien plus que tu ne peux le penser... Je n'ai pas encore tout fait dans ma vie et je compte bien dès ce soir, que tu me fasses découvrir une première fois ! confirme-t-elle en me prenant par la main et nous dirigeant vers un coin sombre du parc.

Je distingue légèrement son regard grâce au reflet de la lune. Il n'est que désir et envie. D'une rapidité surprenante, je me retrouve le bas du corps démuni de mon pantalon. Les mains espiègles de Lilou me caressent de part et d'autre autour de ma virilité, m'aguichant de sa langue sur mes lèvres. Elle a ce don incroyable sur moi, un pouvoir qu'elle seule possède. J'ai envie d'arracher ses vêtements, mais je me contrôle... Nos corps ardents fusionnent l'un contre l'autre et des gémissements se mêlent avec le bruit du vent, venant chatouiller les branches des arbres.

Je ne suis peut-être pas son premier amour, mais je veux être le dernier et je ferais tout ce qui est possible pour la rendre heureuse et épanouie.

***

Un silence règne quand nous rentrons à l'appartement. Ma mère et Stan sont toujours assis tranquillement dans le canapé. Dès que l'on pose les yeux sur eux, nous discernons chez nos deux sexagénaires une teinte rouge sur leurs joues, évoquant le malaise de notre retour. Stan se lève immédiatement et prend congé, nous bafouillant quelques mots de remerciement pour la soirée. Nous nous regardons complices, imaginant les événements passés en notre absence. Une fois Stan sorti, ma mère se lève, nous souhaite une bonne nuit et s'oriente vers sa chambre un peu trop subitement.

— Madame la pressée, la fin de la soirée s'est bien passée ? lui demandais-je joueur.
— Cela ne te regarde pas mon fils ! me défie-t-elle, rougissant à vue d'œil.
— Je rigole Maman, je suis sincèrement content pour toi.

Elle me sourit et part se réfugier dans la chambre sifflotant de bonheur.

Nous ne tardons pas non plus à aller nous coucher et sommes attrapés en peu de temps par le sommeil, bercés doucement par les bras de Morphée.

***

Le lendemain matin, ayant quelques rendez-vous pour le travail, je dois quitter à contrecœur Lilou pour la journée. Sortant de la salle de bains, je la surprends assise sur le canapé, l'ordinateur sur ses genoux, mordillant fermement l'extrémité de son crayon qu'elle tient dans sa bouche. Une petite fossette au creux de ses yeux révèle sa toute petite cicatrice, à peine visible, qui n'entrave en rien à la beauté de son visage. Au contraire, cela lui donne ce petit charme en plus. Ses cheveux en bataille sont faiblement attachés en un chignon haut, évoquant une nuit agitée. Elle n'est toujours pas habillée, préférant me laisser la place dans la douche pour éviter mon retard. Ayant troqué sa nuisette transparente pour un pantalon en toile et un débardeur du fait de la présence de ma mère, elle se précipite sur moi pour me souhaiter une bonne journée. Ses lèvres contre les miennes me procurent à chaque fois des frissons instantanés. Ses mains le long de ma nuque descendent plus bas sur mon torse et me font directement ressentir une montée grandissante dans mon entrejambe. Je passe lentement ma main sur son corps svelte et attire sa peau contre la mienne, empoignant au passage sa hanche d'une main et glissant l'autre sur ses formes inférieures. Un raclement de gorge s'élève d'un coup. Merde, j'en avais oublié ma mère et je ne suis pas le seul. Lilou recule d'un pas, freinée par la situation.

— Mes chéris, ne vous en faites pas pour moi, j'ai été jeune avant vous et très amoureuse. Je sais ce que c'est, si tu savais avec ton père...
— Maman, s'il te plaît, épargne-moi les détails ! sortais-je embarrassé par ce demi-aveu.

Ma mère éclata de rire et nous n'avons pas pu nous empêcher de la suivre. J'embrasse Lilou une dernière fois et passe la porte.

Avant ma réunion, je dépose ma mère chez son amie Catherine. Elles vont se faire une partie de loto entre filles. Je la laisse volontiers, cette fois-ci sachant que son garde du corps est en poste depuis ce matin. Discrètement, je lui précise de m'appeler au moindre souci. La journée se passe trop lentement à mon goût, dépassé par l'énormité de divers papiers à lire et à signer, nécessaire pourtant pour l'aboutissement de mon projet. Entre deux réunions, j'ai un appel d'Arthur me félicitant pour mon travail rapide et efficace. Je le remercie aussi de superviser mon entreprise pendant mon absence. Quelques mots de remerciement plus tard, je commence à lui parler des appels d'Hector passés à ma mère. Il reste choqué par cette nouvelle et me confie qu'il va faire en sorte de m'aider pour trouver une solution rapidement, malgré les contraintes du réseau de ce connard de mac.

Un message de Lilou me fait prendre une petite pause et me change les idées pendant quelques minutes.

***Mon cœur, ce soir Missy et Yanis passent pour l'apéro. J'espère que ça ne te dérange pas... ? J'ai bien essayé de maîtriser Missy, mais tu la connais quand elle est décidée... Tu me manques***

J'imagine que trop bien l'insistance de mademoiselle tornade, la soirée risque d'être joyeuse. Je lui réponds immédiatement et elle me charge de passer chez le caviste prendre le vin, le temps qu'elle de son côté fasse les courses.

Dix-neuf heures et trente minutes... Le bruit assourdissant de la sonnette se fait entendre à plusieurs reprises, agaçant légèrement mes oreilles. Je ne me pose pas de question, sachant très bien qui en est l'auteur. Je m'avance vers la porte et c'est à peine entrouverte qu'une masse couleur jaune me saute dans les bras, tel un rugbyman plaquant son adversaire au sol. Missy habillée d'une robe couleur citron, exaltant son bonheur de nous revoir, se met à gesticuler dans tous les sens et à crier le prénom de Lilou, tel un concert de Patrick Bruel.

— Désolé Ethan, elle est incontrôlable depuis qu'elle a su que vous étiez rentrés... s'empresse de se justifier Yanis.

— Maintenant que je la connais, plus rien ne m'étonne de sa part ! lui répondis-je posant ma main sur son épaule, compatissant de son malaise par rapport au comportement démesuré de sa chérie.

Il l'aime, c'est indéniable, son regard ne le trompe pas. Je les trouve en harmonie totale tous les deux. Se complétant. Pour l'un, l'effervescence et de l'autre, l'apaisement. Missy débite d'une vitesse hallucinante son récit sur le déménagement prochain de Yanis. Sautillant même de joie. Elle est rayonnante de bonheur. Lilou la suit et elles se mettent à danser dans tous les sens accompagnées de cris stridents.

— Viens avec moi boire une bière sur le balcon Yanis, j'ai l'impression que c'est contagieux à l'intérieur !

— Avec grand plaisir ! me confirme-t-il en se bouchant les oreilles.

Nous discutons pendant environ trente minutes de son nouveau job et de sa promotion. Nous parlons également vaguement d'une collaboration possible entre nos deux entreprises, ce qui serait très bon pour notre image pour tous les deux et ainsi amener une vision internationale à nos collaborateurs. Nous rejoignons nos femmes, calmées depuis seulement dix minutes. Un calme règne dans l'appartement, ce qui nous arrange avec Yanis. Seulement, ce sera de courte durée, quand je vois Lilou sortir les photos du défilé de Cloé. Les acclamations de Missy ont dû s'entendre à travers les murs. Elle est folle, ma parole. J'éclate de rire en déclarant à Yanis :

— J'espère que votre futur appartement est insonorisé ?
— Malheureusement... Non ! pouffe-t-il de rire.
— Courage ! répliquais-je amusé.
— Hey ! Tic et Tac, arrêté de vous moquer ! Ma voix n'est pas stridente, elle est juste expressive ! affirme Missy.
— Pire ! Dans un opéra, tu aurais le rôle principal ! ajouta Lilou se barricadant d'un coussin.

Nous pleurons de rire quand Missy se met à imiter à merveille une scène de théâtre connu avec une voix de soprano.

Un peu plus tard dans la soirée, Missy nous demande le silence et on s'exécute rapidement. Je vois mon acolyte à côté de moi, oppressé d'un coup, se tordant les mains, ne sachant plus où les mettre. Elle s'approche de Yanis, l'embrasse tendrement et moi je prends place à côté de Lilou. Nous les dévisageons, attendant impatiemment cette confidence. Missy prend la parole.

— On a… Yanis et moi, quelque chose à vous dire…

Roulement de tambour, le suspense est à son comble.

— Allez, balance la nouvelle, pétasse ! C'est cruel de nous faire attendre, là ! sort Lilou déterminée, impatiente comme toujours.
— Ethan, il va falloir lui apprendre le verbe patienter ! s'esclaffa Missy, balançant un crayon sur Lilou qui était posé sur la table.
— Figure-toi, que j'ai tenté, mais ces bêtes-là ça reste sauvage ! blaguais-je.

Lilou me tape dans l'épaule de son minuscule poing, se bidonnant de ma vanne, imitant un lion en rage, ressemblant plutôt à un chaton enroué. Un énième fou rire se dispatche de nos gorges.

— Trêve de plaisanteries ! Bon, je veux savoir, moi ! nous coupe Lilou, regardant les deux amoureux en face de nous.
— Oui, madame l'impatiente ! Alors, voilà ! On envisage sérieusement, dans un proche avenir… D'être parents... On en a discuté longuement et nous

sommes prêts tous les deux ! nous sonde Missy de son regard.

Je sens la main de Lilou, qui était depuis tout à l'heure posée sur ma jambe, lâcher prise. Je la regarde laisser s'échapper une larme sur ces joues. Dans un mouvement spontané, elle accourt dans les bras de ses amis et éclate en sanglots dans leurs bras, leur déclarant son bonheur d'apprendre cette nouvelle.

— Eh bien, ma poupette, je n'imagine même pas ta réaction le jour où je t'annoncerais que je serais enceinte ! plaisante Missy en serrant fort ma chérie dans ses bras.
— Je sais ! Mon émotivité me perdra un de ces jours, mais je suis tellement contente pour vous deux ! Vous vous débrouillez comme vous pouvez, mais je veux une mini Missy !
— Si, c'est le cas Yanis, s'il te plaît, préviens-moi de bonne heure que je me prépare psychologiquement, hein ? ricanais-je.

En moins de deux secondes, je reçois une chaussure de Missy en plein milieu de mon torse. Quant à Yanis, il me fait une tape discrète de la main en me lançant un clin d'œil. Quelques accolades de félicitations plus tard et plusieurs verres de vin blanc, nos deux tourtereaux s'en vont. Nous débarrassons difficilement la table se cherchant l'un et l'autre. Avant d'aller dans la salle de bains, Lilou me fait prendre conscience que l'on est tous les deux seuls dans l'appartement. Cette demande charnelle silencieuse me fait sourire.

Le temps que Lilou prenne sa douche, je m'exécute pour faire la vaisselle, sifflant comme un con l'air d'opéra que Missy a essayé de reproduire en début de soirée. Tout d'un coup, je sens mon téléphone vibrer dans ma poche. Je m'essuie les mains et constate sur l'écran un appel entrant d'un numéro inconnu. Je décroche quand même de peur que ce ne soit le garde du corps de ma mère.

— Allô ?
— Ethan ?
— Oui ?
— Content d'avoir enfin trouvé votre numéro !
— Vous êtes ?
— Hector.

Mes poils se hérissent soudainement, mes muscles se contractent et ma mâchoire grince à l'entente de ce prénom.

— Vous êtes toujours là, Ethan ?
— Que voulez-vous ?
— C'est assez simple en fait... Au début, je voulais récupérer votre mère... Si vous saviez le plaisir qu'elle m'a apporté ! Rien que d'y penser ça me donne des envies.
— Ferme ta gueule enfoiré !
— Ethan ! Ethan ! Calmez-vous. Je ne ferai plus rien à votre mère, par contre votre cher et tendre

m'intéresse fortement ! Je m'y vois bien fourrer mon sexe dans ses jolies petites fesses !

— Putain, mais tu vas la fermer connard ! Ne t'approche pas d'elle !

— Écoute attentivement, soit, tu me files un million d'euros, soit je m'occupe personnellement de ta chérie et je peux t'assurer qu'elle grimpera aux rideaux pour une fois ! Je me suis renseigné sur toi et à ce qu'il paraît tu as un paquet de pognon en banque. Ta pauvre mère m'a supplié de ne pas te mêler à ça, mais que veux-tu l'argent attire ! Et, au fait, comment se portent tes travaux ? Pas trop chauds avec les flammes ? ricane-t-il d'un rire machiavélique.

— Va te faire foutre ! Jamais, je ne te laisserais toucher, ne serait-ce, qu'un seul de ses cheveux ! Mon fric, tu n'en verras pas un centime ! m'emportais-je hâtivement de colère, regrettant ma précipitation.

— Très bien ! Juste un conseil, ne joue pas avec moi, car tu risquerais de perdre bien plus que tu ne le penses en refusant ! déclare-t-il en me raccrochant au nez.

ET UN JOUR...

## Lilou

Plusieurs jours déjà que je trouve Ethan bizarre et tendu. J'ai bien essayé de lui en parler, mais à chaque fois il retournait la situation ou changeait de sujet, s'excusant et mettant un accent particulier sur la charge de travail imposante qu'il avait à s'occuper. Je voudrais le croire, mais un gros doute subsiste. Je m'inquiète pour lui, je ne l'ai jamais vu dans cet état et ne sais plus comment procéder sans qu'il s'énerve. Il est à fleur de peau et ces derniers jours, je l'ai rarement vu sourire. Il a ce regard hagard, perdu dans le vide. Même nos moments intimes se font de plus en plus inexistants, prétextant tout le temps une fatigue extrême. Tous les soirs, il part plus d'une heure courir dans le parc, reviens, prend une douche et part se coucher. J'en ai touché deux mots à Lyse, hésitante au début pour ne pas l'inquiéter, mais elle aussi a vu le malaise de son fils dès le début. Elle a tenté par tous les moyens possibles de le faire avouer ce qui n'allait pas, sans succès. Nous sommes, toutes les deux impuissantes face à cet homme dont nous avons des sentiments communs. Ethan s'absente de plus en plus, me laissant seul face à mes doutes. M'aime-t-il toujours ? A-t-il une maîtresse ? Je ne comprends plus rien, tout se passait merveilleusement bien entre nous, mes amis l'adorent et inversement. Je fais part de mes craintes à Lyse et elle m'assure que son comportement n'a rien à voir avec ses sentiments. Elle soupçonne le très grand stress qu'il doit avoir sur ces épaules par rapport à son projet, prochainement arrivé à son terme. J'essaye avec espoir de me raccrocher à cette réponse et m'efforce de ne pas trop m'imposer face à lui, comprenant qu'à moitié son manque d'intérêt.

# ET UN JOUR...

Mes cauchemars s'étaient stoppés pendant des semaines, mais ils reviennent hanter mes nuits. Je me sens seule, bien qu'il soit près de moi. Même ces câlins ont ce petit détachement incompréhensible. Je ne supporte plus cette froideur. Cette indifférence. Je veux retrouver mon Ethan et sa joie de vivre. Il me manque.

Ce samedi midi là, alors que je suis abandonnée de tous, j'éclate de tristesse. Je prends mon téléphone et appelle ma roue de secours...

— Missy... Je...
— J'arrive ! Ne bouge pas !

Ce qui est bien avec elle, c'est qu'elle ressent immédiatement quand ça ne va pas. Dix minutes plus tard, elle frappe à ma porte. J'ouvre sans un mot, la regardant et tentant de retenir mes larmes déjà largement présentes, prête à se déverser en cascade sur mes joues.

— Ok ! Mission sauvetage de ma poupette activée !

Elle prend mon bras et m'assoit sur mon canapé. Elle s'active autour de moi et je la laisse faire, car je ne suis plus à même de faire quoi que ce soit. Elle place deux verres sur la table, pose une bouteille de vin blanc alsacien au nom imprononçable, s'assoit à son tour tout en me prenant les mains, m'enlace et me murmure à l'oreille qu'elle est là, que ça va aller et que je peux tout lui dire. À la fin de sa phrase, mes larmes reprennent de plus belle. J'essaye entre deux sanglots de lui expliquer les faits.

— Écoute coupine, si ça se trouve, il est réellement stressé et n'arrive tout simplement pas à gérer toute la tension. Tu sais, ça arrive à tout le monde et dans ces moments-là, on ne sait plus comment agir et la plupart du temps, on ne se rend même pas compte de nos gestes.

— Il est tellement bizarre, que ça me fait peur... J'ai l'impression qu'il ne m'aime plus et qu'il se force...

— Alors ça, j'en doute fortement ! Je n'ai jamais vu un homme, bon, à part le mien, regarder une femme comme il te regarde avec des yeux remplis d'amour. Il t'aime vraiment, je peux te l'assurer et ce n'est pas en quelques jours qu'il passera à autre chose. Ton mec est un homme bien et sérieux, il doit juste avoir un moment d'égarement. Ne le repousse pas, il a besoin de toi. Vois d'ici deux jours et s'il n'a pas changé sa conduite, tu m'appelles et c'est moi qui m'en charge ! On ne fait pas pleurer ma poupette d'amour !

À force de papoter, on ne se rend pas compte tout de suite que l'on a finalement terminé la bouteille. Pas qu'on soit ivre, mais un peu pompette tout de même et ça fait du bien pour une fois, même un samedi à treize heures.

Les mots de Missy m'ont réconforté face à mes incertitudes et nous jugeons nécessaire qu'il est grand temps de nous faire prescrire un des meilleurs remèdes au monde : le shopping ! Nous passons l'après-midi entre filles entre rigolades et gamelles pour ma part. Voulant éviter un gamin traversant le trottoir sans regarder devant lui, je me suis décalée et voulue me rattraper au mur sur ma droite, mais j'ai lamentablement échoué et me suis étalée en pleine rue sous les rires incontrôlés de ma soi-disant meilleure amie. Au lieu de m'aider à me relever, elle s'amuse à me prendre en photo se tordant de rire. *Saleté, je note !* Nous essayons d'appeler Marion pour qu'elle nous rejoigne, mais elle n'est pas dans le coin et nous promet que l'on remettra ça au plus vite toutes les trois comme au bon vieux temps.

Fin d'après-midi, nous sommes installées à la terrasse d'un café sirotant cette fois-ci un bon et culte Coca-Cola bien frais. Mine de rien, faire les magasins c'est du sport et nous avons soif ! Nous profitons de ce moment de calme pour examiner les passants et leurs accoutrements. Certains ont des goûts vestimentaires harmonieux. En revanche, d'autres ne connaissent pas l'assortiment des couleurs ! Un homme d'une quarantaine d'années se place à quelques mètres de nous vêtu d'une salopette rose et d'une chemise à fleurs multicolore. De quoi avoir le tournis ! Nous tentons par tous les moyens de nous retenir de rire.

— Il ne manquerait plus qu'il porte des chaussettes à rayures bleues ! glousse Missy.
— Tu es méchante !
— Non ! Juste réaliste, Mademoiselle !

Le sujet d'Ethan revient vite sur le tapis. Cela m'obsède et reste constamment dans mes pensées. Heureusement que ma meilleure amie est venue me changer les idées. Nos verres finis, nous décidons de rentrer, les bras chargés de sacs provenant de divers magasins. J'ai fait quelques petites folies, m'offrant une sublime robe noire sexy à souhait sculptant mes formes à la perfection, ainsi que des sous-vêtements blancs à dentelle réservé pour un autre jour, ce qui devrait décoincer mon homme. Enfin, je l'espère...

Missy me dépose en bas de ma résidence et croise les doigts pour moi. Je lui promets de lui donner des nouvelles rapidement. Passant la porte de mon logement, j'intercepte une conversation entre Ethan et Lyse se déroulant dans le salon.

— Oui, maman, je sais bien... Je vais essayer...
— Je n'aime pas te voir comme ça, tu le sais bien et ce n'est pas bon pour toi !
— Promis. Je suis désolé, je ne me suis pas rendu compte... Pardon...

Un autre mot que je ne dois pas connaître, c'est *discrétion* ! Voulant faire ma curieuse, je me suis rapprochée sur la pointe des pieds, oubliant les nombreux sacs que j'avais dans les mains et qui se frottent le long du mur, poussant un son disgracieux et qui forcément me grille directement.

— Lilou ? demande Ethan.
— Oui, oui ! C'est moi ! répondis-je consternée par ma connerie.

Il me rejoint dans l'entrée et m'aide à porter mes sacs jusque dans la chambre. Je le suis pour y déposer mon sac à main. Je me sens mal à l'aise, ne sachant plus comment va réagir Ethan au moindre geste, à la moindre parole. Je commence à déballer mes achats tout en laissant de côté mes emplettes surprises. Soudain, il se positionne derrière moi collant son corps au mien, plongeant sa tête dans mon cou comme si ça faisait une éternité qu'on ne s'était pas vu. Me faisant pivoter vers lui, il attrape mon visage entre ses mains et me regarde d'un air triste et compatissant.

— Ma puce, pardonne-moi s'il te plaît de mon comportement de crétin de ces derniers jours... Je ne me suis pas rendu compte, tellement préoccupé par... Le travail ! Je te vois triste et ça me fait mal au cœur, tu ne peux même pas imaginer... Je t'aime comme un fou...

— Je me suis inquiétée. J'ai essayé de te parler, mais tu refusais mon aide... Accepte là mon cœur, je suis là aussi dans les moments difficiles ! Promets-moi de me parler dorénavant, ok ?

— Je ne ferai pas la même erreur deux fois ! Désolé... Lilou, je dois te dire...

Je pose un doigt sur ses lèvres pour le faire taire et l'embrasse passionnément. Nous nous enlaçons intensément, promettant désormais de rompre le silence sans délai, au moindre souci. Une question me trotte en tête...

— Ta maman reste ce soir ? demandais-je timidement.

— Non, elle doit rejoindre Catherine tout à l'heure. C'est le jour de leur série. Impensable pour elle de louper un épisode ! rit-il à gorge déployée.

Que c'est bon d'entendre cette sonorité. Que c'est bon de le voir sourire après tant de jours.

— Super, car j'ai une petite surprise pour toi et c'est pour cela que tu ne dois pas rester entre ces quatre murs ! lui dis-je en lui montrant les sacs.
— D'accord, chef ! Le temps que tu te prépares, j'irais bien chercher à dîner chez le traiteur et une bouteille chez le caviste, qu'en dis-tu ?
— Parfait ! Tu penses revenir vers quelle heure, que l'on est un bon timing ? déclarais-je jovial.

Concentré, il regarde sa montre et réfléchit.

— Maximum dans une heure, je serai de retour ! Cela te va ou je devrais attendre sur le paillasson ?
— Ne me tend pas la perche ! répliquais-je avec un clin d'œil.
— C'est que tu serais sadique en plus !
— Carrément ! Allez oust ! Va chercher à manger, homme !

Il éclate de rire, m'embrasse furtivement sur le bout du nez, prend mes clés de voiture et quitte l'appartement. Je rejoins Lyse au salon pour lui raconter que tout est rentré dans l'ordre. Elle en est ravie. Elle s'éclipse peu de temps après me laissant seule.

18h30...

# ET UN JOUR...

Une heure, top chrono ! J'allume la télévision, parcours le menu et m'arrête sur une chaîne musicale. J'augmente le volume et fais quelques pas de danse en direction de la salle de bains. Sous la douche, une douleur inconnue au ventre me fait me plier en deux. Elle ne dure pas longtemps, mais me laisse bizarrement triste et un malaise s'installe. Je secoue ma tête, m'interdisant d'être mal ce soir. Et ça passe... Un peu... Plus de trente minutes plus tard, je vérifie mon accoutrement dans le psyché et je suis fière du résultat. J'ai agrémenté ma tenue de talons hauts et d'un sautoir fin qui tombe parfaitement entre ma poitrine. Je finalise la surprise en allumant quelques bougies de part et d'autre du salon.

19h20...

Je regarde autour de moi vérifié si je n'ai pas oublié quelque chose. Apparemment, rien. Je tourne en rond, attendant l'arrivée d'Ethan. *Il m'a dit une heure, non ?* Ok, j'avoue, ma patience a atteint sa limite depuis un moment déjà ! Il faut vraiment que je m'enlève ce défaut ! En attendant, j'envoie un message à Missy pour lui affirmer que tout va bien et que j'ai sorti ma nouvelle robe affriolante. On continue à textoter un moment, oubliant même l'heure.

19h45...

Toujours pas là ! Je sors sur le palier, vérifier le paillasson... Personne ! En même temps, un samedi soir à cette heure, il doit certainement être dans les bouchons. *No stress Lilou, tu peux patienter...*

20h00...

Je compose son numéro, mais tombe automatiquement sur son répondeur !

20h15...

Après une vingtaine d'appels et toujours sur messagerie, je flippe et ma douleur au ventre revient en force. J'appelle Missy angoissé comme jamais. Je demande à Yanis de le contacter, car cela provient peut-être de mon téléphone, mais lui aussi reste sans réponse.

20h43...

Toujours sans nouvelles. Missy et Yanis me rejoignent, ayant faits au passage le trajet qu'Ethan aurait dû prendre, mais ils ne l'ont pas vu. Ni même ma voiture, pourtant reconnaissable grâce au ruban fuchsia laissé sur mon antenne depuis maintenant plus de deux ans, suite à un mariage et aussi au côté arrière gauche enfoncé. Mon père m'ayant reculé dedans un matin, oubliant que j'étais garé derrière lui !

21h00...

Je bouillonne totalement, faisant les cent pas et tapant des pieds sur le carrelage, quand mon téléphone sonne indiquant le numéro d'Ethan. Je décroche sur-le-champ.

— Bordel, mais tu es où Ethan ? Je te jure que tu vas vraiment finir sur le paillasson !
— Mademoiselle Lilou ? répond une voix inconnue.

— Oui...

— Bonsoir, je suis le docteur Carrel de l'Hôpital Sud. J'ai pris la peine de vous appeler, car votre numéro est enregistré dans la liste des personnes à prévenir en cas...

— Pardon ? En cas de quoi... ?

Je sens mes jambes flancher, une nausée s'installe, quant à ma vision, elle se trouble. Yanis se jette sur moi pour éviter que je ne tombe à terre comme un poids mort.

— Mademoiselle, je suis désolé... Votre ami a eu un grave accident de voiture... Il est entre la vie et la mort...

# Ethan

J'ai été le pire des cons ces derniers temps. Je suis tellement préoccupé par le coup de téléphone d'Hector de la dernière fois que mon cerveau se remémore sans cesse chaque mot de la conversation, ce qui me fait crisper des dents instantanément. Ce n'est pas un, mais deux gardes du corps que j'ai embauché. Un pour ma mère et l'autre pour Lilou. Je ne leur en ai pas parlé de peur de leurs réactions. Je préfère qu'elles ne sachent rien pour le moment tant que je n'ai pas de véritables solutions. J'ai failli tout dire à Lilou hier soir, mais elle m'a coupé dans mon élan et c'est sûrement mieux comme ça... Cette situation me rend dingue, je n'arrive plus à connecter mon cerveau correctement, ni même bien me comporter, perdu dans mes pensées quelques fois flippantes. Il est hors de question qu'il leur arrive quelque chose, je dois les protéger. Coûte que coûte.

Je décide d'appeler Arthur le temps du trajet pour aller chez le traiteur. Il s'est renseigné de son côté et l'on arrive à la même conclusion : comment va-t-on faire ? Cet Hector est un mac très puissant. Il a un réseau monstre limite impossible à démanteler et si l'on s'attaque à lui sans précaution, c'est à nos risques et périls. Une issue à tout ça devient délicate et compliquée. On promet de se rappeler au plus vite.

Le traiteur n'est plus qu'à quinze minutes. Tellement hâte de rejoindre Lilou et sa fameuse surprise. Je dévie ma route et fais un crochet chez le fleuriste. J'appelle le traiteur avant de sortir de la voiture pour commander le repas et ne pas perdre de temps. La boutique florale est remplie de fleurs aussi belles les unes que les autres, mais mon choix est déjà fait. La vendeuse s'exécute et je sors accompagné d'un splendide bouquet de roses de couleur rose signifiant *Je t'aime d'un amour sincère*. Je reprends la route avec ce sourire qui en dit long. Les kilomètres défilent et mon impatience est à son comble. Lilou m'aurait-elle contaminé ?

Juste avant le virage, avant de retourner sur la route principale, je tente de freiner, mais l'action de la voiture ne correspond pas à mon geste. J'appuie très fortement sur la pédale et le câble de celle-ci se brise littéralement. Le virage arrivant à grands pas et je tente par tous les moyens de faire ralentir cette satanée voiture. De la fumée se met à sortir du capot et en un instant l'auto devient incontrôlable, perdant petit à petit toutes ses fonctions. En quelques secondes, une peur m'envahit voyant un gigantesque mur droit devant moi. Je n'ai plus le temps de faire quoi que ce soit. Je ferme les yeux et vois le visage de Lilou. Des larmes se forment au coin de mes yeux, suppliant le ciel de m'aider. *Non, laissez-moi la revoir ! Pas maintenant ! C'est trop tôt, je vous en prie...* Pendant l'impact, mon corps est secoué dans tous les sens. Des débris viennent se heurter contre mon corps déjà meurtri des secousses et des craquements dans mon dos me font hurler de douleur. Tout va si vite... Un bourdonnement dans mes oreilles me donne instantanément un mal de tête effroyable. Je tente de bouger, mais je n'y arrive pas. Ma vision se trouble, un voile blanc se dessine tout doucement... Puis... Le silence...

Et avant que mes yeux ne se ferment, je prononce péniblement à haute voix *Lilou, je t'aime... Pardonne-moi...*

***

Différentes personnes s'agitent autour de moi. Des voix me parviennent péniblement. Comment leur expliquer que mon esprit est là, mais que mon corps, lui, ne suit pas ? Même mes yeux refusent de s'ouvrir. Puis, plus rien... À nouveau. Des bips font écho dans mes oreilles et des voix inconnues discutent près de moi.

— Docteur Carrel, voulez-vous que je m'occupe de prévenir les proches ?

— Je vais m'en charger ! Avez-vous pu trouver un numéro à prévenir ?

— Oui, sa petite amie Lilou.

Lilou ! Comment va-t-elle ? Comment va-t-elle le prendre ? Elle a dû s'inquiéter... Je m'en veux tellement... Bordel, mais pourquoi mon corps ne réagit pas ? Mon esprit divague et c'est le trou noir. Encore une fois...

Je sens délicatement des mains toucher mon visage et un poids sanglotant s'appuyer contre mon torse. Une énergie que je ne connais que trop bien parcourt ma peau, mon sang et chaque organe de mon anatomie.

— Mon cœur... Reviens, je t'en supplie... Ne me laisse pas... suffoque Lilou en larmes.

# ET UN JOUR...

*Ma puce, je suis là.*

Je déteste ça ! Je déteste ne pas pouvoir la prendre dans mes bras. Je maudis de ne pas pouvoir la réconforter. Je hais de ne pas pouvoir lui dire que je l'entends. Que je l'aime... C'est insupportable pour mon cœur de l'entendre pleurer...

*Ne pleure pas bébé, s'il te plaît...*

— Ma chérie, laissons les médecins faire leur travail... soupire ma mère à côté d'elle.

— Non, je ne veux pas le laisser seul... Il a besoin de moi. J'ai besoin de lui... explose en larmes Lilou.

— Je sais, mais il est dans le coma et il a des soins à faire. On va juste descendre prendre l'air et je te promets que l'on revient dans très peu de temps...

— D'accord... As-tu réussi à joindre Cloé et Louisa ?

— Cloé est injoignable. Elle est actuellement au Mexique pour un défilé. Louisa est sous le choc... Elle veut venir, mais je lui en ai interdit dans son état et lui a proposé d'attendre Cloé.

— C'est mieux, en effet... Lyse pourrais-je rester un moment seul avec lui ?

— Bien sûr, ma chérie, je t'attends à l'entrée.

— Il me manque terriblement Lyse...

— Il me manque aussi, mais tu sais, mon fils est fort et courageux, il reviendra à lui. J'en suis certaine ! affirme ma mère sûre d'elle.

J'entends ce qui me semble être la porte. La main de Lilou vient se poser sur la mienne tout en m'embrassant. Qu'est-ce que je ne donnerais pas pour répondre à son geste...

Elle s'approche de mon oreille et avec une douceur infinie, elle me dicte ces quelques phrases...

— Mon cœur, sans toi la vie n'est plus rien. Tu m'as tellement apporté ces derniers mois où je n'imagine plus la vie sans toi. Je t'en supplie, réveille-toi ! Tu me manques... Je ne veux plus souffrir. Je veux être heureuse à tes côtés. Laisse-moi encore voir tes jolis yeux me regarder. Laisse-moi sentir tes bras autour de ma taille... Je te promets des jours merveilleux. Je te promets aussi que je ne te piquerais plus la nourriture dans ton assiette, que tu auras des massages tous les matins, de ne plus ronchonner d'impatience à chaque surprise et je te promets de t'aimer jusqu'à mon dernier souffle... Ethan, je t'aime, reviens-moi... Bats-toi !

ET UN JOUR...

# Lilou

> « *Les flammes se rapprochent. Tétanisé, je ne peux plus bouger. J'entends Yanis crier de douleur. Une explosion retentit d'un coup, me terrifiant. Je sens une main prendre la mienne. Tournant la tête, je vois Ethan allongé à côté de moi, la tête en sang, me suppliant de lui pardonner. Puis ses yeux se ferment et sa respiration s'interrompt, le plongeant dans un sommeil définitif...* »

Trois jours que mes cauchemars deviennent récurrents. Une moyenne de trois heures de sommeil chaque nuit, me laissant dans un état second. Trois soirs que Lyse se lève en pleine nuit calmé mon angoisse de perdre la personne la plus importante à mes yeux. Je suis totalement désemparé. Aucune amélioration d'Ethan. Il est toujours dans le coma. Ma vie, quant à elle s'est arrêtée le jour de cet appel. Le jour où je l'ai retrouvé dans ce lit d'hôpital. Mes journées se passent dans cet endroit morbide, sentant un mélange d'odeurs de désinfectant et de médicaments. Ma gorge se serre et des hauts le cœur surviennent à chaque entrée dans l'établissement et une peur énorme transperce mon cœur à chaque arrivée dans sa chambre.

Depuis trois jours, je m'installe à ses côtés lui parlant encore et toujours, les larmes coulant sur mes joues de peur de le perdre à jamais. Les médecins m'encouragent à le faire, mais à force cela devient de plus en plus difficile de le voir dans cet état. Le troisième jour, je décide de lui lire un livre. Ce fameux livre acheté lors de notre toute première rencontre. Je ne sais pas si c'est une bonne idée, mais ça comble les vides quand je sens ma voix disparaître de tristesse à force de lui avouer mes sentiments et l'envie que tout redevienne comme avant. De son côté, Lyse reste relativement muette, mais son visage la trahit. Ses traits sont fatigués, tristes, rongés par l'inquiétude. Un peu comme le mien. Missy et Yanis prennent le relais en début d'après-midi ce jour-là, car Lyse et moi devons passer au commissariat de police suite à l'accident. Je n'ai vraiment pas envie de partir de l'hôpital. Je n'ai pas envie de quitter le chevet de l'amour de ma vie.

***

Un officier de police me certifie que ma voiture a été trafiquée. Je n'en crois pas mes yeux. Qui pourrait bien faire ça ? Et pourquoi ? Mais au final, c'est moi qui étais visée ! Car en aucun cas Ethan devait la prendre ce soir-là... Je vois Lyse à mes côtés se liquéfier à vue d'œil. Le policier le distingue également et lui pose tout un tas de questions. Elle remet aussitôt en cause l'état préoccupant de son fils. L'homme n'insista pas.

Nous sommes restés plus d'une heure dans leurs locaux et étions impatientes de sortir de cet endroit froid et sans âme. Impatiente d'en finir avec cet interrogatoire glacial. Arrivée dans la voiture, Lyse déborde de chagrin.

— Lilou, c'est de ma faute... Je suis certaine qu'Hector est derrière tout ça ! Je m'en veux, si je ne m'étais pas échappé, rien de tout cela ne serait arrivé. Il faut que je me rende à lui et vos soucis stopperont !

— Il en est hors de question Lyse ! Tu crois franchement que je vais accepter ça ? Ethan serait d'accord avec moi ! On va trouver une solution.

— Il est trop puissant pour nous, on ne s'en sortira jamais. Même la police ne pourrait pas nous aider...

— Je ne sais strictement pas comment on va se débrouiller, mais on va essayer de s'en sortir par tous les moyens possibles et tu restes à mes côtés. Sinon, je t'attache ou j'appelle Cloé !

Sur le chemin en direction de l'hôpital, je dépose Lyse qui a bien besoin de repos. Je lui promets d'arriver le plus vite possible, ne voulant pas la laisser trop longtemps toute seule. Je lui demande expressément de s'enfermer à double tour et de tenir son portable en main en cas d'urgence. Il va falloir prendre des précautions si jamais ce qu'elle m'a dit s'avère exact. Je retourne aux côtés d'Ethan et à peine franchi la porte que j'entends Missy lui parlé.

— Ethan, on ne se connaît pas beaucoup, mais franchement tu es quelqu'un de bien. Tu combles d'amour ma meilleure amie, même un aveugle verrait ce que vous éprouvez l'un pour l'autre... Ne la laisse pas ! Sinon, je te jure que je te refais la prise du panda, même dans le coma ! Tu as plutôt intérêt de te réveiller ! Ethan, on a tous besoins de toi ! Lilou encore plus, alors je ne sais pas, mais ouvre les yeux et tu pourras me demander ce que tu veux !

Ayant laissé la porte ouverte le temps de l'écouter, le bruit strident d'un chariot dans le couloir fait taire Missy.. Je rentre dans la pièce timidement faisant style d'être tout juste arrivé. Yanis, rester dans un coin me saute dans les bras en signe de compassion. Mon meilleur ami ayant un petit cœur fragile, empathique et me connaissant que trop bien, sait que malgré le masque de femme forte que je porte, mon cœur et mon corps sont meurtris. Je sais qu'un lien s'est tissé entre les deux hommes, malgré le peu de temps qu'ils ont passé ensemble. Ce qui ne m'étonne pas ! Yanis l'homme qui me connaît depuis de nombreuses années et Ethan l'homme dont je brûle d'amour. Tous les deux se ressemblant à leurs manières. Je ne peux m'empêcher de m'écrouler en contemplant Ethan, allongé, sans réflexe. La femme forte que j'étais il y a quelques instants s'est envolée violemment. Mes deux meilleurs amis me consolent comme ils peuvent, bienveillant à mon égard. Ils s'en vont me garantissant de revenir dès demain.

Après quelques minutes, je me retrouve seule dans le silence assourdissant des machines qui relient Ethan. Les battements de mon cœur se font irréguliers, stoppant quelques secondes, suivant mon anxiété. Je détaille son visage endormi, visiblement tourmenté, cherchant le moindre petit signe de changement. Je plonge ma tête dans son cou, le serrant très fort dans mes bras, tenant sa main, pleurant jusqu'à en perdre ma respiration, quand soudain je sens ses doigts bouger. Je me redresse lui caressant la joue docilement.

— Mon cœur, je suis là...

Il ouvre les yeux, laissant passer plusieurs minutes. Je le laisse reprendre ses esprits tranquillement et quand sa bouche émet ce son que j'attendais depuis des jours, il me regarde droit dans les yeux, me demandant hésitant :

— Qui êtes-vous ?

ET UN JOUR...

## Ethan

J e n'ai qu'une envie : sortir de cet hôpital ! Après mon réveil et plusieurs jours d'observation et de soins, le médecin décide enfin de me remettre le bon de sortie.

Ma mère est restée à mon chevet toutes ces journées, me tenant compagnie et me suppliant de parler à Lilou. *Elle,* assise tous les jours dans le couloir, le dos contre le mur, attendant mon accord pour entrer dans ma chambre, attendant un signe de ma part.

— Maman, ça suffit ! Je ne la connais pas, ok ?

— Mon chéri, ce n'est pas possible, tu l'aimes ! Comment as-tu pu l'oublier ? Parle-lui au moins une fois, s'il te plaît... Elle est très mal, elle ne comprend rien et d'ailleurs moi non plus !

— Je ne changerais pas d'avis ! Je ne veux pas la voir, c'est une inconnue, point final !

Ma mère dépitée sort de la pièce, les larmes aux yeux. Pendant ce temps-là, je range mes affaires dans mon sac et signe les papiers qui mettent fin à mon calvaire. Je fais un tour rapide de la pièce, vérifier que je n'ai rien oublié, prends une grande bouffée d'oxygène et sors de la chambre.

*Elle* est là, devant moi, complètement effondrée, ma mère la retenant de ses petits bras. Je tourne les talons et continue ma route vers la sortie.

— Ethan ! crie-t-elle de désespoir.

# ET UN JOUR...

J'avance le pas lourd sans me retourner, entendant ses sanglots et hurlements raisonner dans le couloir. Au niveau des portes automatiques, je me stoppe net. Mes poings se serrent, mon corps se crispe et tremble de part et d'autre. Je ferme les yeux cherchant à retrouver une respiration normale. Conscient de mon choix, je passe le seuil, pleurant comme jamais...

*Lilou, mon ange, pardonne-moi... Mon rôle est de te protéger et rester à mes côtés est un trop grand danger pour toi... Je préfère sacrifier mon amour plutôt que de te perdre par pur égoïsme en te gardant près de moi...*

Quelques mouvements plus tard, je me dirige vers le parking attendant ma mère qui est restée à l'intérieur consoler Lilou. Je me sens vide, détruit de lui faire ça, mais il faut que je tienne le coup. Pour elle. Pour nous. Il faut que je l'éloigne un maximum de moi pour qu'Hector ne s'en prenne pas à elle. Je m'installe sur le muret attenant la voiture. Le regard perdu et trouble, je me répète que j'ai fait le bon choix, mais même les rayons du soleil n'arrivent pas à me réchauffer.

Une voix m'interpelle et une ombre se dévoile sur mes pieds.

— Maman, c'est bon, on y va ?
— Je sais ce que tu essayes de faire, Ethan ! me certifie cette voix d'homme.

Je lève ma tête et d'un bond me redresse perdant l'équilibre par la même occasion. Je suis sorti d'affaire, mais je suis encore très faible. Je découvre Noa en face de moi, plongeant son regard dans le mien, cherchant des réponses.

— Qui es-tu ? lui demandais-je.

— Arrête Ethan ! Ne fais pas le mec qui a perdu la mémoire ! Pas à moi ! me répond-il.

— Que veux-tu ?

— T'aider !

— Toi m'aider ? Laisse-moi rire ! Je t'interdis de t'approcher de Lilou !

— J'ai autant envie que toi de voir ce putain de Mac en taule ! S'il pouvait crever... J'ai fait le connard avec Lilou, mais jamais je ne lui ferais de mal, crois-moi !

— Comment veux-tu franchement que je te crois ? Après cette fameuse soirée chez elle… Mon dieu, rien que d'y penser, j'ai envie de t'éclater la gueule !

— Eh bien, vas-y, je ne mérite que ça !

— Ce n'est pas le moment ! Mais comment connais-tu Hector ?

— Laisse-moi t'expliquer d'abord. Ok ?

En effet, il me dévoile tout, du début jusqu'à la fin. Surpris par ces révélations, l'observant pendant qu'il parle, je ne peux qu'admettre qu'il est sincère. Ce mec, malgré ma haine contre lui, a réussi à me faire changer d'avis à son sujet. Il veut vraiment m'aider et n'en démordra pas. Quant au sujet de Lilou, il jure qu'il l'aime beaucoup, mais que ça s'arrête là et ne veut pas que quelque chose lui arrive. Ça nous fait un point commun...

Pendant notre conversation, j'ai reçu un message de ma mère me disant qu'elle restait avec Lilou le temps que Missy vienne la chercher. Je suis soulagé de constater qu'elle n'est pas seule. Un poignard me transperce le cœur à chaque pensée pour elle. Un sacrifice énorme de la laisser comme ça.

— Ethan, je vois bien que tu es détruit par ton choix. Tu l'aimes, c'est flagrant et elle aussi t'aime. Laisse-moi t'aider. Laisse-moi me racheter de mes erreurs... J'ai assez fait le con comme ça !

— Noa, ma mère va arriver d'une minute à l'autre et je n'ai pas envie qu'elle nous voit ensemble. Je te file mon numéro et l'on voit ce que l'on peut faire !

Je n'ai plus le choix, il me faut de l'aide et Noa malgré mes réticences pourrait m'aider à son niveau. J'espère que je prends la bonne option... En général, je ne me trompe jamais sur les gens. Noa s'éclipse, me laissant seul, rongé par le chagrin. Ma mère arrive quelques minutes plus tard me regardant d'un air inquiet.

— Tout va bien mon chéri ?

— Oui, juste fatigué... Rentrons à l'hôtel s'il te plaît.

Elle s'exécute et prend le volant me dévisageant du coin de l'œil tout au long du trajet. Je sais que ma mère s'inquiète et qu'elle se doute que je lui mens, mais il ne faut pas qu'elle soit au courant que mon amnésie est en réalité qu'une coquille protectrice pour Lilou.

Arrivé à l'hôtel, je plonge dans mon lit complètement rincé de cette situation. La seule qui pourrait me détendre, c'est *elle.* Putain ! Je viens de perdre la seule femme qui m'a rendu heureux. Celle que j'aime comme un taré ! Pourquoi nous ? Pourquoi nous faire ça ? Pourquoi ne peut-on pas vivre notre amour sereinement ? Je n'ai pas assez donné comme merde dans ma vie ? Torturé, je massacre le matelas à coups de poing, balançant tout ce qu'il y a dessus. Mon téléphone se met à sonner ce qui me sort de cette folie.

— Allo, frérot ? Comment vas-tu ?

— Ça va Cloé. Juste un peu exténué...

— Ta voix est bizarre... Tu peux tout me dire, tu sais ! Je suis là pour toi, jamais je ne te jugerais...Nous pouvons venir Louisa et moi, j'ai juste à différer quelques rendez-vous.

Depuis la disparition de ma mère, je n'ai jamais menti à ma sœur. Un principe. Chez moi. Chez nous. Je finis toujours par tout lui avouer, mais là je n'ai malheureusement pas le choix.

— Rien, ne t'inquiète pas. Je suis encore épuisé avec les médocs que l'on m'a donnés. Non, hors de question que tu perdes le moindre contrat. Tout va bien, ça ne sert à rien que vous veniez.

— Mais, tu me manques bordel ! Depuis que tu es sorti du coma, tu nous interdis de venir te voir ! On t'aime nous ! Je sens qu'il y a un problème ! Et, puis, merde, c'est quoi cette connerie que tu ne te souviennes pas de Lilou ?

— Cloé, c'est comme ça ! Nous n'en reparlerons pas !

— Je ne te reconnais plus Ethan ! Tu n'es qu'un gros con ! hurle-t-elle dans le téléphone.

Puis, elle me raccroche au nez. Fais chier ! Je me mets tout le monde à dos. J'hallucine, c'est moi qui passe pour le méchant alors que je veux protéger les gens que j'aime. Eh bien tan pis s'il me déteste, je ne changerai pas d'avis !

Une demi-heure plus tard et une bonne douche froide, ma mère frappe à ma porte.

— Tu es prêt pour aller manger ?

— Je n'ai pas faim, maman.

— D'une, tu vas me regarder droit dans les yeux et de deux, ce n'est pas une suggestion, mais un ordre ! Même si tu as 35 ans, je suis ta mère et tu vas m'écouter, sinon je vais te traîner en te tirant par l'oreille jusqu'au restaurant ! m'ordonne-t-elle.

Ma mère est adorable, mais je sais très bien que dans cet état vaux mieux l'écouter, car elle serait bien capable de le faire. Elle me fait décrocher un mini-sourire depuis ces derniers jours. J'attrape mon portefeuille et la rejoins dans le couloir.

Le repas se passe en silence. Je n'arrive même plus à lui parler sans faire une gaffe. L'image de Lilou est omniprésente dans ma tête et je me force de ne pas montrer ma profonde tristesse d'être loin d'elle. Quant à ma mère, elle ne dit rien, m'examinant quand même de temps en temps. Avant d'entrer chacun dans notre chambre, je lui propose de rejoindre Cloé et Louisa à Miami. Elle reste interloquée par ma demande et refuse catégoriquement.

> — Maman, s'il te plaît, fait ça pour moi. Je ne peux pas bouger avec le chantier, j'ai déjà assez perdu de temps et puis les filles vont être enchantées de t'avoir près d'elle.
> — Je ne peux pas te laisser tout seul, mon chéri... Qui va s'occuper de toi ? Vu que tu ne veux plus parler à...
> — Ne t'inquiète pas pour moi maman, j'ai de quoi m'occuper et Max est là. J'ai besoin que tu ailles là-bas. Fais ça pour moi s'il te plaît...

À ma dernière phrase, elle se radoucit et accepte finalement. Je veux l'éloigner de tout ça le plus possible et je sais que, là-bas, elle ne risque rien. Surtout, après ce que je prévois de faire par la suite. Je préfère éloigner les personnes les plus importantes de ma vie...

ET UN JOUR...

## Lilou

Les pires jours de ma vie m'ont explosés en pleine face depuis le départ d'Ethan de l'hôpital. Sans aucune compassion de sa part, il m'a mis dans un état de choc.

Tous les jours, j'essaye de le joindre sur son portable, mais une voix que je ne peux désormais plus saquer me répète sans cesse que le numéro n'est plus attribué. Je me suis postée devant l'hôtel où il se pose habituellement. Des jours entiers, espérant l'apercevoir, mais rien. J'ai même tenté une fois de m'introduire à l'intérieur demandant sa chambre, mais l'hôtesse d'accueil m'a confirmé que personne n'était dans l'établissement sous ce nom. Après des cris et des larmes, je me suis fait jeter dehors, comme une folle furieuse criant son prénom jusqu'au trottoir.

J'ai bien entendu contacté Cloé et Lyse, mais même elles, ont très peu de nouvelles et ne savent pas où il se cache. Ethan devient injoignable... Ce qui m'inquiète ! Il n'a beau ne plus se souvenir de moi, mon amour pour lui est intact. Je suis épuisée, je ne dors plus, ne mange plus et je suis incapable de faire quoi que ce soit. Même les visites de mes amis n'arrivent pas à me remonter le moral. Je les entends, mais mon esprit est ailleurs. Loin. Très loin... Pour le travail, c'est pareil, j'ai un énorme retard sur ma traduction actuelle. Bizarrement, je ne reçois aucune fougue de Stan, ce qui m'arrange.

Six jours...

- Nombre de pages écrites pour le travail : zéro

- Nombre de sourires décrochés : aucun
- Nombre de mouchoirs utilisés : incalculable
- Nombre de pots de glace engloutis : une bonne dizaine
- Nombre de larmes versées : une piscine olympique
- Nombre de fois où je me suis habillée : jamais, je garde mon pyjama pilou

***

Un après-midi, on frappe à ma porte et je n'ai aucunement envie d'avoir de la visite. Je fais la morte, mais les coups se font insistants et de plus en plus forts. Comme une nouille, je dis qu'il n'y a personne.

— Lilou, je sais que tu es là ! Ouvre moi immédiatement ou je défonce cette porte !
— Je ne veux voir personne !
— Alors là, si tu crois que c'est le genre de phrase qui va me faire rebrousser chemin, tu te trompes ! Ouvre tout de suite !

Je sais très bien qu'il ne lâchera pas l'affaire et je lui ouvre sans conviction, m'attendant à un sermon digne de ce nom. Stan, tout sourire, entre dans l'appartement, ne me laissant pas le choix. Je remarque qu'il porte sur lui le tee-shirt que je lui avais offert lors de mon séjour à Londres. Monsieur grincheux en action... Un semblant de sourire se passe dans ma tête sans pour autant déridé mes lèvres, qui qu'en a elles sont fermées.

— Bon, Lilou, c'est bon, tu as fini de faire ta marmotte là ?

— Non... lui répondis-je boudeuse comme une ado.

— Écoute, je sais que c'est dur, mais là ce n'est plus possible, il faut que tu te redresses. Non, mais tu as vu ta tête ? Franchement, tu fais peur ! Aurais-tu postulé pour un film de zombies sans mon accord ?

Je sais qu'il essaye de me faire penser à autre chose, mais c'est impensable. Incontrôlable. Inimaginable. Ma bulle est bien verrouillée. À double tour.

— Sérieusement, tu as vu le bordel dans ton appartement ? Et c'est quoi cette tenue ?

— Vous vous êtes passé le mot pour me faire chier ? déclarais-je énerver comme jamais.

— Vas-y frappe ! Expulse ce chagrin ! Vas-y ! monte-t-il de hargne en me secouant.

Il commence vraiment à me gonfler, je n'ai vraiment pas envie de l'entendre débattre sur mon accoutrement et le bordel organisé de mon logement. Voyant mon agacement, il me prend par le bras et m'assoit sur le canapé enlevant avant tout un tas de bordel jonché dessus. *Bon, j'avoue c'est le chaos chez moi...*

— Lilou, je ne t'ai jamais vue dans cet état !

*Ok...*

Il rajoute :

— Sérieusement, tu penses franchement que rester là sans rien faire va t'amener quelque part ? Mis à part d'être mon employée depuis toutes ces années, je ne te l'ai jamais dit et peut-être que c'est le moment. Ne te fous pas de moi, sinon tes primes seront sucrées, ok ? Et, bien... Je te considère un peu comme ma fille... On a le même caractère. Têtu, tête de pioche, bon c'est vrai, un peu plus pour moi ! Et te voir, là, te morfondre, ce n'est plus possible ! Tu es une femme forte et s'il faut te pousser pour que tu reprennes du poil de la bête et bien je suis là et tu sais mieux que moi que je ne lâcherais pas l'affaire !

Des gouttes d'eau salée coulent sur mes joues. Son aveu me fait le plus grand bien et jamais je n'aurais pensé qu'il m'appréciait autant. J'explose de chagrin, d'émotions, de colère et lui avoue la moindre de mes pensées et l'incompréhension du comportement d'Ethan. Stan est d'un grand réconfort mine de rien, il sait me booster à sa manière. Nous passons un bon moment à discuter et après réflexion, il est temps pour moi de sortir de mon hibernation.

— Tu as une tension énorme à évacuer, alors tu vas te changer tout de suite, car ton espèce de truc que tu as sur toi c'est du n'importe quoi ! Franchement, tu as trouvé ça où ? pouffe-t-il de rire. Maintenant, tu vas bouger ton cul et aller courir et c'est un ordre bien sûr ! Je repasse ce soir te chercher à 18h30, je t'emmène au restaurant !

— D'accord, chef !

Il sort de l'appartement fier d'avoir réussi à me sortir de cette impasse. Enfin, tout doucement, car des flashs du visage d'Ethan reviennent sans arrêt et une boule se forme au niveau de mon estomac à chaque fois. Je n'ai plus goût à la vie sans lui, tout est terne et sans intérêt.

Baskets aux pieds et écouteurs dans les oreilles, je fonce vers le parc bien décidé de me reprendre en main...

N'étant pas du tout sportive, je m'essouffle vite. Je ralentis le rythme jusqu'à m'arrêter complètement au niveau d'un banc. Les bras tendus, les mains posées sur celui-ci et la tête baissée pour retrouver un semblant de respiration. Après quelques secondes, je lève mon crâne vers le ciel, respirant à pleins poumons cet air frais que je n'avais pas senti depuis des jours. Je fais quelques pas et tombe nez à nez sur l'endroit en retrait où nous avons passé un moment coquin… Mais quelle idée d'être venue ici ! Je reste tétanisée sur place, fixant ce coin rempli de souvenirs. Ça va devenir très compliqué pour ma pseudo reprise en main...

— Hum... Ce pantalon ajusté à tes courbes me fait frémir d'envie Lilou... me chuchote cette voix masculine.

Tous mes sens se mettent en alerte et une frayeur s'empare de moi à l'entente de ces quelques mots. Mon seul réflexe est de bondir en avant et me retournant par la même occasion pour voir le visage de ce type. Se trouve devant moi, un homme brun aux cheveux courts d'une cinquantaine d'années. Une barbe naissante impeccablement structurée, froissée par un sourire diabolique et un regard perçant te faisant froid dans le dos.

> — Comment connaissez-vous mon prénom ?
> — Je connais beaucoup de choses sur toi, ma chère Lilou... confirme-t-il en s'avançant vers moi.

Je tente de reculer, mais un immense mur me bloque le passage. Je le tâte des doigts cherchant une issue possible, mais j'arrive juste à arracher ma peau contre le crépi. Mon cœur tambourine de peur, un vertige se fait sentir lorsqu'il ose toucher ma joue.

> — Cet Ethan a de très bon goût ! Une petite robe courte collée à ton joli corps, des escarpins et ta petite veste que tu as achetée l'autre fois ! Miam, je m'en régale d'avance... Ne t'en fais pas, mes hommes s'occupent de ton garde du corps. Laisse-toi faire chérie, Hector va bien s'occuper de toi...

J'ai du mal à déglutir tellement ma gorge est sèche. Je me retrouve en face de cet enfoiré, sans moyens de m'échapper. Je pourrais hurler, mais le parc est désert comme d'habitude. Je pourrais me débattre, mais il a une poigne assez impressionnante et ce mur me gêne dans mes mouvements. Mon garde du corps ? Mais c'est quoi ce truc ? Bordel, mais c'était lui le fameux reflet dans la vitrine, je savais bien qu'il y avait quelqu'un, mais mes soupçons étaient plus basés sur Noa à ce moment-là. D'ailleurs en parlant de lui, il surgit de je ne sais où et dégage Hector d'un seul geste. Ce dernier étant surpris, il le regarde d'un air assassin. Deux hommes accourent vers lui et le relèvent. Des hommes de main, je suppose. Un combat silencieux se passe sous mes yeux. Noa, posté devant moi le corps tendu, les poings fermés, prêt à me défendre. En face, ce connard ne détachant pas son regard, un sourire machiavélique se formant au creux de ses joues, prêt à bondir. Toute une troupe d'enfants débarquent subitement sur le chemin entouré de leurs accompagnateurs, défilant par groupes de deux et chantonnant une mélodie d'une comptine bien connue.

— Je n'en ai pas fini avec toi, ma belle ! lâche Hector, frustré par cette interruption.

En à peine quelques secondes, ils disparaissent. Je suis là, pantelante, remettant en place tout ce qui vient de m'arriver ces dernières minutes. Noa se retourne vers moi, les yeux compatissants. J'ai une envie soudaine de le gifler, mais il n'aurait pas intervenu, je ne sais pas ce qu'il serait advenu de moi...

— Lilou, ça va ?
— Oui, malgré le fait, que je suis un peu perdue vis-à-vis de tout ça...
— Écoute, tu es en danger, tu es la nouvelle cible d'Hector, il ne te lâchera pas de sitôt !
— Mais... Je ne comprends pas... Pourquoi, moi ?
— C'est simple. Lyse s'est enfuie. Le genre de chose qu'il ne doit pas accepter, donc, il veut se venger. Il a su que ton mec avait du fric, donc il veut en profiter. En plus, il a su que tu existais et que tu pourrais être

un moyen de pression vu qu'Ethan a refusé son offre.

— Comment ça, son offre ? Comment es-tu au courant de tout ça ?

— Écoute, Lilou, j'ai parlé à Ethan l'autre jour et Hector lui a demandé du fric. Une somme importante. Il a aussi prétendu t'approcher de trop près, Ethan a tout refusé d'un coup de colère. L'accident n'est pas dû à un dysfonctionnement de ta voiture, c'est Hector qui est derrière tout ça !

— Tu as parlé avec Ethan ? Comment il va ? Il t'a parlé de moi ?

— Alors, toi, tu te préoccupes d'Ethan, mais pas le fait qu'un taré te court après ?

— Ta gueule Noa ! Je ne suis pas censée te parler déjà !

— Je sais bien... Mais, Lilou écoute-moi ! Tu es en danger, Ethan aussi !

— Mais, comment peux-tu savoir ça, toi ?

— J'ai déjà eu affaire à Hector, il y a quelques années. Il a voulu embarquer ma petite sœur dans ses filets et c'était à deux doigts ! Ça a été le pire moment de ma vie... Ma famille s'est brisée avec tout ça et je suis devenu le pire des cons... Je ne me reconnais plus, depuis ce jour-là... Je suis en colère, car la police n'a rien pu faire et quand j'ai appris qu'il était de retour, j'ai décidé de tout faire pour lui faire bouffer le bitume à ce bâtard !

— Noa... Je suis désolée... Je ne savais pas !

— C'est moi qui m'excuse, j'ai été un connard avec toi pendant trop longtemps, je m'en veux beaucoup. Tu es vraiment quelqu'un de bien Lilou et je veux t'aider, Ethan et toi. Laisse-moi réparer mes erreurs !

— Noa, j'ai énormément souffert à cause de toi ! Je ne sais pas si j'arriverais à te pardonner un jour... Explique-moi ce qu'il se passe...

Sa narration débute le jour où il a compris qu'Hector était revenu. Il l'a suivi et a fait beaucoup de recherches. Il a également compris qu'Ethan me mentait. Il n'est pas amnésique, il fait ça pour me protéger. Je lui en veux de m'avoir écarté de tout ça. J'essaye de le comprendre, mais ma souffrance d'être rejeté me procure une tristesse jusqu'au moindre recoin de mon corps. Il avait même recruté un garde du corps sans mon accord. Je ne m'en étais même pas aperçue. Mais d'ailleurs où est-il ?

En partant à sa recherche, Noa me raconte tout dans les moindres détails et rajoute :

— Ethan t'aime vraiment. Je ne le connais pas, mais j'ai vu dans l'état qu'il était, le mal qui le rongeait de son choix d'être loin de toi. Il faut qu'on l'aide à tout prix, car Hector ne le laissera pas vivant...

ET UN JOUR...

# Ethan

Ma vie n'est plus rien sans elle. J'ai pris la pire décision de ma vie. Je chiale comme une gonzesse depuis des jours, me retrouvant seul dans ma chambre d'hôtel.

J'ai fait en sorte de changer d'endroit pour que Lilou ne me retrouve pas. Les traits de mon visage sont tendus, triste et mes gestes sont ceux d'un robot. C'est la seule solution que j'ai pu trouver pour la mettre en sécurité, enfin ce que je croyais, quand le garde du corps de Lilou m'appelle...

— Monsieur... Votre amie a été agressée dans le parc attenant son appartement... Elle va bien, mais je n'ai rien pu faire, ils étaient trop nombreux !

— Quoi ? Mais, je vous paye pour quoi au juste ?

Il se confond d'excuse en touts genres, perdant ses mots, me relatant les faits. Mes muscles se contractent de colère, une envie de tout balancer dans cette putain de chambre. Je me demande si mon choix était le meilleur que j'ai pris. Il est hors de question que ce bâtard s'attaque à Lilou. Il ne devait plus s'en approcher. Il ne devait plus s'attaquer à elle !

*Putain !*

J'ai risqué la vie de la femme que j'aime et je n'étais pas présent. Noa était là. Dans un sens cela me rassure qu'au moins une personne était à ses côtés pour la protéger, mais ça devait être moi bordel ! *Putain !* Mon esprit et mes pensées se brouillent, ne sachant plus quoi faire. Puis me viens une idée. Certainement la seule et la plus plausible. Je prends mon téléphone et compose ce satané numéro.

— Écoute-moi bien connard, tu ne t'approches plus jamais de Lilou ! Tu veux mon fric, vas-y prends-le ! Je te donne tout. À une seule condition...

— Mon cher Ethan, on peut parler calmement entres adultes civilisés, non ?

— Arrête avec ta politesse malsaine ! Je te donne le fric et plus jamais tu t'approches de Lilou, ni de ma mère, tu disparais de nos vies ! C'est bien compris ?

— Votre mère ne m'intéresse plus, par contre votre petite amie ou devrais-je dire votre ex petite amie, est comment dire... Très bandante ! Je la vois bien dans mes appartements en tenue légère et...

— Ferme ta gueule ! Putain, si tu touches même le moindre cheveu d'elle, je te tue connard !

— Que c'est beau l'amour ! dit-il dans un rire satanique. Il va falloir vider ton compte jusqu'au dernier sous et peut-être que je la laisserais tranquille... C'est vrai que quelques milliers de billets m'arrangeraient dans ces moments difficiles ! rit-il encore d'un air provocateur.

— Non ce n'est pas peut-être, c'est sûr !

— Ok, marché conclut ! Ce soir, à 20h je vous donnerai l'endroit par message au dernier moment ! Bien entendu, aucun appel aux flics et venez seul !

Je ne peux plus faire marche arrière, mais je ne veux plus que les gens que j'aime souffrent. J'appelle ma banque. Ils sont grandement étonnés de ma demande, mais acceptent après de très longues minutes d'explication, sans pour autant leur dire la vérité. L'argent sera près dans quelques heures. J'appelle immédiatement Arthur pour lui relater les faits.

Ma journée est teintée de stress et de questionnement. Je tourne en rond dans ma chambre, tapant dans les murs de mon poing de temps en temps, tremblant, cherchant une lueur d'espoir dans tout ce merdier. Ma mère comme tous les jours m'appelle pour prendre de mes nouvelles. J'essaye de la rassurer comme je peux, feintant la fatigue, mais je sais bien qu'elle n'est pas stupide et qu'elle sait que quelque chose ne va pas. Cloé me remonte les bretelles tous les jours me rabâchant le prénom de Lilou. Cela a le goût de m'énerver, mais je sais très bien qu'elle s'est énormément attachée à elle. Lilou est une femme formidable, ce serait un comble de ne pas l'aimer. Je ne peux rien dire de mes actes et de ma prétendue amnésie, il faut que je garde le secret jusqu'au bout même si Hector est au courant. Je ne veux impliquer personne et les garder comme je peux en sécurité.

Après une heure à faire les cent pas, je m'assois sur mon lit, prends ma tête entre mes mains, la penche et explose littéralement en larmes. Ma Lilou me manque, son contact, sa voix, son sourire, ses lèvres sur les miennes et tout un tas de choses qui font que ce soit-*elle*. La seule qui aurait pu trouver les bons mots et me guider. Est-ce que je prends la bonne alternative ?

Les minutes passent lentement et je me tâte à partir courir pour me défouler, mais j'ai peur de tout défoncer sur mon passage. Les nerfs à fleur de peau, une peur au creux de mon cœur, tellement envie que ce cauchemar se termine...

Quelques heures plus tard, j'arrive à la banque récupérer la mallette remplie de billets. Tous mes efforts de ses dernières années simplement rangées dans cet attaché-case aligné en liasse de billets de cinq cents euros. Même mon projet va prendre l'eau. Des hauts le cœur remontent et des sueurs froides dégoulinent le long de mon front. Le banquier me regarde d'un air suspect. J'arrive à sortir de ces murs, bien trop étouffants à mon goût et reprends ma respiration arrivé dehors. Je fais le bon choix, peux importe l'argent, tant que les personnes que j'aime sont en sûreté. Je dévale les quelques mètres me séparant de ma voiture de location et retourne à l'hôtel attendant l'appel de ce fouteur de merde. De ce connard. De cet exploseur de vie. Une journée ne m'a jamais paru aussi longue de ma vie, à part le fait d'être séparé de Lilou. Il faut que j'arrive à ne plus penser à elle, sinon mon cœur va s'éjecter de ma poitrine, laissant des traces sur les murs blancs de la pièce. Une chose impossible, car elle est encrée dans mon cœur et mon âme à jamais. Je parcours les pages du livre de Lilou qu'elle a laissé à l'hôpital pendant ma convalescence. Je me souviens encore de sa lecture avec sa voix posée et inconsolable à la fois. Cette histoire d'amour passionnelle me fait penser à nous, à notre ancien nous, me plongeant dans un état plus que pitoyable. La sonnerie de mon téléphone me sort légèrement de mes pensées.

***21h00 précise dans cet entrepôt.***

Ce message est suivi d'un plan GPS. Il me reste une heure avant d'affronter cet homme sournois. Entre-temps, j'ai un appel de Noa qui me demande l'avancée avec Hector. Avec un pincement au cœur, je lui raconte sans mensonge ce que je m'apprête à faire tout en lui suppliant de ne rien dire à Lilou, sachant qu'il l'avait vu la veille.

Vingt et une heure... Cet endroit est morbide, comme la situation d'ailleurs. Je m'avance seul face à ces murs froids et sans couleurs. Un entrepôt vide et sans âme. Je m'arrête au pied de l'entrée, regardant le moindre mouvement autour de moi.

— Mon cher Ethan ! Ravi de vous voir en si bonne compagnie ! formule-t-il en désignant ma mallette.
— Plus vite ce sera fait, mieux ce sera ! Vous nous laissez tranquille et c'est à vous !
— En même temps Ethan, vous êtes tout seul au milieu de nulle part, que pouvez-vous me faire ? ricane-t-il.

En effet, à part lui sauter au cou et lui exploser la tronche avant que ces hommes de main m'interceptent, j'ai une chance sur mille. Je commence à paniquer de ma stupidité de ne pas avoir prévu de plan B.

— Faites de moi ce que vous voulez, mais laissez Lilou, ma mère et ceux que j'aime en dehors de tout ça !
— Vous allez me faire pleurer ! plaisante-t-il. Tout dépend de ce qu'il y a dans la mallette... Et, au fait pas mal du tout le coup de l'amnésie. Bien joué, mais il m'en faut plus pour me rouler !

— On est plus ensemble, laisser tomber avec elle ! Ça ne vous servirait plus à rien !

— Au contraire, j'ai libre accès à présent !

Je bous entièrement de colère, mes poings se ferment, ma mâchoire se serre et je suis à deux doigts de lui rentrer dedans. Je fais un pas en avant en direction de cet enculé pour lui refaire le portrait.

— Ethan ! Non ! me crie la plus belle voix au monde.

Je me retourne croyant à un mirage, mais elle est bien là, derrière moi, me suppliant du regard, avec à ses côtés Noa. Mes pupilles noires s'adoucissent en sa présence, mais la peur de la savoir là dans cet endroit me fait frémir d'anxiété.

— Alors là, le fric et la belle au même endroit, je ne pouvais pas rêver mieux ! affirme Hector fier de lui.

— Lilou part vite, court ! l'implorais-je.

— Il en est hors de question Ethan, je ne te laisserais pas cette fois-ci !

En un quart de seconde, elle me rejoint et passe son bras autour de ma taille. Cette sensation de bien-être, d'amour pur et simple parcourent mes tissus adipeux comme une force indescriptible.

— Eh bien j'ai changé d'avis, je prends le fric et ta nana ! J'ai besoin de nouveauté et ma chère Lilou, tu feras l'affaire très largement ! dévoile Hector sans aucune pitié.

Ses mots me font péter une durite et je me précipite vers lui pour lui faire fermer sa grande gueule. Quand je le vois sortir de sa poche arrière une arme et pointer le canon droit vers moi, je ressens un bras me pousser en arrière. J'aperçois subtilement le visage de Lilou terrifié et j'entends comme le bruit sourd de la détonation du pistolet... Tous mes sens se brouillent à cet instant, mes gestes se font lourds et impuissants. Les cheveux de Lilou flottant dans les airs, son regard paniqué et un filet de sang sortir de sa bouche...

ET UN JOUR...

# Lilou

**M**es membres sont engourdis, ma gorge me fait extrêmement mal et j'ai dû mal à déglutir tellement la douleur est omniprésente. J'ouvre difficilement les yeux, car une lumière vive vient agresser mes pupilles. *Mais où suis-je ?* Mes paupières clignotent le temps de m'adapter, mais j'aperçois tout de même une silhouette au-dessus de mon visage. Une main me caresse tendrement la peau et un apaisement se fait sentir quand il me chuchote :

— Ma marmotte a fait un gros dodo ?

Il est en vie ! *Mon* homme est en vie !

Je lui saute dans les bras in extremis, le touchant de part et d'autre, vérifié qu'il aille bien. Par contre, ma tête tourne comme un manège à sensation. J'ai dû m'asseoir trop vite. Je plie mon bras droit pour me rallonger et je me mets immédiatement à hurler.

— Lilou, que se passe-t-il ? demande Ethan apeuré.
— J'ai plié mon bras à l'endroit où j'ai ma perfusion. L'aiguille s'est enfoncée encore plus... Mais ça fait mal cette connerie !

Il me sourit soulagé que ce ne soit rien d'autre de plus grave. Il m'aide à m'installer dans ce petit lit austère, en effleurant de ses doigts mon bras où la douleur s'est fait ressentir. Je le regarde faire. Je regarde au millimètre près tous les traits de son visage. Il m'a terriblement manqué. Sa tête jusque-là baissée, se relève et je discerne dans son regard toute la tristesse qui l'accapare. Une larme coule de son œil droit. J'attrape cette dernière de mon doigt et lui caresse la joue. Mon cœur se serre quand il éclate en sanglots.

— Ma puce, je suis désolé... Tellement désolé... Pardonne-moi... J'ai voulu...

— Je sais mon cœur, tu as voulu me protéger, nous protéger... Tu as risqué ta vie, mais quelle idée idiote ! Tu aurais pu te faire tuer ! m'emportais-je dans un mélange de colère et de peur.

— Je sais, mais tu n'imagines pas à quel point je m'en veux que tu te retrouves à l'hôpital, à cause de moi... Jamais, je n'ai voulu tout ceci ! J'aurai dû être plus prudent, j'aurais dû...

— Chut... Tout va bien ! On s'aime... Embrasse-moi lentement...

Ce baiser long et sincère marque ces retrouvailles après un trop long moment loin l'un de l'autre. J'essaye de le serrer très fort dans mes bras, mais un couinement au fond de ma gorge se fait entendre. J'en avais oublié ma blessure par balle à l'épaule. Ethan ne sourit plus, il s'en veut de tout ça et me voir grimacer face à mes douleurs le rend triste. Il n'a pas à s'en vouloir. Absolument pas. Je le chatouille et arrive à lui faire décrocher un rictus.

*Gagné !*

Je lui demande alors ce qui s'est passé, car j'avoue que je me souviens de m'être littéralement jetée sur lui. J'ai encore en mémoire son regard désespéré, une douleur vive à l'épaule, des voix hurlées et puis le trou noir. Il m'explique qu'après le coup de feu, tout s'est passé très vite. Il est resté près de moi pendant qu'un groupe d'intervention se chargeait de stopper Hector. Tout ça n'aurait jamais été possible sans l'aide de la collaboration d'Arthur, de Stan, Noa et de la police. À eux tous, ils ont réussi à coffrer ce connard pour un très long moment. Le procès sera long, mais d'après la police, il prendrait à perpétuité. C'est un minimum pour le mal qui a pu faire ! En espérant que tout son réseau soit démantelé ! Arthur et Ethan, après un long travail, sont parvenus à trouver des preuves accablantes contre lui. Stan a fait marcher son réseau et ses connaissances. Noa, aussi, a contribué à tout ça en aidant tout le monde et en me protégeant à sa manière. Aucun blessé, mis à part des hommes de main d'Hector et moi-même. Un soulagement total que tout ça soit derrière nous.

Un séjour de plusieurs jours à l'hôpital est nécessaire pour mes soins. Ethan passe toutes les après-midi. Les visites s'enchaînent tous les jours, mais le temps est long. Je me sens enfermée, je m'ennuie, j'ai envie de prendre l'air et vite. À force, je vais devenir claustrophobe ! Je ne supporte plus cette odeur et j'ai hâte de retrouver mes petites habitudes et mon chez-moi en compagnie d'Ethan.

Cette après-midi-là, quelqu'un frappe à ma porte. Après mon accord, la porte s'ouvre et j'y vois au premier abord un magnifique bouquet de fleurs.

— Merci mon cœur, mais il va falloir agrandir la pièce pour tous les mettre ! ricanais-je en scrutant la chambre déjà bien remplie.

— Excuse-moi, j'aurais dû te prendre autre chose... Pas très original, j'avoue... déclare Noa penaud.

— Non, Noa, je plaisantais. J'adore les fleurs, au contraire ! Elles égayent ces murs trop blancs. Je suis ravie que tu sois passé me voir et je tenais vraiment à te remercier pour tout ce que tu as fait ces derniers temps.

— Tu n'as pas à me remercier... Écoute Lilou, je m'excuse encore pour mon comportement de connard envers toi. J'ai perdu la tête...

— Excuse acceptée Noa ! C'est du passé ! C'est vrai, tu n'as vraiment pas été cool avec moi pendant tous ces mois, mais je comprends mieux à présent pourquoi. Tu étais perdu, en colère et ce que tu as vécu avec ta sœur, ta famille, t'a foutu en l'air. Maintenant qu'Hector est en prison, j'espère que tu changeras de comportement à présent envers les femmes ? Et j'ai comme l'impression que tu as changé...

— Oui, en vous voyant, toi et Ethan, ça m'a fait réagir et réfléchir. Depuis que ce bâtard est en taule, j'ai un énorme poids en moins dans la poitrine. Je me sens libre et léger. D'ailleurs, j'ai commencé des séances avec un psychologue et ça m'aide beaucoup. Je m'en veux de ne pas avoir réagi avant et comme un con, je t'ai blessé, alors que tu es une femme merveilleuse ! Encore, pardon...

— Noa, c'est bon, je t'ai dit ! Tu ne vas pas me dire pardon à chaque fois ! rigolais-je.

— Je vais essayer... sourit-il enfin. Je vais devoir te laisser, Ethan attend dans le couloir et je dois aller à ma séance à l'autre bout de l'hôpital rejoindre Clara.

— Clara ? le sondais-je des yeux.

— Une infirmière… On s'est rencontrés, il y a quelques jours lorsque j'attendais pour une séance. C'est le tout début, mais j'ai craqué pour elle...

— Pas besoin de le préciser, j'avais tout de suite deviné ! affirmais-je avec un clin d'œil. Je suis vraiment contente pour toi Noa, prend soin d'elle et sois heureux ! Oublie les douleurs du passé !

Il s'éclipse et laisse sa place à mon apollon. Il débarqua dans la chambre, un regard désireux et un sourire charmeur. Sa démarche, bien quel soit naturelle, a un de ces charmes qui me laisse pantoise. Il tient dans sa main un livre. Le mien. Celui que j'avais acheté lors de notre rencontre. En deux enjambés, il est tout près de moi. Si près. Ce regard, je le connais, il est celui de l'envie. Qu'est-ce que je ne donnerais pas pour un moment d'intimité, rien que tous les deux sans avoir peur que la porte de la chambre ne s'ouvre. J'avale ma salive, désirante, imaginant la scène, lisant dans ses yeux toutes les choses que l'on pourrait faire. Qu'il pourrait me faire. Ses lèvres s'élargissent et je comprends tout de suite qu'il pense à la même chose que moi.

— Certains passages de ton livre sont une atteinte à ma frustration de ne pas pouvoir te toucher comme je voudrais... Les idées ont fusées quand j'attendais dans le couloir ! certifie-t-il en m'embrassant et me donnant un petit aperçu.

*Au diable cette satanée porte !*

Nous laissons nos envies nous dévorer entièrement. Tellement besoin de nous retrouver. Les baisers et les caresses se font de plus en plus insistants et précises quand un raclement de gorge nous stoppe net...

— Mauvais timing pour moi, on dirait ! J'ai pourtant frappé à deux reprises ! commenta le Docteur Carrel.

— Excusez-nous ! m'empressais-je de dire, surprise de ne rien avoir entendu.

— Ne vous excusez pas, j'ai vu pire dans ma carrière ! s'esclaffe-t-il.

Nos trois rires résonnent dans la pièce et la gêne s'évapore petit à petit. Je n'imagine même pas sa tête nous ayant retrouvé dix minutes plus tard...

— Ethan, apparemment vous allez bien ! dit-il en me lançant un clin d'œil.

— Très bien même ! réponds Ethan en me prenant la main.

— Parfait ! Bon, Lilou, les dernières analyses sont bonnes. La blessure se cicatrise très bien, je ne peux que donner mon accord pour votre sortie dès demain.

— Enfin !

— Dites que l'on vous a séquestré aussi ! rigole le médecin.

— Non, vous avez été parfait, vous et votre équipe, mais j'ai vraiment hâte de rentrer !

— Je comprends ! On se revoit demain pour la signature du bon de sortie et j'espère que je ne vous reverrais plus tous les deux dans mes couloirs ! On ne fait pas de cartes de fidélité ici ! nous gronde-t-il amusé de sa blague en sortant de la chambre.

C'est vrai que l'on a assez donné ces dernières semaines niveau hospitalisation ! Je suis soulagée de pouvoir sortir aussi demain. Je rassemble déjà mes affaires sous les yeux moqueurs d'Ethan.

***

Le lendemain en fin d'après-midi, je suis prête. Je n'attends plus que la visite du docteur et signer ces fameux papiers. Ethan m'a rapporté une robe, prétextant mon envie de mettre autre chose qu'un pyjama que j'ai mis durant trop de temps. Je l'en remercie. Vingt minutes plus tard, je respire à plein poumons l'air frais de l'extérieur. Nous entrons dans la voiture et je taquine Ethan sur la suite de notre soirée coquine à l'appartement. Malheureusement pour moi, il n'a pas l'air réceptif... *Super !* Il se rattrape en m'embrassant sauvagement devant le regard curieux de certaines personnes présentes sur le parking.

# ET UN JOUR...

Sur le trajet, Ethan me lance de doux regards affectueux, tout en gardant une de ses mains sur ma cuisse. Je l'aime cet homme, c'est irréfutable.

— Je suis heureux de t'avoir à mes côtés...
— Moi aussi ! C'était quand même nul la nuit sans toi...
— Que les nuits ?
— Mais non, tout le temps ! C'était dur sans toi...
— Pour moi aussi...

Sans crier gare, il prend son téléphone et lit ce qu'il me semble être un message. Il le pose sur ses genoux et fait demi-tour.

— C'est bon ! On peut y aller ! déclare-t-il joyeusement.

Mais, que me réserve-t-il ?

## Ethan

### *Le jour du coup de feu*

Voir Lilou inerte, allongée sur le sol, perdant beaucoup trop de sang me rend hystérique. Je me précipite au-dessus d'elle pour la protéger des tirs incessants qui se déroulent au-dessus de nous. Une brigade d'intervention riposte et tout se passe très vite, des hommes du GIGN muni de boucliers nous protègent des balles et tentent de nous faire sortir du milieu de cette scène morbide, passant à côté de corps sans vie. On nous emmène en sécurité dans une rue adjacente. La blessure est plus grave que prévu d'après l'un d'entre eux. Mon corps se vide entièrement, je ne ressens plus rien. Mon cœur, quant à lui à mal. Très mal. À peur. Très peur. Un mélange de tristesse et de colère s'anime sèchement quand un policier tente de me parler.

— Monsieur, vous allez bien ?

— Bien sûr que non ! Pourquoi ne pas l'avoir protégé ? répondis-je en fixant Lilou toujours inconsciente. Pourquoi ne pas avoir tiré sur ce connard avant qu'il ne tire sur elle ?

— Monsieur, nous n'avons pas pu, car vous étiez à ce moment-là dans le champ de mire ! Vous auriez été touché et...

— Mais, putain de merde, il fallait le faire ! J'aurais préféré un million de fois que ce soit moi, qu'elle...

Je m'effondre sur le sol prenant la main de Lilou, respirant sa peau lentement. Peut-être pour la dernière fois...

— Ethan !

Je me retourne difficilement, visualisant mon interlocuteur qui n'est autre que Noa. D'un coup de nerf, je cours vers lui et lui assène un coup de poing bien placé. Il s'écroule à terre me regardant stupéfait tout en se tenant le nez déjà dégoulinant de sang.

— Je t'ai dit de la protéger ! Pourquoi l'as-tu amené ici ? Si, elle... commençais-je à dire sans vouloir prononcer ses paroles. Je te tue de mes propres mains !

— Ethan, je n'ai rien pu faire. Elle m'a suivi et tu la connais aussi bien, voire mieux que moi, elle est bornée ! Je te jure que j'ai tout fait pour la retenir, la raisonner. En vain...

J'assimile ses paroles, tentant de réfléchir malgré mon agressivité. Respirant très fort pour essayer de me calmer, ma poitrine se soulève aux rythmes effrénés des battements de mon cœur. Ma peau est couverte de frissons et ma vue se trouble, inondée de larmes. Je lâche totalement prise quand je distingue deux personnes installées Lilou dans une ambulance. Mes jambes flanchent d'angoisse. Noa me retient par l'épaule pour éviter que je ne tombe. Instinctivement, je retire sa main brutalement, mais me ravise immédiatement regrettant mon geste puérile. Mon anxiété de perdre Lilou me pousse dans mes retranchements et mes réactions deviennent excessives. Noa n'a pas tort, Lilou peut être très têtue quand elle s'y met. Je comprends sa réaction, j'aurais fait de même.

Les médecins ne veulent pas que je monte dans l'ambulance. À mon plus grand regret et énervement, malgré que je comprenne le fait que le véhicule deviendrait trop étroit pour prodiguer les soins nécessaires à Lilou avec une personne en plus. Je tente d'appeler un taxi, mais le réseau restreint m'y empêche. Je piétine sur place, serrant très fort mon téléphone dans ma main, m'imaginant voler une voiture de police et me rendre à l'hôpital. Un homme portant un uniforme commence son interrogatoire, je l'envoie balader lui désignant un problème beaucoup plus urgent que de remplir de la paperasse. Il se rétracte compréhensif de la situation, me demandant quand même de passer dans leurs locaux pour faire ma déposition dès que possible. Les lieux étant sécurisés et les tirs stoppés depuis un moment, l'endroit semble désert, malgré les allées venues des policiers, nettoyant à leur façon les lieux jonchés de cadavres et de douilles de balles. D'après la conversation qui se passe derrière moi, seulement un policier a été touché légèrement et trois hommes de main ont été tués. À peine ai-je le temps de me demander si Hector était en vie, que je le vois passer à quelques mètres de moi tenu fermement par deux policiers de chaque côté. Mon corps se tend instantanément et ma mâchoire se crispe. Je suis prêt à bondir sur lui pour effacer ce sourire machiavélique qu'il arbore, fier de lui. J'ai tellement la haine de le voir encore debout et non à terre criblée de balles que je ne remarque pas que mes jambes ont avancé inconsciemment vers lui de quelques pas pour finir le travail. Noa se poste expressément devant moi me stoppant net.

— Ethan, ne fais pas ça, même si je te comprends. Lilou a besoin de toi ! Viens, je t'amène à l'hôpital.

J'entends ses paroles, mais ma posture ne bouge pas. Mon regard toujours rivé vers cet enfoiré d'Hector. Malgré l'immense envie de le tuer, je pose enfin mes yeux sur Noa. Je lui souris, fouille dans ma poche et y retire une pièce de deux euros. Je la balance aux pieds d'Hector.

— Tiens connard, tu en auras sûrement besoin pour du gel lubrifiant là où tu vas dans tes nouveaux appartements !

Il me fusille du regard perdant son sourire. Un des flics pouffe de rire, quant à l'autre, il l'installe sans ménagement dans la fourgonnette.

— Ne perdons pas plus de temps Noa, allons rejoindre Lilou.

Mon anxiété refait surface, des gouttes de sueur coulent le long de mes tempes et je tape nerveusement du pied tout le long du trajet. Ne cherchant pas à se garer aussitôt, Noa me dépose directement devant l'entrée des urgences. Je me précipite à l'intérieur cherchant du regard une personne qui pourrait me renseigner. Le hall est bondé de personnes, je manque d'air, mon impatience se fait sentir et mes jambes flageolent. Je panique. Je vois soudain un policier présent pendant la fusillade. Je cours vers lui.

— Où est-elle ? sortis-je à bout de souffle.

— Monsieur, ne vous inquiétez pas. Elle est en salle d'opération entre de bonnes mains. Tout se passe bien, elle est hors de danger. Je vais vous emmener dans le service pour vous installer en salle d'attente.

— Merci beaucoup...

Je le suis comme un pantin, traversant le hall sous les regards de différentes personnes avec des pathologies plus ou moins graves. Cette dame d'une quarantaine d'années, le regard dans le vide, des sueurs coulant sur son visage et son corps soutenu par son mari. Cette mère de famille dépassée par l'engouement euphorique de ses trois enfants de pouvoir faire la course dans l'immense hall, perdant patience et remettant comme elle peut son pansement éphémère de sa main droite déjà rempli de sang. Cette petite fille au visage d'ange bien sagement assise près de son père, un plâtre à la jambe. Ayant perdu toute notion du temps, je reprends mes esprits lorsqu'un brancard me frôle. Une jeune femme sérieusement amochée, couverte de plaies et de sang me fait fasse et la peur m'envahit... *Lilou*... Je presse le pas dépassant le policier qui me fixe d'un air interrogateur. Affolé, je me dirige vers des couloirs complètement inconnus, le souffle court. L'agent de police me rattrape interloqué par mon changement de comportement soudain.

— Monsieur, rester calme ! Inutile de courir dans tous les sens, vous allez vous perdre.

J'analyse sa phrase, l'imprime et me replace à ses côtés sans dire un mot. Compatissant, il pose sa main sur mon épaule et me montre de son autre main la direction à prendre. Deux minutes plus tard, nous arrivons dans le service où Lilou se trouve. Après une conversation technique avec une infirmière m'expliquant le déroulement de l'opération, je m'installe dans la salle d'attente, changeant de position toutes les trente secondes. Ne pouvant pas rester en place, je décide de descendre à la cafétéria me prendre quelque chose à boire. J'y rejoins Noa pour lui présenter mes excuses au sujet du nez cassé que je lui ai infligé. Il ne les accepte pas, prétextant qu'il le méritait amplement.

Deux interminables heures plus tard, à faire les cent pas, une infirmière vient m'annoncer que Lilou se trouve dans sa chambre. Je ne pourrai malheureusement pas rester longtemps à son chevet, dû au repos dont elle aura besoin après cette opération. La voir allongée sur ce lit d'hôpital, ce visage aux couleurs ternes, ses traits fatigués et son teint blafard me font mal au cœur. J'ai tellement hâte de retrouver son sourire. De retrouver ma Lilou. En fin de compte, le personnel hospitalier très compréhensif de la situation m'a autorisé à rester dans la chambre près d'elle. Un soulagement de pouvoir être présent lorsqu'elle se réveillera. Plus jamais je ne la laisserai. Plus jamais je serai loin d'elle. Plus jamais on ne lui fera du mal.

***

Les quelques jours qui ont suivi ont été rythmés par des visites hebdomadaires à l'hôpital. Plus les journées passaient, plus Lilou resplendissait. Heureux qu'elle aille bien et qu'elle n'ait surtout aucune séquelle. Tellement hâte de la sortir de cet endroit sinistre et de pouvoir prendre soin d'elle à la maison.

Le jour de sa sortie, j'ai tout prévu. J'ai même mis le docteur Carrel dans la confidence et j'ai eu son feu vert tout en évitant les excès, bien évidemment. Après avoir reçu un message d'un de mes complices, je fais demi-tour et prends la direction du lieu surprise. Lilou, pendant ce temps, me fixe avec un grand sourire, mais tapote nerveusement sa cuisse avec ses doigts. Je sais qu'elle prend beaucoup sur elle pour ne pas m'inonder de questions. Quand je lui demande d'ouvrir la boîte à gants et de prendre le bandeau pour le mettre sur ses yeux, elle tique, mais accepte. Au feu rouge suivant, je lui glisse délicatement des écouteurs et actionne la musique de son Ipod. Elle sourit et commence à fredonner. Le chemin se poursuit dans une atmosphère musicale. Vingt minutes plus tard, elle est tellement absorbée par la musique qu'elle ne se rend pas compte que ça fait cinq minutes que l'on est arrêté et arrivé à destination. Tout en la regardant, j'attends la fin de la chanson pour lui retirer le casque et lui murmurer :

— On est arrivé ma puce. Garde le bandeau, je vais te guider.

— Et après, on fait un câlin ? rétorque-t-elle en se mordillant la lèvre.

— Pas tout de suite ! éclatais-je de rire.

J'espère qu'elle ne va pas énumérer ses pensées salaces à haute voix, car la surprise pourrait devenir embarrassante. Je l'emmène à l'intérieur de la maison en essayant de contrôler ses gestes déplacés.

— Lilou s'il te plaît soit patiente encore un peu.

— Pff ! Si je n'ai même plus le droit de toucher les fesses de mon homme ! dit-elle boudeuse.

Je souris et rajoute :

— Tu me remercieras tout à l'heure...

Arrivé dans la pièce principale, je m'immobilise et lui demande de ne plus bouger. Je lui ôte le tissu des yeux et observe sa réaction. Elle se met à trembler, à rire, à pleurer, à crier et tout ça en même temps. Ses yeux s'illuminent quand son regard croise les personnes présentes dans l'espace de réception. Tout le petit monde de Lilou est au rendez-vous. Ma mère ne peut s'empêcher de lui sauter au cou, les larmes aux yeux, suivi de très près de Stan.

— Ma chérie, je suis tellement heureuse de te retrouver ! lui dit-elle en l'enlaçant.

— Lyse ne va pas l'étouffer ! s'exclama Stan. Comment va mon employée préférée ?

— Beaucoup mieux patron ! sourit Lilou.

À peine le temps d'une accolade que Marion se précipite.

— Tu nous as tellement fait peur ! Mon homme t'embrasse fort, il s'excuse, il n'a pas pu se libérer.

Quelques secondes plus tard, Louisa et Jack le jardinier, plus amoureux que jamais viennent l'embrasser, heureux eux aussi. Lilou entre rires et larmes ne sait plus où donner de la tête, mais je distingue tout le bonheur qui émane d'elle en cet instant précis. Sonia et Max, plus timide, s'approchent doucement de nous. Ni une ni deux, Lilou se jette dans leurs bras en les remerciant pour tout ce qu'ils ont fait pour nous deux. Sonia fond en larmes et Max, le regard tourné vers moi, les yeux larmoyants, se penche vers moi.

— Mon pote, ta petite amie est incroyable. Garde-la précieusement.

— J'y compte bien, crois-moi !

Je me décale précipitamment de Max, lorsque je vois Lilou se crisper brutalement. Je me détends quand j'aperçois Yanis en face d'elle en sanglots, tellement soulagé et ravi de retrouver sa meilleure amie. Tant de joie et de douceurs échangées en si peu de temps me met dans un état de béatitude et me donne envie de pleurer, tout juste suivi d'un grand fou rire en entendant la conversation des deux amis et en imaginant la suite.

— Tu as l'air épuisé Yanis ? demande Lilou inquiète.

—  Complètement même ! Si ton médecin t'a prescrit des vitamines, prends-les immédiatement ! rit-il.

—  J'avoue que j'ai dû mal à te suivre là ! s'exclame Lilou interrogative.

Yanis plaçant ses mains sur ses oreilles, se déplace de deux pas sur le côté pour laisser le champ libre à deux folles furieuses qui n'est autre que Missy et Cloé. Les deux femmes, depuis leur rencontre ne se quittent plus. Des conversations bruyantes et à rallonges jusqu'aux aurores, d'où la fatigue de Yanis, seul spectateur involontaire de cette tornade humaine.

—  Je n'en peux plus ! souffle Yanis. Assommez-les, enfermez-les, je ne sais pas, mais mon cerveau ne suit plus là ! plaisante-t-il dépassé.

—  Mon chéri, arrête de te plaindre, on ne fait que commencer ! déclare Missy.

Comme une seule femme courant comme deux gamines, levant les bras au ciel, elles se jettent au cou de Lilou, criant des mots incompréhensibles qu'elles seules connaissent la signification, tournant autour d'elle en chantonnant comme si elles étaient devenues un totem. Le trio est infatigable, sautillant sur place, pleurant de joie, criant d'exultation et jubilant de plaisir d'être réuni. J'aurai dû prévoir des boules quies dans ma liste. Dépassé par toutes ces embrassades, je n'avais pas remarqué que Missy et Cloé étaient habillées exactement de la même façon, tels des jumelles. Malgré leurs aspects physiques différents, en fermant les yeux et à les écouter, c'est à s'y méprendre. Bien entendu, pas besoin d'un chauffeur de salle, car à elles seules elles mettent une ambiance du tonnerre, accaparant toutes les conversations et tout l'espace sans même sans rendre compte.

Une heure plus tard, la fête bat son plein et tout le monde fait connaissance dans la joie et la bonne humeur. Lilou m'attrape soudain la main et m'entraîne dans le jardin.

— Mon cœur, merci mille fois pour tout ce que tu fais pour moi ! déclare-t-elle une perle salée au coin de l'œil.

— Ma puce, ne pleure pas ! Je t'aime...

S'ensuit un baiser fougueux et passionnel qui décrit tout l'amour que l'on porte l'un à l'autre. Une bouffée d'air de bonheur nous envahit, laissant courir notre imagination sensuelle et faisant déborder nos gestes. Les remontrances de Stan envers Missy et Cloé nous stoppent. Nous explosons de rire quand on comprend que les filles étaient montées sur la table en guise de scène.

— Je n'en reviens pas que Stan est pu prêter sa maison pour cette fête ! Monsieur grincheux, associable, détestant recevoir, fait un gros effort !

— C'est lui qui l'a proposé quand j'ai eu l'idée de réunir tout le monde. Il l'a fait pour toi, car il t'apprécie énormément et j'avouerais que c'est grâce à ma mère aussi, il ne peut rien lui refuser...

— Tu m'étonnes ! Ils se rapprochent de plus en plus, on dirait.

— Plus que tu ne l'imagines. Ma mère a découché trois fois la semaine dernière prétextant des soirées avec Catherine, son amie. Elle oublie que je suis son fils et que je la connais !

Nous profitons de ce moment seul dehors pour se câliner. Moment court, car on est coupé par l'arrivée inopinée de Noa et Clara.

— Bonsoir, les amoureux ! Content que tu ailles bien Lilou. Je te présente Clara...

— Merci Noa. Enchantée, Clara, ravie d'enfin faire ta connaissance. Venez à l'intérieur boire un verre.

Nous rejoignons le reste du groupe et faisons les présentations. La soirée se passe à merveille. Les deux acolytes continuent leurs délires et décident de remonter sur la table pour danser et chanter en cœur un tube à la mode. Elles sont folles et elles nous font rire. Après leur étonnant spectacle improvisé, elles débarquent devant Lilou, un carton à la main, emballé de ruban rose, finissant par un joli petit nœud.

— Il y a une autre personne qui a le droit au bonheur. Délaissé ces derniers temps, nous avons décidé, Cloé et moi... commence Missy.

Tout le monde reste en haleine et s'interroge.

— Roulement de tambour... déclare Cloé tout en ôtant l'emballage du carton. Nous avons décidé qu'Albert devait avoir une fiancée !

Effectivement, elle me dépose délicatement au creux de mes mains un sac rempli d'eau avec un joli poisson de couleur jaune tournoyant à l'intérieur. Yanis surgit un bocal à la main où se trouve Albert. Ils s'affairent tous les trois et installent la nouvelle maison des futurs amoureux.

— Non, mais tu crois qu'ils vont bien s'entendre et ne pas se bouffer entre eux ? demande Cloé à Missy.

— Mais oui ! Et, puis, je leur ai prévu deux maisons s'ils s'engueulent ! pouffe-t-elle. Allez, madame Cunégonde, je vous présente Albert, votre fiancé ! affirme-t-elle en y plongeant cette dernière.

— Sérieux ? Cunégonde ? formule Lilou.

Cette scène est à mourir de rire. Voir les trois amies débattre sur le prénom d'un poisson. Je les laisse parlementer et pars rejoindre les hommes en évitant de parler travail avec Max. Je l'ai promis à Lilou.

La fatigue se faisant sentir, Lilou vient me rejoindre une heure plus tard. Elle me murmure à demi-mot qu'elle aimerait aller se coucher et que je la retrouve le plus vite possible pour satisfaire un manque de mon corps. Arrivé dans la chambre d'ami spécialement préparé pour nous deux chez Stan, Lilou se déshabille.

# ET UN JOUR...

— Et, si le bonheur ressemblait à ça ? dit-elle.

— Comment ça ?

— Toi, moi, nos amis, notre famille, tous réunis.

Elle s'allonge et commence à marmonner des mots entre deux bâillements presque inaudibles avant de me chuchoter dans un souffle :

— Je... T'aime... Mon... Cœur...

# Lilou

Quatre mois ont passé depuis ma sortie de l'hôpital. Après quelques jours passés avec tous mes amis et après la soirée chez Stan, tout le monde est reparti de son côté. Ethan est à mes petits soins me couvrant d'affection. Il a d'ailleurs même emménagé chez moi depuis et c'est un pur bonheur d'être à ses côtés au quotidien, bien que l'on soit un peu à l'étroit dans mon petit appartement. On a décidé d'attendre la finalisation du projet d'Ethan et d'ensuite consacrer notre temps posément pour chercher une maison qui nous ressemble.

*Notre maison.*

Depuis lundi dernier, je suis officiellement en vacances. Stan a décrété que toute la boîte avait besoin de repos et que les portes seront fermées pendant quinze jours. Une première pour monsieur grincheux qui n'a jamais pris de vacances de sa vie, obnubilé par son travail. Bien évidemment, Lyse en est pour quelque chose. Les deux tourtereaux se sont envolés direction Miami rejoindre Cloé. Leur histoire au fil du temps s'est réellement concrétisée et officialisée. Lyse s'est beaucoup épanouie et Stan devient plus conciliant et souriant. Un changement de comportement bénéfique, mais j'avouerai un peu déstabilisant.

Cette après-midi, c'est sorti shopping avec Missy. Comme d'habitude, elle est en retard. En attendant madame traînarde, je peaufine les détails de l'organisation de l'inauguration du projet d'Ethan, le village pour les sans-abri qui aura lieu la semaine prochaine. À peine terminé de vérifier la liste des invités que Missy débarque en trombe dans l'appartement, courant jusqu'au frigo, répétant sans cesse : « *Jus d'orange, jus d'orange, jus d'orange* ». Je l'observe sans rien dire amusée par le contexte. Elle vient s'asseoir près de moi, avalant une quantité impressionnante de ce fluide vitaminé et rotant sans gêne.

— Missy ! la grondais-je.

— Désolée, mais ce n'est pas moi ! plaisante-t-elle.

— Tu ne vas quand même pas tout lui mettre sur le dos ? la réprimandais-je en touchant son ventre.

— Mon bébé... Ta marraine a perdu son humour, je crois !

Nous gloussons toutes les deux de l'hilarité de la situation. Il y a un mois, ma meilleure amie lors d'une soirée avec Ethan et Yanis, m'a annoncée qu'elle était enceinte de trois mois. Missy et son imagination démesurée se sont amusés à nous le faire deviner par une sorte de rébus, jeux de mots et de cartes au moment de l'apéritif. C'est devenu à la place une sorte de casse-tête chinois, impossible à décrypter. Face à notre incompréhension, Missy d'un revers de main avait balayé la table de son jeu, s'était levé en montrant son ventre et avait hurlé en bondissant sur place : *Je suis enceinte*. Quant à moi, je me suis littéralement effondrée sur place en larmes, de joie bien sûr. Toute la soirée avait été ponctuée par de grandes conversations sur les bébés et tout ce qui tourne autour. Nos hommes quant à eux, nous avaient laissé seules, se cachant dans la cuisine, invoquant qu'ils ne s'entendaient plus parler. J'ai eu le droit également à un magnifique discours de mes deux meilleurs amis qui m'ont proposé de devenir la marraine de leur futur enfant. Un moment de grande fierté pour moi et un immense bonheur de leur répondre positivement. Je suis complètement gaga depuis l'annonce de cette nouvelle, protectrice et impatiente d'enfin voir la bouille de mon ou ma filleule.

L'après-midi shopping est bien entendu consacrer au futur bébé. Grâce à Yanis et à cette grossesse, Missy s'est beaucoup tempérée et a grandi en maturité tout en restant la même. Notre Missy, notre folle attachante.

***

Le jour J est arrivé. Ce soir, c'est l'inauguration. Depuis son réveil, Ethan est stressé et inquiet. Il a à peine dormi cette nuit, tournant dans tous les sens, se levant même pour aller faire des pompes dans le salon. J'ai beau essayer de le détendre, mais cette boule d'angoisse reste bien accrochée au fin fond de sa gorge. Ce qui est normal, car il s'est tellement investi et ce projet lui tient réellement à cœur.

En fin d'après-midi, on se prépare pour aller au terrain installer les petites choses de dernières minutes. Nos amis et familles ont été d'une grande aide, tout le monde à prêter main-forte. L'heure fatidique arrivée, on accueille les premiers invités. Tous les convives ont répondu présents. Des investisseurs, des associations et même des politiciens. Avant de faire la visite des locaux, Ethan tient à présenter le projet aux personnes présentes. Il s'installe sur l'estrade éphémère posée pour l'occasion lui permettant d'être vu de tous. Il commence son discours, les yeux pétillants et la voix timide. Il plonge son regard dans le mien cherchant un soutien. Il prend une grande inspiration et se lance dans une déclaration pleine de bon sens, riche en émotions, convaincu de ses idées et détaillant à la perfection le fonctionnement du village. Il laisse son public silencieux, à l'écoute, subjugué par ses paroles, hochant leurs têtes d'acquiescement et de respect. Je contemple Ethan, fière de lui, de ses idées et de son travail. Avant d'achever ses propos, il émet des remerciements aux différentes personnes qui se sont investis au projet. Les ouvriers, les investisseurs et toutes celles qui ont contribué à son aboutissement. Il a tenu également à présenter monsieur MacDowell et son fils Max, Arthur et Sonia, ses collaborateurs. Le mot de fin me concerne, m'obligeant à rejoindre Ethan sur l'estrade. Embarrassée par la situation, je m'approche timidement, évitant le regard de la foule en face de moi. J'ai l'impression de me retrouver plus de vingt ans en arrière sur les bancs de l'école pour un exposé. J'étais bien mieux dans mon coin, à l'ombre de tous, mais Ethan y tient et être à ses côtés me déstresse, sachant très bien qu'il ne me mettrait pas dans une situation embarrassante aux yeux de tous. Protecteur, il m'embrasse sur le front. Sa déclaration terminée, tout le monde se lève et l'acclame par des applaudissements. Une ovation pour cet homme. Mon homme. Cet homme d'affaires au cœur d'or. Lyse, trempée par les larmes et tellement fière du parcours de son fils, se jette dans ses bras, le félicitant par des accolades attendrissantes. Chaque personne présente vient le féliciter, ravie d'être ici. Un peu plus tard, la visite des locaux débute par plusieurs groupes, présidée par Ethan, Sonia et Max. Les laissant, les filles et moi terminons d'installer les tables pour l'apéritif servi à leur retour, papotant sur le sujet du moment, Missy et son bidon qui commence à se voir. Bien évidemment, la conversation dérape sur la possibilité qu'Ethan et moi devions nous mettre au travail.

— Tu sais Lilou, c'est simple, Ethan doit juste mettre sa petite graine et hop un gros bidon ! déclare Missy me parlant comme à une enfant.

— Missy ! Je sais quand même comment faire des bébés ! éclatais-je de rire.

— Vous attendez quoi alors ? Je veux ! Non ! J'exige une petite Lilou.

— Chaque chose en son temps mademoiselle la chieuse !

Nous finissons d'agrémenter les tables dans la bonne humeur. Quelques minutes plus tard, tout le monde est arrivé. Les premiers verres se remplissent et les discussions s'enchaînent. Ethan est magnifique dans son costard. Cela lui donne une allure sûre de lui, un homme qui impose, parsemé d'un charme fou et d'une douceur dans son regard. Je ne me lasserai jamais de l'observer. L'apéritif se poursuit. Tous les convives ont l'air heureux d'être là, plusieurs cartes de visite sont échangées, ainsi que des sourires. Je reste auprès de Missy pour qu'elle évite d'engloutir tous les petits fours et pour l'accompagner depuis la quatrième fois aux toilettes. Si ça commence comme ça, elle n'a pas fini. En même temps, elle ingurgite des litres de jus d'orange, blasée de ne pas pouvoir se servir un verre de champagne. À un moment donné, j'aperçois Ethan s'éclipser avec sa mère dans un petit recoin de la salle. Tellement heureuse qu'ils se soient retrouvés tous les deux, une belle complicité et un amour certain. Discutant tous les deux, des sourires et des rires s'échappent de leurs bouches, jusqu'au moment où Lyse lui présente quelque chose du bout des doigts et qu'Ethan se crispe, le visage fermé.

De ma place, à l'autre bout de la pièce, je ne distingue pas clairement ce que c'est, mais je vois que ça brille. Curieuse, je m'avance doucement pour y voir plus clair et je suis comme attirée par un aimant. Plus je m'approche et plus mon cœur tambourine dans ma poitrine, m'apercevant que cette chose est en réalité familière. Mes pas se font lourds, mon cerveau se focalise sur cet objet, me plongeant dans une semi-transe. Me refermant dans ma bulle. J'entends au loin mon prénom raisonné, reconnaissant la voix de Yanis, mais n'y prête pas attention. Je continue ma lancée jusqu'à me retrouver à deux pas d'Ethan. Son regard inquiet croise le mien embué d'un voile de larmes. Il s'avance et pose sa main sur mon épaule comme pour me retenir d'un éventuel malaise. Obnubilé par ce qu'il tient dans sa main, je le repousse ne comprenant pas pourquoi il ne m'en a pas parlé avant. Des émotions multiples viennent se percuter dans ma tête. De la colère, de la joie, de l'incompréhension. Touchant du bout des doigts la cause de mon état, je lève mes prunelles dans celle d'Ethan cherchant des explications.

— C'est... C'est... essayais-je de dire la voix tremblante. C'est le morceau manquant de mon pendentif... Où l'as tu trouvé ?

Les yeux d'Ethan s'écarquillent instantanément, ouvrant sa bouche sous le choc de ma révélation.

ET UN JOUR...

## Ethan

J e suis tétanisé par ce que viens de me dire Lilou. Comment est-ce possible ? Je secoue ma tête vivement pour remettre mes idées en place et assimile les informations des dernières minutes. Bordel de merde, ce n'est pas croyable ! Comment ai-je pu ne pas faire le rapprochement ? Yanis, Missy et Marion nous ont rejoints, apeurés par le comportement bizarre de Lilou. J'ai moi-même été pris de court en la voyant venir à moi dans un état second. Ma mère, quant à elle a positionné ses mains sur sa bouche, suivie d'un hoquet de surprise. La situation est embarrassante, sortie tout droit d'un film aux énigmes compliquées. Tout le monde reste sur le qui vive, attendant ma réponse. Je scrute les alentours et repère Max et Sonia me regardant d'un air curieux, mais comprenant qu'ils doivent faire en sorte de dissimuler cette incartade qui n'a pourtant aucune incidence sur la soirée et les invités du fait que l'on soit assez éloigné d'eux. Mes mains sont moites, des tremblements incontrôlés se font sentir tout le long de mon corps, me faisant perdre à moitié l'équilibre. Sentant mon rythme cardiaque s'affoler, je respire un bon coup pour essayer de me contrôler.

— Lilou… C'est ton pendentif ? C'est à toi ? formulais-je hésitant avec une petite pointe d'espoir au fond de ma voix enrayée par cette émotion qui monte le long de mon organisme.

— Je le reconnaîtrai entre mille. Derrière cette clé, il y a même les initiales de mes grands-parents gravés ! me répond-elle en retournant le bijou précieusement.

Elle le place au creux de sa paume, cherchant de l'autre main son pendentif formant un cœur qu'elle porte fièrement autour de son cou. Elle rassemble les deux et comme par magie les morceaux se scindent comme s'ils n'avaient jamais été séparés. Lilou s'effondre sur l'épaule de Yanis, un sourire aux lèvres d'avoir enfin pu récupérer le fragment manquant et revoir ce pendentif orné de toutes ces pièces. Je tombe de haut en découvrant la vérité qui trébuche officiellement au fond de mon cœur.

— Lilou, j'ai gardé ce collier tout ce temps en pensant que… commençais-je à expliquer.

— En pensant que quoi… ? m'interroge-t-elle.

— Ma puce, il faut que je t'avoue quelque chose…

Elle m'observe sans dire un mot, me dévisageant, cherchant les réponses elle-même. Elle se décolle de Yanis et déplace ses petites jambes vers moi, se plaçant à un mètre de mon corps, fuyant tout contact physique comme une petite fille apeurée. Je sens qu'elle est comme moi, instable et perdue dans ses pensées, fouillant dans son passé en quête de réponse, bien que l'on ait compris tous les deux la même et seule réalité des choses. Je commence à interpréter les faits la voyant incapable de débuter.

Ce fameux jour, un des plus beaux jours de ma vie à présent, je me promenais seul comme souvent. Je venais de déposer des fleurs sur la tombe de mon père et je me sentais triste, avalant les kilomètres comme un robot, me demandant comment j'allais m'en sortir, comment faire pour sortir ma mère et ma sœur de cet enfer. Anxieux de ne pas pouvoir faire grand-chose, je m'étais stoppé au bord d'une rivière, jetant des dizaines de cailloux dans l'eau comme pour évacuer cette colère qui n'arrivait pas à s'estomper. Cette haine avait laissé place à un sentiment d'injustice et les larmes inarrêtables coulèrent. C'est à ce moment-là que j'avais entendu des crissements de pneus, un énorme bruit à suivi, puis un silence inquiétant. Étonné par ce vacarme soudain, j'avais décidé de m'en approcher. Je m'étais levé et parti en direction de la route. Une odeur de brûlé était parvenue dans mes narines et une fumée épaisse dévalait le ciel ne laissant plus de place au soleil. Mes pas s'étaient accélérés et en moins de dix secondes, j'étais arrivé sur les lieux du sinistre. Devant mes yeux se tenaient deux voitures en piteux état, dont une commençait à brûler. D'un coup d'œil, j'avais inspecté la scène devenue un brouillon vu la quantité de taule et d'affaires éjectées pendant l'impact. La fumée sirupeuse troublait ma vision et mon ouïe était impactée par des explosions et craquements en tous genres. Je commençais à suffoquer m'obligeant à rebrousser chemin, jusqu'au moment où j'avais entendu cette voix suppliante, à bout de souffle, cherchant son ami. Je m'étais focalisé sur elle et avait foncé à travers les décombres sans réfléchir. Plus j'entendais cette voix et plus mon cœur battait à tout rompre, me redonnant cette force qui avait disparu le jour du décès de mon père. Je n'avais plus qu'un objectif en tête, retrouvé cette fille et la sauvée. Bataillant avec tout ce qui se trouvait sur mon chemin, j'étais parvenu à discerner une chevelure blonde. Je m'étais précipité et avais constaté son état. Des débris avaient recouvert son petit corps frêle, la coupant de part et d'autre et la faisant saigner. J'avais inspecté entièrement cette inconnue, vérifiant qu'elle n'avait rien de grave et d'après mon constat, elle n'avait que des blessures sans gravité. Soulagé, je l'avais regardé enfin dans les yeux, lui prenant la main afin de réduire sa peur et son angoisse. J'avais enlevé mon tee-shirt et l'avais placé sous sa tête. Lui caressant le front pour la calmer, j'avais remarqué une petite coupure pleine de sang placé entre ses deux jolis yeux verts. Son regard avait croisé le mien pour la première fois et c'était à cet instant précis que je suis tombé amoureux d'elle. Une sorte de bouffée de chaleur avait réveillé et réchauffé tous mes sens. J'avais l'impression de revivre. On s'était dévisagé sans discours sentant tous les deux cette alchimie qui jaillissait en nous. Le temps s'était arrêté, ne voyant plus qu'elle, mais un langage familier m'obligea à interrompre cette rencontre. Des pompiers et policiers étaient arrivés et il était impensable qu'ils me voient sur les lieux ce qui aurait causé tout un tas de questions et de réponses et qui entraînerait leur conduite au camp. Torturé de devoir la laisser, j'avais imprimé une dernière fois son visage et lui avais promis de la retrouver coûte que coûte. Avant de me lever, j'avais repéré un bijou près d'elle qui devait certainement lui appartenir. J'étais à deux doigts de le lui déposer dans sa paume de main, mais une voix m'interpella derrière moi me contraignant de déguerpir en vitesse. J'avais couru à travers la fumée me cachant dans la forêt attenante. Le policier n'avait pas cherché à me poursuivre et s'était arrêté au pied de cette sublime inconnue qui avait entaillé en moi des portes jamais ouvertes jusqu'à présent. J'étais resté là entre deux buissons, m'écorchant la peau avec les ronces présentes à mes côtés, mais je m'en foutais, j'étais heureux. J'avais séjourné durant des heures dans ces broussailles, observant tant que je pouvais cette fille, quitte à m'exploser les rétines. À chaque cri de sa part, j'avais sursauté de peur, voulant accourir pour la protéger. Je tenais fermement ce bijou en forme de clé dans ma main. Un objet devenu précieux à mes yeux. N'ayant plus de tee-shirt, j'avais froid, mes dents avaient commencé à se cogner entre elles, mais j'avais décidé de ne pas bouger tant qu'elle ne serait pas en sécurité dans l'ambulance. J'avais noté mentalement tout indice qui aurait pu m'aider à la revoir, me les répétant sans cesse pour n'oublier aucun détail. Une fois, les secours et les dépanneuses partis, j'avais couru sur la route, fouillant les environs à la recherche de tout et n'importe quoi qui me rapprocheraient d'elle. En vain. Tout avait été nettoyé à mon plus grand regret. J'étais rentré au camp, trainant des pieds. La nuit s'était épaissie et je voyais à peine où je marchais, avec en tête *ce* visage.

— Où étais-tu ? Je me suis fait un sang d'encre ! me cria ma mère.

— J'ai sauvé la plus belle chose que j'ai vue de toute ma vie.

Ma mère interloquée m'avait regardé et examiné de la tête aux pieds. Je lui avais relaté toute ma journée en n'excluant aucun détail. Inquiète, mais ravie ma mère m'avait lancé :

— Ton premier amour mon chéri. J'espère de tout cœur que tu la retrouveras…

Et c'est ce que j'ai essayé de faire pendant des jours, des semaines, des mois, même des années, n'arrivant pas à la sortir de ma tête, obnubilé de la revoir. Le lendemain de l'accident, j'avais fait tous les hôpitaux du coin, arpentant les rues, déambulant dans les couloirs sans jamais la croiser. J'avais malheureusement très peu d'informations sur elle et même en la détaillant parfaitement, le personnel hospitalier n'avait pas su me répondre. Les jours qui avaient suivi, je m'étais posté à l'endroit même où je l'avais vu pour la première fois, attendant un signe, avec l'espoir qu'elle aussi aurait eu la même idée, mais plus le temps passait et plus l'espoir disparaissait.

Quelques années plus tard, j'avais même engagé un détective privé. Sans succès. C'est comme si elle n'avait jamais existé. Après plusieurs tentatives, les échecs de la revoir s'estompaient et j'avais arrêté mes recherches, m'appuyant et me focalisant sur mon projet. Mais, c'est comme si mon subconscient me l'interdisait, projetant son visage et la scène de l'accident régulièrement, provoquant des cauchemars, agitant mes nuits depuis des années…

## Lilou

Pendant le récit d'Ethan, je reste muette, percutée par ses mots. Son histoire. Je reste stupéfaite par cette révélation et les morceaux du puzzle s'emboîtent naturellement au fil du discours. Pourquoi le comprendre que maintenant ? Yanis de sa main me soutient, sachant que pour moi c'est une grosse claque que je me prends, sachant ce que j'ai vécu et ressenti, demeurant au même endroit ce jour-là.

Étant parti en Road Trip avec lui pendant deux semaines, nous avons visité plusieurs pays, bien décidés d'en profiter et faire la fête. Nous avions pris connaissance d'une soirée et comptions y aller. Deux jours auparavant, suite à une partie de poker, que j'avais perdue, le pari était que je me teigne les cheveux en blond et porte des lentilles de couleur verte. Nullement dégonflée, je le fis sur-le-champ, m'arrêtant au premier coiffeur sur mon chemin. Ce que j'ai regretté après, car mes cheveux avaient souffert de cette décoloration, mais à cette époque j'étais jeune et les défis ne me faisaient pas peur. Yanis m'avait traité de folle en acceptant le pari et m'avait dit que je le regretterais, mais il était amusé de la situation. Nous avions pris la route ce jour-là pour nous rendre à cette soirée si attendue, achetant notre déguisement sur le chemin.

L'humeur était joyeuse et festive, rigolant et chantant à tue-tête dans l'habitacle, quand soudain une voiture en face de nous, nous avais coupé brusquement la route. Yanis avait essayé de l'éviter, freinant de toutes ses forces, mais la collision était inévitable. Le choc fut brutal. Une force invisible m'avait éjecté hors de la voiture. Tout avait été vite, des sons inconnus avaient résonné et des sifflements m'avaient percé les oreilles. Mon corps qui était dévoré par la douleur s'était plaqué au sol comme une poupée de chiffon. Je ne me souviens plus si j'avais perdu connaissance ou non, mais quand j'avais ouvert les yeux, le spectacle morbide devant moi m'avait donné envie de vomir. J'avais tenté vainement de me lever, mais la souffrance corporelle m'en avait empêché. Ma peau me brûlait, comme si des braises d'un feu ardent avaient été déposées sur moi. J'avais tenté du regard de visualiser Yanis, mais la fumée abondante me faisait obstacle. J'avais essayé de prononcer son prénom, mais ma gorge me faisait mal, comme si mes cordes vocales avaient éclaté dans la chute. J'avais froid. J'avais peur. Aucun mouvement à l'horizon, aucun cri, juste des bruits suspects provenant des véhicules. Je m'étais efforcée de garder mon calme en m'évertuant de me dégager des débris, quand une explosion avait retenti et des flammes avaient apparu. Mon cœur n'avait fait qu'un bond et je m'étais mise à hurler, cherchant Yanis en tournant la tête comme je pouvais. C'est là que j'avais vu une silhouette s'approcher de moi, mais je ne distinguais pas son visage. Une voix presque inaudible m'avait parlé, m'avait réconforté. Quand il m'avait pris la main, j'avais senti une chaleur immense, comme un fluide de bien-être qui se déposait doucement dans mes veines. Sa peau était douce et ses gestes tendres m'avaient apaisé. Ces fichues lentilles me troublaient la vue, je n'avais qu'une envie les arracher pour voir le visage de mon sauveur. Quand il avait placé son tee-shirt sous la tête, j'avais repéré un symbole sur son torse. Un tatouage, je suppose, mais je n'arrivais pas à discerner le motif exact. Je ne sais pas comment l'expliquer, mais cet homme avait éveillé en moi des sensations inédites en si peu de temps. J'avais envie qu'il reste près de moi, qu'il ne me lâche pas la main. Jamais. J'avais essayé de lui parler, mais ma voix avait foutu le camp. Je voulais connaître son prénom au moins… Il m'avait abandonné la main subitement, ce qui m'avait provoqué des frissons et un froid soudain. Du bout des doigts, j'avais cherché son contact, glissant ma paume sur le bitume granuleux. Son visage flouté était réapparu quelques secondes plus tard et j'avais souri quand il m'avait promis qu'il me retrouverait. Je l'avais cru. J'étais convaincu qu'il le ferait.

Des hommes s'étaient afférés autour de moi, me précisant que mon ami était sain et sauf, qu'il était juste très secoué par l'accident et que je le retrouverais à l'hôpital. C'était un apaisement d'entendre que Yanis allait bien. Le pompier présent à mes côtés m'avait expliqué que cet homme anonyme qui était parti en courant quelques minutes auparavant m'avait sauvé la vie, pansant mes blessures pour éviter qu'elle ne s'aggrave, me préservant au chaud. Mise sur un brancard, j'avais profité des quelques mètres me séparant de l'ambulance pour voir si je remarquais la présence de cet inconnu, mais tout ce que j'ai pu découvrir, c'est un tas de taules éparpillés au sol, des voitures écrasées par l'impact, un nuage grisâtre abondant et un incendie contenu par les lances des hommes de feu. Les portes du camion s'étaient refermées, ainsi que mon cœur de ne pas l'avoir aperçu. J'étais frigorifiée, épuisée par la situation, mes paupières s'étaient fermées de fatigue et je m'étais laissée flotter dans un sommeil réparateur. Mes yeux s'étaient ouverts sur un grand plafond blanc, une lumière blanche vive m'avait irrité la vue quelques secondes. Une tête familière s'était avancée au-dessus de mon visage et m'avait souri. Yanis était là, bel et bien vivant, quelques égratignures sur le visage. Il s'était excusé et effondré en larmes sur mon épaule. Rien n'était sa faute, il n'aurait rien pu faire. Un mauvais coup du sort. Le principal c'est que l'on allait bien tous les deux, sans séquelles. Yanis m'avait annoncé que le conducteur de l'autre véhicule s'en était tiré indemne également et qu'il tenait à nous rencontrer pour s'excuser, ce qu'il fit quelques heures plus tard. Le médecin de garde nous avait informé qu'il serait judicieux de se faire rapatrier dans notre pays auprès de nos familles respectives vu notre jeune âge. Nos derniers soins auraient été prodigués en France. Le rapatriement s'était déroulé dès le lendemain matin. Pendant le voyage, j'avais dévoilé à mon meilleur ami cette rencontre improbable avec ce charmant garçon, détaillant le bouleversement qu'il avait provoqué en moi.

— Alors, toi, tu as réussi à te faire draguer lors d'un accident ? Tu m'épates !

— Tu es con, arrête ! Il ne m'a pas dragué, il a pris soin de moi. J'aimerais le revoir Yanis, mais je ne sais pas comment m'y prendre…

— Dès que l'on ira mieux, on y retournera et je t'aiderai à retrouver ton prince charmant. Compte sur moi !

Quelques semaines plus tard, plus impatient que jamais, on était retourné sur les lieux. Des mauvais souvenirs avaient ressurgi en redécouvrant l'endroit du sinistre, mais très vite remplacé par l'espoir de le revoir. Nous avions tout fouillé, frappé à toutes les portes des maisons aux alentours et plus loin même, sans une seule petite chance d'avoir une petite information. Nous sommes restés une semaine, balayant les environs, interrogeant les passants, mais rien. À bout de souffle et d'optimisme et devant reprendre les cours, nous avions dû rentrer. Pour ma part avec des larmes sur mon cœur et pour Yanis, une triste impuissance de ne pas avoir réussi la mission qu'il s'était fixée.

J'ai vécu toutes ces années avec ce goût amer au fond de la gorge, ce chagrin dégoulinant dans mes tripes, cette impression d'avoir tourné la page d'un chapitre inachevé, convaincu de ne plus jamais le revoir. Pourtant, la nuit venue, il était là. Présent dans mes rêves qui la plupart du temps se transformaient en cauchemars, me l'ôtant à chaque fois en me réveillant, disparaissant comme il l'avait fait ce jour-là…

Je termine mon récit en pleurs, essoufflée par la quantité de mots déballés en quelques minutes, dévastée d'enfin connaître la vérité, mais tellement heureuse de découvrir qu'Ethan n'est autre que celui qui m'a sauvé.

Il s'avança vers moi, lui aussi en larmes, hésitant au départ. On se rapprocha lentement, se plaçant furtivement dans le réel. Nos doigts s'entremêlèrent doucement, nous laissant le temps de digérer cette nouvelle. D'un bond, je me jette à son cou, pleurant, riant, le serrant très fort tout contre moi, ne voulant plus le lâcher. Nous explosons de joie, car nous nous apercevons que notre amour est bien plus fort que tout et qu'il dure depuis tout ce temps.

Je le savais qu'il me retrouverait…

ET UN JOUR...

# Ethan

**M**on cœur est au bord de l'explosion de bonheur. Impossible de contenir ma joie. Je suis aux anges. Je l'ai retrouvé. Enfin. Mon amour pour Lilou est incontestable, mais savoir que c'est elle qui a ouvert mon cœur pour la toute première fois me laisse flotter sur un nuage. Jamais je n'aurais cru que ce soit possible. Ma vie, c'est elle. À tout jamais.

Tout le petit groupe est en sanglots, un câlin collectif se met en place. Pour ne pas gêner le déroulement de la soirée, nous séchons tous nos larmes et revenons près du reste des personnes présentes.

— Ethan, ça va ? se questionne mon amie d'enfance.

— Sonia… Je l'ai retrouvée… tout en regardant Lilou.

— Qui ça ? Oh… C'est pas vrai ! dit-elle émue en venant m'enlacer.

— Quelqu'un peut m'expliquer ? demanda Max interloqué.

— Je te raconterais tout devant un bon repas, car c'est une histoire hallucinante et longue à exposer.

Mes lèvres sont étirées jusqu'aux oreilles, impossible de diminuer ce sourire. Je suis tellement heureux. Je ne peux m'empêcher de fixer Lilou. *Ma Lilou.* Ma fierté. Elle est en pleine discussion avec Missy et les deux amies ont dû mal à se contenir.

— Bordel de merde ! C'est un conte de fées ma chérie ! jure Missy.

— C'est mieux que ça ! réplique Lilou tout en m'observant de ses prunelles pétillantes.

On comprit à nos regards que l'on avait envie de la même chose, se retrouver rien que tous les deux. L'attente fut interminable, malgré le fait que les convives soient partis environ une heure après. Nous commençons à débarrasser, lorsque Missy et Lyse nous prennent par la main et nous éloignent des tables. Yanis arrive avec nos affaires et nous les donne.

— Allez, les amoureux ! Rentrez chez vous et profitez bien, on se charge du ménage ! sort Missy en nous poussant vers la sortie.

— Il me semble que vous avez beaucoup de choses à vous dire tranquillement et de vous retrouver seuls… lance ma mère avec un clin d'œil.

Elle n'est pas possible, les allusions venant d'elle me donnent des frissons. Je ferme les yeux en secouant la tête, effaçant ses paroles. Lilou de son côté, éclate de rire. Je la prends par la main et la conduis vivement à la voiture. Le chemin jusqu'à l'appartement se passe en silence. La tête appuyée sur mon épaule, elle me caresse doucement la cuisse. Plus rien ne va être comme avant à présent. Ce sera plus fort, plus intense, plus puissant. Et dire que l'on s'aime depuis le tout premier jour que l'on s'est rencontrés…

Nous rentrons dans l'habitation timidement. Une fois la porte fermée, nos corps se rapprochent comme aimantés. Un baiser ardent s'ensuit, nos souffles s'intensifient et nos langues s'entremêlent. Ce besoin. Ce besoin d'elle. Ce besoin de ce contact, de sa peau, de ses baisers. Front contre front, nous reprenons nos respirations.

— Pourquoi on ne s'est pas croisé quand je suis revenue sur les lieux ? me demande-t-elle dans un chuchotement.

— J'ai dû fuir ma puce. À cette période, on nous avait expulsés du camp. Si tu savais comment j'en ai eu mal au cœur de partir, car je savais que tu serais revenue. Je le sentais…

— Le principal c'est que l'on soit à nouveau réuni…

Elle soulève d'un coup ma chemise et commence à examiner mon torse, caressant du bout des doigts ma peau à l'endroit même où se situe mon tatouage.

— Ce n'est plus le même que la première fois, bien que je ne voyais pas grand-chose. Il me semble plus grand… ?

— J'ai rajouté des choses depuis. À l'époque, j'avais ce cœur entouré par la date de naissance de mon père pour exprimer que même après son décès, je l'aimais toujours et que je ne l'oublierais jamais. Après la mort de ma mère, j'ai rajouté sa date également et la date de notre première rencontre… Si tu regardes de plus près ici, tu pourras apercevoir une clé identique à ton pendentif…

Elle en suit le contour de la pulpe de son doigt comme pour comprendre pourquoi elle n'avait jamais fait le lien. En même temps, j'avais fait en sorte que ça ne se remarque pas au premier coup d'œil, entrelaçant les éléments pour que moi seul comprenne.

— Je n'ai jamais rien compris au chiffre romain, blague-t-elle.

Les gouttes roulant sur ses joues, elle me regarde pleine de tendresse.

— Même avant de te connaître, je t'aimais déjà. Ethan… Tu es le seul et unique amour de ma vie…

Ces petites paroles ont un impact important sur mon cœur déjà bien regonflé depuis ma deuxième rencontre avec elle.

— Lilou, je suis tombé amoureux deux fois dans ma vie… À chaque fois de toi.

Un immense sourire s'affiche sur son visage. Nos corps se reconnectent plus excité que jamais. L'appétit sensuel monte d'un cran, explosant le thermomètre du désir. La jouissance bouillonna et nos vêtements commençaient à nous démanger. Des sensations inconnues jusqu'à présent provoquent un effet érotique à nos gestes. Une ferveur plus profonde anime cette passion et nous passons une nuit indécente et jouissive.

***

Les semaines ont passé à une allure mordante. Lilou et moi flânant dans notre bulle de douceur. Depuis l'inauguration, nos cauchemars respectifs ont stoppés subitement, laissant place aux rêves. Comme si notre inconscient avait fini son travail. Il nous a torturés pendant des années avec l'image de l'être aimé s'enfuyant pendant nos songes nocturnes, nous laissant sans le savoir des indices primordiaux à la vérité, pourtant devant nos yeux.

La vie reprend son court sagement. Le village des sans-abri remporte un grand succès. Tout est bien organisé sous les ordres de Sonia et de l'équipe. Les premières personnes abritées sont ravies des lieux et nous remercient un peu plus chaque jour. Nous avons déjà réussi à trouver un emploi à certains d'entre eux. On continue de les aider pour les démarches et ainsi à long terme leur trouver un logement individuel et commencer à vivre leur vie sereinement.

Lilou quant à elle se voit attribuer de plus en plus de responsabilités. Il règne dans les locaux de l'entreprise de Stan, une bonne ambiance générale qui booste les équipes et fait grimper le chiffre d'affaires. Tout cela, grâce à Lyse qui nous a déridé monsieur grincheux. Plus à l'écoute de son personnel et des avis de chacun, il y domine à présent un climat chaleureux.

À ces heures perdues, Lilou dessine. J'avouerais qu'elle a un certain talent. J'adore la regarder faire, mordillant son crayon tout en réfléchissant, soulignant cette petite cicatrice au creux de son front. Elle est si sérieuse et appliquée que je ne peux m'empêcher d'être fière de cette femme si créative. Un jour lorsque Cloé était venue nous rendre visite, elle avait laissé ses esquisses trôner sur la table du salon, oubliant de les ranger. Ma sœur était tombé dessus et avait commencé à regarder ses œuvres et était littéralement tombée amoureuse de l'une d'entre elles.

— Je le veux ! s'extasia Cloé.
— Comment ça tu le veux ? C'est un simple dessin que j'ai réalisé en vitesse en plus ! explique Lilou.

J'avais empoigné la feuille, curieux du croquis griffonné dessus. Un joli ananas déstructuré avait fiere allure avec ses couleurs pastel, sobre, mais lumineuse.

— Ma chère belle-sœur, je veux cet ananas comme logo pour ma société. Cela fait des mois que je cherche et rien ne me tapait dans l'œil jusqu'à ça ! montra-t-elle la feuille, me l'arrachant de la main. Ce dessin est parfait, simple, coloré, déjanté et efficace. Tout moi quoi ! pouffe-t-elle.

Lilou avait accepté avec joie, mais aussi avec surprise. Des négociations avaient suivi, Cloé voulant absolument la payer, ce que refusa catégoriquement Lilou. Le marathon de celle qui aurait eu le dernier mot avait commencé, me laissant comme un con seul avec ma bière. Dès que je commençais à parler, un *chut* en cœur retentissait. Au moins, elles étaient d'accord pour une chose, celle de me faire taire. Je les avais laissé débattre, me relaxant dans le canapé zappant de chaîne en chaîne. Lorsque j'avais entendu la phrase *marché conclu*, je m'étais levé et les avais applaudis.

— Bravo, les filles, vous avez mis à peine deux heures, un exploit !
— Pff, tu es nul ! rigola quand même Lilou.
— Alors verdict... commença Cloé. Je ne payerai pas ma belle-sœur, mais elle sera obligée d'intégrer son prénom au logo et j'aurais la possibilité de dire à qui je voudrais que cette merveille a été créée par elle. Crois-moi, je ne vais pas me gêner !

Connaissant ma sœur, tout Miami sera au courant en moins d'une heure. Nous avions trinqué à leur décision finale, m'éclipsant quelques minutes avec mon ordinateur vérifié le bon déroulement du programme que je réserve à Lilou qui risque de la surprendre et bien plus…

ET UN JOUR...

## Lilou

Aujourd'hui, Ethan s'est levé aux aurores, légèrement stressé, prétextant une réunion importante avec Arthur. Ce dernier arrivé en France depuis maintenant plusieurs jours avec Cassandra et leurs enfants, profitent de leurs vacances pour changer d'air et découvrir notre beau pays. Malheureusement, le pauvre associé n'est pas tout à fait en repos. Il est venu également avec des dossiers dans les bagages au plus grand désespoir de sa femme.

Encore au fond de mes draps, calée sur l'oreiller, Ethan vient m'embrasser tout en me souhaitant une bonne journée et me précise qu'il rentrera certainement très tard. Je ne m'inquiète pas et le laisse filer à ses occupations. Regardant le réveil, je prends conscience qu'il est super tôt et que j'ai le temps de flâner encore quelques heures dans mon lit.

Ma matinée se résume en deux gros blocs : travail et téléphone. Un dossier complexe m'a été attribué par Stan. Merci les responsabilités, c'est un véritable casse-tête ce manuscrit, m'obligeant à téléphoner à mon patron pour quelques précisions. Deux heures plus tard, je décide de prendre une pause et ainsi prendre le temps de téléphoner à Cloé et Louisa. Les deux femmes se portent à merveille et me racontent les dernières nouvelles. Je n'ai pas traîné tout de même, car je reçois Marion ce midi pour manger un morceau, entres filles.

Une fois le repas terminé, je me remets au travail sans grande motivation. Vers quatorze heures, on frappe à la porte. N'attendant aucune visite, je me demande qui cela peut bien être. Je me dirige vers l'entrée, actionne la poignée et découvre sur le palier Missy tenant dans ses bras un grand paquet orné d'un ruban rouge.

— Hola poupette, livraison spéciale pour toi !

Elle me remet le colis et me demande de l'ouvrir expressément. Je m'y attèle et y trouve une magnifique robe noire enjolivée par de la fine dentelle au niveau du buste. Elle est splendide. Ce travail, ses matières, je les reconnais, cette robe a été faite par Cloé. Elle a bien joué son rôle de muette tout à l'heure au téléphone ! Qu'est-ce qui se manigance dans mon dos ? Une paire d'escarpins trône au fond du paquet, ainsi qu'une lettre. Je toise Missy attendant un soupçon de réponses.

— Bouche-cousue ma belle, je l'ai promis. Ouvre la lettre !

Je chope cette dernière et l'ouvre vivement, l'écriture d'Ethan me rend perplexe. Les quelques lignes posées sur cette feuille de papier ne me donnent pas plus d'indices, sauf le fait que mon homme y est mêlé également et qu'il passera me prendre chez Missy à dix-huit heures.

— Ne me demande rien de plus, je n'ai aucune idée de la suite. Ma mission était de te déposer ce paquet, t'embarquer chez moi pour te préparer avant l'heure indiquée sur la lettre ! se justifie Missy me voyant réfléchir.

À peine une heure plus tard, nous arrivons chez cette dernière et commençons le ravalement de façade. Application d'un masque pour le visage pour donner bonne mine à ce teint terne, pause de vernis et épilation sur toutes les zones disgracieuses. Missy se donnant un malin plaisir à me torturer lors de cette dernière séance. J'ai passé toute l'après-midi à me demander ce qu'Ethan peut bien me réserver pour ce soir. Vu la beauté et l'élégance de la robe, il va certainement m'emmener dans un restaurant chic ou un vernissage. Un repas avec ses investisseurs peut-être ?

— On arrête de rêvasser madame la chanceuse. Tourne-toi et regarde-toi dans le miroir.

Comme un robot, je pivote sur moi-même et admire mon reflet qui me semble irréaliste au premier coup d'œil, me reconnaissant à peine. Au quotidien, je me maquille peu et mes cheveux sont soient attachés à la va-vite avec ce qui me passe sous la main ou soit détachés, séchés à l'air libre. Missy a su rendre une coiffure décalée en un chignon simple et chic, un maquillage appuyé cependant tout en finesse, soulignant la couleur claire de mes yeux avec un léger Smoky Eyes et des lèvres teintées de rouge mat gonflant mes lèvres les rendant sensuelles. Cette robe fluide, mais adhérent à la perfection mes qualités féminines perfectionne tout l'ensemble. Je suis enfin prête et le stress grimpe voyant dix-huit heures approché. Je fais les cent pas dans l'appartement cosy de Missy, me faisant réprimander d'abîmer son parquet. Quand la sonnette retentit, mon cœur fait un raté. C'est lui. Il est là. Je prends une profonde inspiration et ouvre la porte me tenant face à un Ethan hyper sexy dans son trois-pièces. Il me demande de ne rien dire et me place un bandeau sur les yeux. Un air de déjà vu… J'entends Missy applaudir derrière moi et je suis persuadée qu'elle sautille même sur place.

Installé dans la voiture, il me dépose délicatement les écouteurs et lance la musique. Je souris et cette fois-ci sans gêne, ni honte, je chante. Quelques fausses notes surgissent, mais n'arrêtent en rien ma lancée, argumentant même mes gestes à mes paroles. Le trajet est fluide. La conduite irréprochable d'Ethan donne à la voiture un air de berceuse. Je me sens bien, flottant de bonheur. Les balancements de l'auto se font de plus en plus doux jusqu'à se stopper complètement. Le moteur se coupe et quelques secondes plus tard, Ethan enlève méticuleusement les écouteurs de mes oreilles.

— *Beyoncé*, le concert est terminé ! rit-il.
— J'étais trop bien partie ! Tu n'as même pas eu le final ! plaisantais-je.

M'embrassant du bout des lèvres, son souffle vient se poser au creux de mon cou. Des frissons m'envahirent. Je ne bouge pas, profitant de l'instant. Profitant de ce contact qui me chavire à chaque fois.

— Je suis persuadé que tu peux faire mieux en final…

Son sous-entendu me fait frétiller d'envie. Mes mains se glissent dans ses cheveux, caressant ensuite le contour de sa mâchoire. Nos lèvres s'effleurent et un baiser voluptueux s'ensuit. Mon corps lâche prise, s'enfonçant dans le siège devenu coton. Les yeux toujours cachés sous le bandeau, mes sens et mes pensées prennent un virage érotique, ne sachant pas où je me trouve. Mes doigts devenus incontrôlables se fraie un chemin jusqu'à son entrejambe. Un grognement se forme au fond de sa gorge, me mordillant le cou et plaçant sa main le long de ma cuisse, relevant par la même occasion ma robe déjà bien remontée. Brutalement, il s'arrête et me chuchote :

— J'ai quelque chose à te montrer avant… m'informa-t-il d'une voix enrayée d'envie.

Il a cette manie insolente de me laisser parfois ébranlé, mais je sais pertinemment qu'il y aura une fin à cette parenthèse. Ses mains quittent mon corps. Il descend de la voiture. Le bruit de ma portière m'indique qu'il est revenu à mes côtés. Il prend ma main et m'aide à descendre. Quelques pas plus tard, il s'immobilise, se place derrière moi et desserre mon bandeau devenu encombrant. Le soleil m'irrite la vision quelques secondes me faisant cligner des yeux. Je découvre petit à petit l'enjeu de cette surprise. J'en reste paralysée. Ma bouche s'ouvre et se referme comme un poisson, n'arrivant pas à sortir un seul mot. Se tient devant moi, une splendide maison à l'architecture douce et harmonieuse et pas n'importe quelle demeure. Celle pour qui j'ai eu un véritable coup de cœur au premier regard. Celle de notre pique-nique au bord de l'eau. J'inspecte chaque recoin, m'émerveillant sur chaque détail. Je pivote sur moi-même et fait face à Ethan.

— Mais… Je… C'est…
— Notre maison ?
— La nôtre ? demandais-je surprise.

Je me retourne vers celle-ci, absorbant ses paroles. Je n'en crois pas mes yeux. Ses bras viennent m'enlacer tendrement, des larmes commencèrent à couler sur mes joues.

— Ma puce, dès que j'ai su qu'elle était en vente, j'ai immédiatement signé. J'aurais dû t'en parler, je sais…

Mais, je me souviens encore de ton regard la première fois où tu l'as vu et...

— Et je ne te remercierai jamais assez mon cœur, mais tu es fou ! Elle doit valoir une fortune !

— En effet, mais c'est la nôtre, notre maison, je le sais...

Je lui saute dans les bras, tellement stupéfaite, tellement heureuse. J'explose de joie en l'embrassant partout sur le visage. Il me sourit, les yeux humectés de joie. Il fouilla dans sa poche et en sortit un trousseau de clés. Comme une gamine, je les lui arrache des mains et couru jusqu'à la porte. Il me suivit amusé et explosa de rire en me voyant galérer à trouver la bonne clé. Il m'aida et le petit son de l'ouverture de la porte me fit pousser un cri d'exaltation. Ethan fit barrage entre moi et la maison, me regarda d'un air charmeur et me prit dans ses bras.

— Mademoiselle Lilou... Bienvenue chez vous !

L'intérieur est magnifique, mon cœur s'emballe sachant que c'est *la* nôtre. L'entrée sobre avec ses meubles bien placés donne un effet élégant. La luminosité abondante fait vivre à elle seule les pièces. De magnifiques baies vitrées laissent apparaître un immense jardin enjolivé par différentes plantes et fleurs, égayé par une immense piscine en forme de virgule. Ethan me dépose au bord de celle-ci et mon regard curieux se dirige vers un panneau trônant fièrement au fond du jardin. Pas à pas, je découvre avec émerveillement chaque élément, m'imaginant passé mes journées à profiter de cet endroit. Levant la tête, je constate une vue imprenable et dégagée de l'océan. Une brise légère et chaude vient chatouiller ma peau. Je profite de cet instant pour respirer un bon coup cet air pur et rafraîchissant, m'octroyant une mini-pause de calme. Mes émotions étant bombardées depuis ce matin. Arrivée à hauteur du panneau, mes pupilles se promènent sur chaque lettre écrite, formant deux mots : *retourne-toi*. Disciplinée, je le fis sans me poser de questions et y découvre Ethan à deux mètres de moi, tremblant, les yeux humides, dictant ces quelques phrases…

— Un jour, j'ai croisé une magnifique jeune femme et elle a changé le cours de mon existence. La vie me l'a arraché une première fois, mais n'a pas réussi à effacer son souvenir. La vie me l'a dérobé plusieurs années, mais me l'a remise sur mon chemin. Lilou… Je veux entendre ton rire tous les matins et voir cette petite cicatrice quand tu es énervée ou concentrée sur ton travail. Mon bonheur à moi, c'est nos moments à nous. J'adore te regarder te battre avec tes cheveux sortis de la douche. Cette manie de piocher dans mon assiette et cette façon bizarre d'organiser le rangement de tes fringues. Ces post-it que tu colles partout pour ne rien oublier et cette maladresse flippante, mais attendrissante. Cette citation reflète bien ce que je ressens : « Quand je t'ai caressé la première fois, je me suis rendu compte que j'avais vécu toute ma vie les mains vides[6] ». Bordel, Lilou, je t'aime à en crever, alors…

D'un geste élégant, il sortit un écrin de sa poche et posa un genou à terre.

---

[6] Alejandro Jodorowsky

— Cap de m'aimer toute ta vie ? Veux-tu devenir ma femme, ma puce ?

Mon cœur déjà rempli d'émotions bat comme jamais, se comprimant même. Mon corps se disloque. Des sensations inconnues explosent dans chaque recoin de mon anatomie, ne pouvant les contrôler. Mes mains deviennent moites et les larmes dégoulinent, noyant mes yeux sans le vouloir. Mes jambes tremblantes essayent d'avancer vers Ethan. Me positionnant à sa hauteur, je plonge mon regard dans le sien.

— Oui ! Des millions de fois oui !

Mon corps ne tenant plus qu'à un fil plonge vers celui qui me rend si heureuse. Mon âme toute entière est à lui. À cet instant précis, nous ne feront plus qu'un, connectés comme jamais, collés comme des aimants, fusionnés comme des atomes. Nous restons un long moment dans cette position, regardant l'horizon nous sourire.

— Elle est où notre future chambre ? lui lançais-je sans retenue.

Il pouffa de rire, m'attrape la main et m'emmène jusqu'à l'étage. À peine franchit le pas de la porte que nous sommes déjà à moitié dénudés, s'étant débarrassé du reste dès le jardin. Je ne prends même pas la peine de découvrir la pièce, courtisée par les mains chaudes et pressantes d'Ethan qui s'immisce dans des endroits très réactifs. Le matelas moelleux nous accueille les bras ouverts, épousant nos corps avec douceur, réveillant notre ardeur. Une envie furieuse nous envahit quand nos peaux se rejoignent. De longs soupirs de plaisir déchirèrent le silence de la pièce. Nos deux corps couverts de fourmillements exquis se liquéfient d'extase. On ne contrôle plus rien, l'intensité du plaisir nous consume à vive allure, nous laissant sentir notre jouissance se répandre. À bout de souffle, on se cale l'un contre l'autre pour reprendre nos esprits. Dégoulinant de sueurs, je décide de prendre une douche, repérer quelques minutes auparavant attenant la chambre. Je découvre une gigantesque douche à l'Italienne décorée avec goûts, des vasques d'une forme originale posée sur un meuble en bois et une baignoire ornée de multi jets. Ethan va avoir dû mal à me sortir de là ! L'eau chaude ruisselant sur ma peau me fait un bien fou et je souris. Oui, je souris, car ma vie a pris une tournure inattendue depuis qu'il est entré dans ma vie, il me comble de bonheur. Je prends ma serviette fétiche et me sèche. Je commence à me refaire une beauté, attrape mon maquillage, mais une pensée me fit tout lâcher.

— Ethan, tu peux venir s'il te plaît ?

Il débarqua à moitié endormi, son membre viril me faisant face. Je secoue la tête, effaçant au passage certaines pensées salaces et le regarde droit dans les yeux.

— Je rêve où toutes mes affaires sont ici ?
— Euh… Exact… Cette après-midi des déménageurs ont tout enlevés à l'appartement. Cela ne te plaît pas ? demande-t-il inquiet.
— Non, au contraire, on devenait trop à l'étroit de toute manière, mais ça m'a surprise pour le coup ! rigolais-je de la situation.

Une fois tous les deux douchés et re-douchés pour ma part, Ethan me fait faire une visite guidée des lieux. La maison est immense, on pourrait y mettre plus de cinq appartements comme le mien. Je vais me perdre ! La décoration est soignée et les couleurs élégantes se font harmonieuses. Une énorme cheminée trône dans le salon donnant un charme exceptionnel à la pièce. Et, la cuisine ! Toute équipée ! Une merveille de technologie. Dorénavant, je ne me bâterai plus dans mes quatre mètres carrés, gueulant sur mon micro-onde qui chauffait qu'une fois sur deux. Nous terminons cette soirée par un repas concocté par Ethan, profitant de ses premières heures passées dans *notre* maison, sans se soucier du passé, ni de l'avenir, juste vivre à fond le moment présent.

***

La première chose que je vis quand j'ouvris les yeux, c'est le regard doux d'Ethan posé sur moi.

— J'ai faim de toi dès le réveil ma puce…

Je ne vais pas lui dire que moi non, car ce serait mentir. Nos hormones sont en ébullition, un besoin constant de s'assouvir.

J'ai passé toute la matinée dans le jardin, étalé sur une chaise longue à bouquiner et bronzé. Mon premier ressenti était le bon, on se sent vraiment bien dans cette maison, apaisante et chaleureuse, elle nous procure un bien-être infini. Cette après-midi, c'est préparatif. Nous avons décidé de faire une fête ici même avec notre famille et nos amis et ainsi sans plus attendre leur annoncer la bonne nouvelle.

Le soir arrivé, tout le monde a répondu présent, curieux de se retrouver en ces lieux. Quand nous leur expliquons l'achat soudain d'Ethan et mon coup de cœur pour celle-ci, les invités nous félicitent et sont heureux pour nous.

Un nouveau chapitre s'écrit…

La fête bat son plein. Missy est surexcitée et énumère les prochains barbecues, les plongeons dans la piscine et les soirées mojito potins que l'on pourrait faire prochainement dans notre nouvelle maison. L'humeur joyeuse et festive me donne la force de demander le silence. Tout le monde s'exécute, sauf Missy et Cloé qui sont en pleines conversations concernant la décoration de la chambre du futur bébé. Toutes les couleurs y passent et je me demande bien si elles vont réussir à se mettre d'accord. Yanis tapote l'épaule de sa chérie pour la faire taire, mais celle-ci se retourne interloquer.

— Bah quoi ? demande-t-elle
— Lilou a quelque chose à dire.
— Pardon, on t'écoute !
— Justement Missy, vient près de moi.
— Ok…

En quelques secondes, elle me rejoint rapidement. Tous les regards posés sur moi et ce silence assourdissant me mettent mal à l'aise. Ethan me caresse le dos pour me soutenir. J'avale une bouffée d'oxygène et débute mon discours.

— Merci à tous d'être ici aujourd'hui, merci d'être vous et de me rendre si heureuse. Vous êtes mon petit monde et je ne serais rien sans vous. Missy… Pourrais-tu me tenir la main le jour J, avoir toujours un paquet de mouchoirs à proximité pour mes pleurs incessants, être là pour me rassurer, choisir la tenue parfaite avec moi, danser toute la nuit et tenir ma robe quand je ferais pipi ? Veux-tu être ma témoin ? J'ai trouvé l'homme de ma vie, mais j'aurais toujours besoin de ma meilleure amie.[7]

Le visage de Missy se décompose, pour une fois sa répartie s'est fait la malle. Elle se met à trembler et à pleurer comme je ne l'ai jamais vu.

— Satanées hormones ! dit-elle en essuyant ses larmes d'un revers de main. Bien sûr, j'accepte ma poupette. Putain que je suis heureuse pour toi ! Une maison, un mariage, il ne manque plus qu'un bébé ! lance-t-elle d'un clin d'œil.

Des applaudissements et des cris retentirent. Les visages humides des invités reflètent leurs joies de cette annonce. Des embrassades et accolades plus tard, nous trinquons. La soirée continue jusqu'à l'aube pour certains.

Assise sur le muret face à la mer, je regarde les vagues s'échouer sur les rochers et contemple cette vue incroyable qui m'offre une merveille de la nature, le lever du soleil. Ethan et moi se câlinons sans dire un mot.

Je n'ai jamais été aussi sûr de toute mon existence. Ethan est l'homme de ma vie. J'ai enfin trouvé *mon évidence.*

---

[7] Lachériesurlegâteau

# Epilogue

## Lilou

**U**n an plus tard

— Lilou, fait attention, c'est marqué fragile sur le carton ! grogna Stan.

— Il ne fallait pas me donner celui-ci déjà et il va falloir te détendre monsieur grincheux !

Quelle idée aussi de me filer les cartons délicats ! Cela fait à peine trente minutes que nous sommes chez Stan pour déposer les affaires de Lyse chez lui. Malgré une idylle sincère, les deux tourtereaux se sont finalement décidés que maintenant d'emménager ensemble. Une nouvelle vie va débuter pour eux dans quelques mois, car Stan part en retraite. Beaucoup de projets sont déjà listés pour combler le vide des journées sans travail. Je pense qu'il aura beaucoup de mal à lâcher-prise, ayant passé toute sa vie et son temps dans son entreprise, mais Lyse est à ses côtés pour le canaliser. Depuis six mois maintenant, j'ai eu une énorme promotion. Celle de devenir son associé et ainsi être aux commandes après son départ. Une annonce inattendue, une responsabilité de dingue, mais tellement fière qu'il m'ait choisie. Une marque de confiance indéniable, je ne le remercierai jamais assez.

***

À peine descendu les marches de l'entrée de la maison pour chercher un autre carton dans le camion que mon téléphone se met à sonner au fond de ma poche. Le prénom de Cloé s'affiche laissant place également à une photo peu flatteuse de cette dernière. Je souris en repensant à la scène de ce cliché attrapé lors de notre crémaillère à une heure tardive et clairement alcoolisée. Je décroche et m'installe sur une marche profitant également d'un petit temps de pause. Nous papotons et rions toutes les deux, nous racontant les dernières nouvelles. Cloé est toujours célibataire, mais épanouie dans son travail. Son acharnement et son talent ont fait mouche. Elle commence à se faire un nom dans le milieu de la mode et son carnet de commandes explose. Elle vient tout juste d'ouvrir sa troisième boutique et ne compte pas s'arrêter là. Avec l'aide de son frère, elle a décidé d'exploiter le territoire français et j'ai hâte que ces merveilleuses créations débarquent ici. Elle vit toujours à Miami en présence de Louisa et Jack le jardinier. Ces deux derniers sont toujours amoureux et vivent désormais au grand jour leur romance. Ils viennent souvent en France nous rendre visite et nous y allons régulièrement aussi. Des soirées filles sont souvent organisées entre Cloé, Missy, Marion et moi-même. Nos hommes nous ont surnommé les daltons et ne se font pas prier pour se réunir parallèlement et regarder leurs matchs de foot.

***

Cloé et moi discutons vingt bonnes minutes avant de raccrocher. Un pied juste descendu de la marche que j'entends une voix reconnaissable entre toutes. Missy débarque en chantant vêtu d'une salopette et de ses vieilles converses tâchées de peinture.

— Ils sont où les cartons ? Je suis prête ! s'exclame-t-elle en montrant ses muscles.

Elle vient m'embrasser et se dirige immédiatement vers le camion prêté main-forte. Au bout de l'allée, je distingue Yanis chargé comme une mule.

— C'est une boule de nerfs depuis ce matin ! explique-t-il.
— J'ai vu ça ! pouffais-je.
— Il reste encore beaucoup de choses à faire ? me demanda Yanis.
— Quelques cartons, mais les gros meubles sont à sortir et je pense que les garçons vont avoir besoin de toi !
— Pas de soucis ! Je te laisse t'occuper de ma princesse ?
— Avec grand plaisir !

Il me dépose délicatement sa fille dans mes bras et l'embrasse tendrement sur le front. Cela fait maintenant six mois que ma filleule est née. Une magnifique poupée qui nous comble tous de joie. Elle ressemble trait pour trait à Missy physiquement, mais au niveau du caractère, elle se rapproche de celui de Yanis, à son plus grand bonheur. En même temps, elle n'a que six mois et elle a le temps de changer d'ici là. Affaire à suivre… Sya de son prénom, un mix de Missy et Yanis est un amour à garder. Toujours souriante, réactive, elle apprend vite. L'accouchement a été plus compliqué, surtout pour Yanis…

— Je vais mourir ! Toi, ne t'approche plus jamais de moi ! cria Missy à Yanis en le montrant du doigt.

Une crise de rire quand il nous a raconté le déroulement de l'arrivée à la maternité jusqu'à la naissance de Sya. On entendait qu'elle dans tout l'hôpital. Les insultes fusaient, tout le monde en prenait pour son grade. Après tout ceci, elle s'était finalement excusée auprès du personnel qui ne lui en voulait en aucun cas. Cela les amusait à vrai dire, car Missy énervé, ça ressemble plutôt à une pièce de théâtre. Quand je suis venue les voir à l'hôpital, nous avons pleuré, repleuré de joie, débouchant même une bouteille de champagne discrètement dans la chambre pour trinquer à l'arrivée de cette petite merveille. Ils ont rapidement trouvé leur rythme et tout se passe bien. Ils font de super parents, aimants, attentionnés, prévenant et moi je suis devenue une marraine complètement gaga. On continue de se voir régulièrement et nous sommes plus soudés que jamais. Quant à Marion, elle est toujours aussi heureuse et amoureuse de son homme. Il y a deux mois, il l'a demandé en fiançailles en plein concert et l'a fait monter sur scène pour la présenter, sous les applaudissements des fans hystériques.

Une autre personne avec qui j'ai gardé contact, c'est Noa. Il a beaucoup changé, c'est devenu un homme bien et ses démons du passé ont disparu laissant place à une relation sérieuse avec son infirmière. Ils attendent actuellement leur premier enfant.

La vie a fait son petit bonhomme de chemin, tout le monde fait des projets et avance sereinement. Max par contre n'a pas changé, c'est toujours un coureur de jupons, profitant à fond de son célibat et de sa notoriété. De son côté, Sonia est tombée follement amoureuse d'une sans-abri qu'elle a sauvée de la rue pour l'emmener avec elle au village. Elle est très investie dans son travail et Ethan a bien fait de lui faire confiance. Le projet marche admirablement bien, l'organisation est au top. Plusieurs personnes ont pu reprendre une vie normale loin du froid et des galères. Beaucoup de dons ont été reçus et certainement des projets de constructions de village vont voir le jour dans d'autres villes. Ethan et Arthur s'y attellent sérieusement. Ce dernier vient nous rendre visite de temps en temps. Il a désormais plus de responsabilités depuis qu'Ethan s'est réellement installé en France, mais prend le temps de souffler quand même et passe quelques jours chez nous en compagnie de sa femme et de ses enfants qui grandissent à une allure vertigineuse.

***

Après une journée déménagement intense rempli de fous rires, Ethan et moi rentrons chez nous. On se sent toujours aussi bien dans cette maison. Un havre de paix et de tranquillité. J'ai placé ma petite touche décoration dans tous les recoins et du nouveau mobilier à vu le jour. J'ai également aménagé une pièce à l'étage pour y mettre mon bureau. Un mur entier est consacré aux différentes photos d'Ethan et moi qui me permettent de sourire dès que le travail devient trop prenant. Quant à Albert et Cunégonde, ils ont trouvé leur place dans le salon, trônant fièrement sur une petite console en bois. Ils ne se sont pas bouffés entre eux et tant mieux, car je n'avais pas envie d'assister à une scène macabre de poissons tueurs. Au fur et à mesure des jours, des semaines et des mois, nous avons pris nos marques, visitant sensuellement toutes les pièces de la maison ainsi que l'extérieur. Vu la grandeur de celle-ci et notre appétit gourmand, nous avons passé beaucoup de temps à explorer tous les recoins. Le temps aura bien confirmé que c'était elle et pas une autre. *C'est notre maison.*

Les jours passent et ne se ressemblent pas. Mon petit monde m'en fait voir de toutes les couleurs. Des inconnus devenus des amis. Des amis devenus une famille.

***

Les pieds nus dans le sable, je fais des ronds avec celui-ci, essayant de contrôler mes émotions et m'occupant l'esprit. La chaleur ressentie au bout de mes orteils et la fine poussière retombant à terre me provoquent des flashs. Je me remémore certains moments de ma vie depuis ces derniers jours, ces dernières semaines, ces dernières années.

— Il ne faut pas que je pleure, il ne faut pas que je pleure ! dis-je parlant à moi-même.

Je n'oublierai jamais l'année de mes dix-neuf ans. Je n'oublierai jamais cette fameuse journée à la FNAC où ma maladresse m'a fait percuter Ethan, l'homme que j'ai toujours aimé. Des sourires impromptus viennent se dessiner sur mon visage. Une bouffée pleine de légèreté m'envahit. Je suis prête. Je bombe la poitrine et avance de quelques pas. Je suis heureuse, comblée à l'extrême. Aujourd'hui, c'est mon jour. Notre jour. Mes pieds, d'un pas lent et synchronisé effleurent le sol. Une musique douce remplie d'émotions est transportée dans les airs, n'attendant que ma venue. L'allée jonchée de fleurs m'accueille les bras ouverts. Les nombreux regards posés sur moi m'angoissent instantanément et mes mains se mettent à trembler. Je continue d'avancer les yeux baissés cherchant un semblant de courage que je trouve une fois ma vision absorbée par une seule et même chose. Mon futur mari, Ethan. Faisant abstraction de tout ce qui m'entoure, je ne vois plus que lui et ses prunelles humides révèlent toute la fierté et la jubilation qui l'habite à ce moment même. Le spectacle est splendide. Ethan dans son costard italien noir épousant à la perfection ses formes sexy est monté sur une palissade en bois posé pour l'occasion, enjolivé d'un arc décoré de fleurs blanches. En face, de chaque côté, se trouvent des bancs ornés de tulles et en arrière-plan l'océan à perte de vue. Il nous semblait impensable de nous marier ailleurs que chez nous, près de notre maison sur ce littoral magnifique. L'avantage d'être sur une plage, c'est qu'on n'a pas besoin de chaussures ! Je ne me voyais pas m'étaler le jour de mon mariage ! Mes pieds survolant la pierre poussiéreuse fine et chaude, les plumes de ma robe viennent chatouiller mes doigts. La douceur de ces dernières est agréable et apaisante. Confectionnée de A à Z par Cloé, elle est sublime, digne d'une princesse. Le tissu soyeux orné de plumes et de dentelles parfaire le tout. Elle a vraiment un talent incroyable. En lui donnant carte blanche, j'appréhendais quand même, mais elle a su créer une pièce unique, chic, simple et raffinée. J'ai agrémenté ce chef d'œuvre avec mon collier, posé près de mon cœur. L'objet miracle qui nous a permis d'être ensemble même éloigné l'un de l'autre et de connaître la vérité. Encore à quelques mètres de lui, il me souffle dans un murmure un *je t'aime* qui me pris jusqu'aux tripes. Les larmes déjà au ras bord se versent sans contrôle. Arrivée à sa hauteur, il m'attrape tendrement les mains.

— Vous ressemblez à mon futur mari ! lui lançais-je amusée de ma blague.

— Et, vous, à ma future femme ! Cap ? me demanda-t-il.

— Complètement cap ! m'écriais-je en lui sautant au cou.

Il m'empoigna les hanches et me fit tournoyer faisant flotter ma robe dans les airs tout en m'embrassant.

— Je n'ai même pas encore commencé ! rétorque le prêtre abasourdi par la situation, explosant de rire par la même occasion, suivis par tous les invités.

La cérémonie débuta quelques minutes plus tard ponctuée par des moments attendrissants. Touché par notre amour, tout le monde partage notre bonheur. Un moment saisissant, bouleversant qui me plonge dans une douce transe à l'échange des *oui*.

*C'est officiel, je suis mariée !*

Acclamés par des applaudissements, on se retourne vers nos convives sautillants de joie, riant et pleurant. Ils viennent à tour de rôle par petits groupes nous féliciter. Après d'innombrables accolades et embrassades, nous nous dirigeons joyeusement vers notre jardin magnifiquement décoré par mes amies pour trinquer à notre union. Elles y ont mis tout leur cœur et ont réussi à obtenir une atmosphère festive et douce en harmonie totale avec l'humeur du jour. Des poufs et de grandes couvertures sont étalés sur la pelouse, des tables et des chaises disposées de part et d'autre et un buffet somptueux rempli de toasts en tous genres est dressé le long de la maison. Pour égayer le tout, des ballons, lanternes et guirlandes lumineuses, sont parsemés dans tout le jardin.

Un peu plus tard, la fête bat son plein et nous profitons Ethan et moi de s'isoler un instant rien que tous les deux. Nous nous dirigeons main dans la main vers le petit chemin situé en contrebas qui nous mène directement sur la plage.

Assis sans dire un mot, nous profitons pleinement du coucher de soleil qui s'offre devant nous. La main d'Ethan se place délicatement sur mon ventre et en un regard, on comprend que l'on a une chance énorme de s'être retrouvé et de vivre un amour si sincère, incomparable et inconditionnel.

Un amour que l'on partagera dans quelques mois avec notre *mini nous…*

ET UN JOUR...

## Et un jour…

Malgré les obstacles, même si le bonheur commence tard, même si la vie nous joue des tours, elle nous embarque dans des mondes inconnus remplis de douceurs et de plaisirs.

## Et un jour…

Nos doutes, nos peurs, nos secrets, nos histoires s'assemblent. On se rencontre, on se découvre, on s'échappe, on s'embrasse, on s'abandonne, on doute.

## Et un jour…

Nos mots franchissent le seuil de nos lèvres faisant naître l'espoir et on le sait. On le sait, parce que c'est LUI.

## Et un jour…

L'amour arrive sans crier gare et la vie nous faits le plus beaux des cadeaux, celui de trouver son évidence. À jamais.

ET UN JOUR...

Alors, pour vous :

« Qui du hasard ou du destin est le maître du jeu ? »

(Guillaume Musso)

FIN

ET UN JOUR...

## <u>MOT ET REMERCIEMENTS</u>

# Et un jour...

Tout a commencé une nuit de 2015…

L'histoire débute par un simple rêve que j'ai retranscrit sur papier. Ce bout de feuille resté dans un coin de ma chambre et retrouvé six mois plus tard…

Je me suis inscrite sur Wattpad bien décidé d'y déposer ces quelques lignes nocturnes et de les partager avec vous, sans attendre quoique ce soit… Mes premières lignes postées, les premiers chapitres qui suivent, inspirés par mon quotidien, mes rêves et ma grande imagination… Et l'aventure commença… J'avais le début de l'histoire et la fin, il ne manquait plus que le milieu… (c'est mieux avec :p).

Quant au titre de l'histoire, je l'avais inconsciemment depuis environ huit ans. Après une relation très compliquée, je me suis toujours dit comme une sorte de mantra : « Et un jour, moi aussi je serais enfin heureuse ! ».


Avec vos demandes toujours plus nombreuses et votre curiosité, je me suis prise au jeu. Au fil des semaines, les aventures de Lilou et Ethan ont vu le jour. À mon grand étonnement ! Jamais je n'aurais cru vivre une telle aventure, grâce à **VOUS** !

Il y a tellement de monde à remercier… Excusez-moi d'avance si j'en oublie…

# ET UN JOUR...

Tout d'abord, **MILLE MERCI** à **TOI** qui lit ces dernières lignes. Merci du fond du cœur d'avoir lu « Et un jour... » et de lui laisser une place au chaud dans ta bibliothèque !

- **MERCI** aux nombreux *lecteurs* de Wattpad. Grâce à vous, vos votes, vos commentaires aussi touchant qu'hilarant et vos encouragements toujours aussi nombreux, l'histoire s'est envolée ! Grâce à ce site, de belles amitiés sont nées. **MERCI** à vous de m'avoir fait rire et pleurer. J'ai adoré être votre « sadique » à chaque fin de chapitre. Un tel bonheur de vous voir réagir et vivre l'histoire à fond <3

- **MERCI** à mes petites connasses d'amour de *SC*, tellement nombreuses et tellement vous-même <3 Merci les filles d'être toujours là, de m'avoir soutenue, encouragé, fait rire et bien plus encore : Je vous LOVE <3 <3 Allez je vous cite : Noémie, Sonia (Vive Okrine), Manon la poupette, Nelsa, Cé Line, Séverine G, Aurélia M., Delphine C, Sweetie Ly, Delphine O, Manon R, Sabine B, Marion NostraLectio, Annick Le gac, Virginie paire, Kaïdhy, Fleur, Emmanuel M, Coralie D, Ju Lie, Patricia V, Émilie H, Maryh A, Naxou, Ghyslaine C, Delhias, Laeticia B, Céline F, Livia, Jessy J, Françoise G, Julie Dhennin, Amandine, Olly, Mélanie G, Béné, Charlotte, Cindy, Isabelle C, Maria, Emilie E, Julie A, Carlotta...

_Lyly_ ♥

- **MERCI** à ma belle _Jessica_ (un paragraphe rien que pour toi ma chérie <3) qui était là pour me relire, donner son ressenti, rire, bouder et gueuler quand elle n'avait pas la suite lol. La première à connaitre toute l'histoire en entier :p Merci d'avoir prit de ton temps Bisous ma chérie <3

- **MERCI** à ma chérie _Virginie Strav._ d'être ma tête parfois ;) Merci de prendre de ton temps pour m'aider, merci pour tes idées et ton montage pour le marque page <3 <3

- **MERCI** à _Carole_ pour avoir consacrer son temps pour les corrections. Merci d'avoir vu ce que je ne voyais plus à force d'être dessus et pour tes idées pour la couverture ;)

- **MERCI** à _Lucie_ pour son travail extraordinaire pour ma couverture ! Un énorme MERCI à toi d'avoir prit de ton temps pour faire la photo, la mise en page et pour ton sourire :) Sans toi, je me cognerais la tête contre le mur et je chercherais encore le gabarit ;) Malgré les difficultés (ordinateur préhistorique), nous avons eu de bonnes parties de fou rire :) Vous pouvez retrouver son travail sur son site : www.luciemahephotographe.com et également sur Facebook, sa page : Lucie Mahé ! Foncez, c'est magnifique :)

- **MERCI** à ma _famille_ et mes _amis_ d'être ce qu'ils sont. Merci d'être vous. Ne changez pas ! Merci à

# ET UN JOUR...

***Bibou*** et ***Sam*** pour leur contribution pour ma couverture :) Family power <3 Merciiii beaucoup pour les goodies dans la Scrap Room et les fous rires :) Vive les mojitos dans la bibounette :p Merci ***Maman*** pour ton aide et ton temps pour les petits cadeaux scrap ;) <3

- **MERCI** à ***FLO TB*** pour tes conseils et ton aide précieuse :) Tu as été mon petit soleil dans les méandres d'Amazon ! La chieuse te remercie ;)

- **MERCI** à ***Sophie,*** ma voisine, de m'encourager, pour ses mots gentils et pour son sourire :) L'apéro c'est la vie :)

- **MERCI** à tous ceux qui ont cru en moi du début jusqu'à la fin, malgré cette longue attente…

- **MERCI** à tous ceux et toutes celles qui me font de la publicité sur les réseaux. Merci de continuer à faire vivre l'histoire. Grâce à vos partages, de nouvelles personnes rencontrent Lilou et Ethan. **MERCI** du fond du cœur pour votre soutien et fidélité sans faille… !

Un moyen pour me soutenir ? Parler de votre lecture autour de vous et n'oubliez pas de laisser un petit commentaire/avis et des petites étoiles sur le site marchand (Amazon…) qui vous a proposé mon roman… **MERCI** d'avance… :)

*Lyly* ♥

Je dédie mon premier roman à ma famille, qui entre les lignes me reconnaitront…

À bientôt pour de nouvelles aventures… ! ;) <3

**Lyly…**

ET UN JOUR...


408

# NOTE

Venez également me rencontrer sur les différents réseaux sociaux pour suivre mes actualités, participer aux concours ou tout simplement pour discuter, rire et s'amuser :

- Facebook : Ly Ly (Auteur)
- Instagram : lylyauteur
- Wattpad : Lyly
- Adresse mail : lylychoupachups@orange.fr

N'hésitez pas non plus à m'identifier sur vos posts avec le petit @ et vos photos !

♥♥♥

ET UN JOUR...

Lyly ♥